奎文萃珍

# 綉像玉嬌梨小傳

上册

〔清〕荑秋散人 编

文物出版社

## 圖書在版編目（CIP）數據

繡像玉嬌梨小傳 / (清) 荑秋散人編. -- 北京 : 文物出版社, 2022.6
（奎文萃珍 / 鄧占平主編）
ISBN 978-7-5010-7432-7

Ⅰ. ①繡… Ⅱ. ①荑… Ⅲ. ①章回小説 - 中國 - 清代 Ⅳ. ①I242.4

中國版本圖書館CIP數據核字(2022)第013160號

**奎文萃珍**

**繡像玉嬌梨小傳** 〔清〕荑秋散人 編

主　　編：鄧占平
策　　劃：尚論聰　楊麗麗
責任編輯：李子裔
責任印製：蘇　林

出版發行：文物出版社
社　　址：北京市東直門内北小街2號樓
郵　　編：100007
網　　址：http://www.wenwu.com
郵　　箱：web@wenwu.com
經　　銷：新華書店
印　　刷：藝堂印刷（天津）有限公司
開　　本：710mm × 1000mm　1/16
印　　張：50.5
版　　次：2022年6月第1版
印　　次：2022年6月第1次印刷
書　　號：ISBN 978-7-5010-7432-7
定　　價：280.00圓（全二册）

# 序言

《新鐫批評綉像玉嬌梨小傳》，通稱《玉嬌梨》，又名《雙美奇緣》，二十回，題『荑秋散人編次』（他本又作荑荻山人、荻岸散人），清初才子佳人小説的代表作。書敘才子蘇友白和佳人白紅玉、盧夢梨的愛情故事。

小説情節如次：明正統間，金陵太常卿白玄因奸臣楊廷詔陷害，被迫出使瓦剌。臨行前，將女紅玉托付妻舅翰林吴珪，囑爲其擇婿。紅玉貌美而長于詩詞，吴珪攜其返回金陵故里。一日，吴珪在靈谷寺賞梅，讀到秀才蘇友白的題壁詩，大爲讚賞，欲將紅玉許配于蘇友白。蘇友白誤認吴珪醜女無豔爲紅玉，堅辭不允。吴珪大怒，囑咐學官取消蘇友白會試資格。此時白玄已出使回朝，接紅玉回鄉，并爲女征詩擇婿。蘇友白赴京城投奔其叔，路遇張軌如等爲酬和紅玉招婿的《新柳詩》而苦吟，即和詩兩首。友白和詩大得紅玉心意，但中間被張軌如、蘇友德先後冒名調換。白玄面試兩人，皆敗露而逃。蘇友白繼續北上，途中又遇一美少年盧夢梨，以己妹之終身相托。此盧夢梨實爲白紅玉表妹，女扮男裝，親自私托終身。蘇友白入京城參加會試，得中第二名，被選爲杭州府推官。奸臣楊廷詔欲招蘇友白爲婿，蘇友白堅拒不允，辭官南游。途中友白化名柳秀才，與化名皇甫員外的白玄在山陰禹穴相遇。白玄愛其才貌，親口以紅玉、夢梨婚事相許。紅玉和夢梨心系友白，聞許嫁柳生，皆不從。後蘇友白改授翰林，誤會消除，一夫二婦成婚。紅玉寄居吴珪家時曾名無嬌，此書即抽取女主角人名一字拼湊爲書名《玉嬌梨》。

《玉嬌梨》繼《金瓶梅》而起，均以男女情愛爲題材。所不同者，《金瓶梅》描摹世態，見其炎凉，其間更雜以猥詞及發迹變態之事；而《玉嬌梨》所叙述，『則大率才子佳人之事，而以文雅風流綴其間』。與《玉嬌梨》同時之《平山冷燕》亦此類小説，兩書曾合刻爲《七才子書》（即以《玉嬌梨》爲三才子，《平山冷燕》爲四才子），一時風靡天下，摹擬仿效之作層出不窮。《玉嬌梨》在十九世紀已傳到西歐，一八二六年在巴黎出版阿貝爾雷•米札的法譯本，題名《兩個表姐妹》。其後還有英文、俄文、德文本。

關于《玉嬌梨》的作者，學術界根據《玉嬌梨》和《平山冷燕》版本源流、語言特徵以及兩書合刊的天花藏主人序，一致認爲兩書均出自天花藏主人手筆。荑秋散人亦即天花藏主人。對于天花藏主人的真實姓名，則至今仍未能取得一致意見。一種説法認爲天花藏主人即清代張勻或張劭。一種説法認爲是明末清初的嘉興人徐震。

《玉嬌梨》版本衆多，大體可分爲單行本、合刻叢書本（即與《平山冷燕》合刻）兩個系統。單行本早期又可分爲八行二十字本、九行二十四字本。合刻叢書本所見早期刊本有清康熙四十四年（一七〇五）梅園刻本，清雍正八年（一七三〇）退思堂藏板本等。

此據清早期寫刻八行二十字本影印。卷首附插圖二十頁，共四十幅圖，其中一面爲故事圖，一面爲裝飾圖案。

編者

二〇二三年三月

# 玉嬌梨叙

世於男女悦慕、動稱風流、不知西隣之子亦有窺摟東里之施

不無挑撻止堪俎豆登徒蒸嘗嫫母題曰風流、斯云辱矣、必也琴心逗卓創臙画張長生殿內深盟。玳瑁筵前醉態。白公之柳腰櫻口。崔君之人面桃花。他如溫詐乎妹。

阮哭諸隣。荀倩中庭
尉冷。朝雲湖上叅禪。
紅線宵征俠氣。絲珠
曉墜貞心。方足膾炙

閨帷。誇揚婚好。使談
者舌涎。聞者夢喜。何
哉、益郎挾異才。女矜
殊色。甚至郎。兼。女。邑。

女擅。郎。才。故其妒遇作合。為人欣羨。始成佳話耳。非盡人有求。即盡人風流也。小說

家艷風流之名、凡涉男女悅慕、即實其人其事以當之、遂令無賴市兒泛情閨婦得

與鄭衛並傳無論獸態顛狂得罪名教即纖言浪籍令儒雅風流幾於掃地殊可恨

也每欲痛發其義、維挽淫風、其道末由、適客攜玉嬌梨秘本示余、余讀之、見蘇友○白○

才而美白紅玉美而
才盧夢梨才美而俠
三人婉轉作緣時露
悄心忽呈嬌慧不弄

癡乘即吐香艷明明色界却非慾海遊心其際覺寤寐河洲之遺韻尚存而袗衣鼓

琴之流風不遠正砭世之針醫俗之竹故不惜木災用代絲綉以一洗淫汚之氣使

世知風流有眞非一妄男女所得浪稱也何其快哉、客曰、白描繪事遜色牡丹無絃

焦桐讓聲羯鼓倚優
排擠去取之權牙儈
秉春秋之筆則子將
奈何子曰不朕是非

識者定之方今文人才女滿天下風流之種不絕當有子雲其人者謂予知言子其

僕之

素政堂主人題

# 緣起

玉嬌梨與金瓶梅。相傳並出弇州門客筆。而弇州集大成者也。金瓶梅最先成。故行於世。玉嬌梨久而始就。遂因循沉閣。是以耳名者多。親見者少。客有述其祖。曾從弇州遊。實得其詳。云玉嬌梨有二本。一曰續本。是繼金瓶梅而作者。男爲沈六員外。女爲黎氏。其邪淫狂亂。刻畫市井之穢。百倍瓶梅。蓋有意醜詆故。相痛詈倭人。故一時肆筆。不覺已甚。弇州恠其過情。不忍付梓。然遞相傳寫者有之。一曰秘本。是懲續本之過而作者。

男為蘇友白。女為紅玉。為無嬌。為夢梨。細摹文人才女之好色真心。鍾情妙境。盖欲形村愚之無耻。而反刺之者也。弇州深喜其蘊藉風流。足空千古。急欲繡行。惜其成獨後。弇州遲暮不及矣。故不但並未見其書。并秘本之名亦無識之者。獨客祖受而什襲至今。近緣兵火。岌岌乎灰燼之餘。客懼不敢再秘。因得購而壽木。續本何不並梓。曰畏其淫甚。得罪名教。且非弇州意。故不敢耳。今秘本告竣。因述其始末如此。

# 玉嬌梨目錄

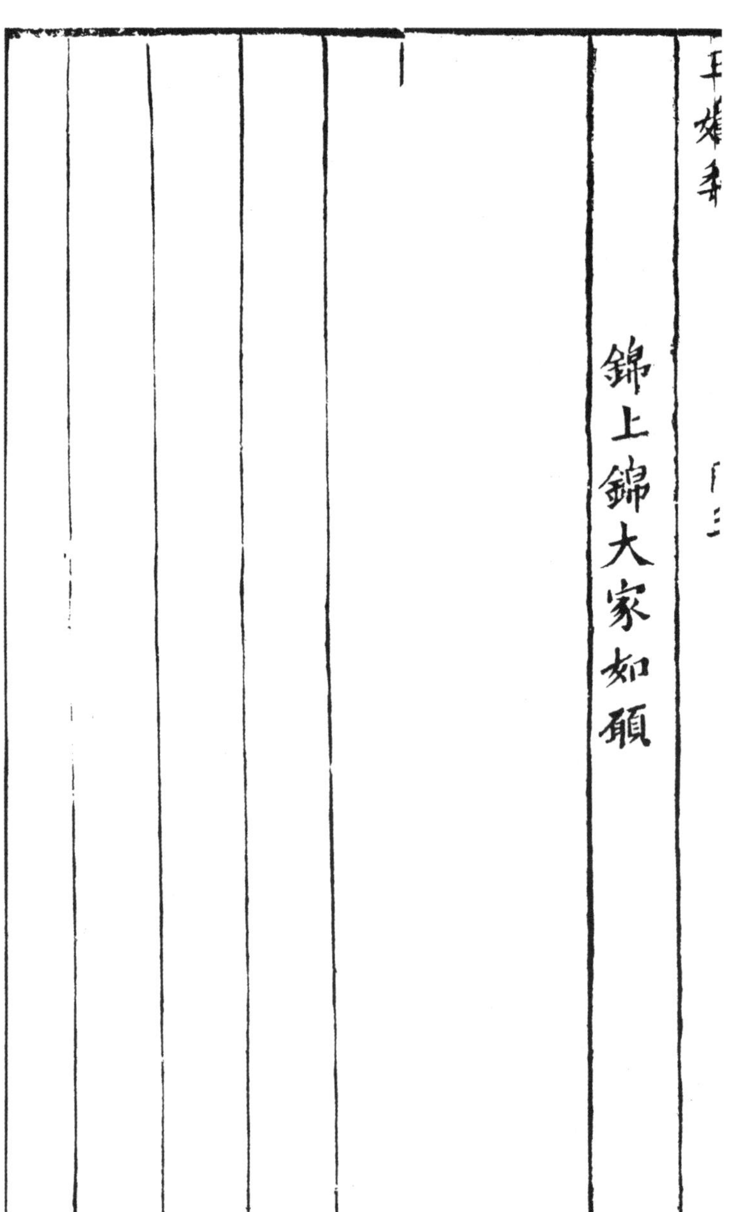
錦上錦大家如頋

玉嬌梨　第一回

小才女代父題詩

第二回　老御史為兒謀婦

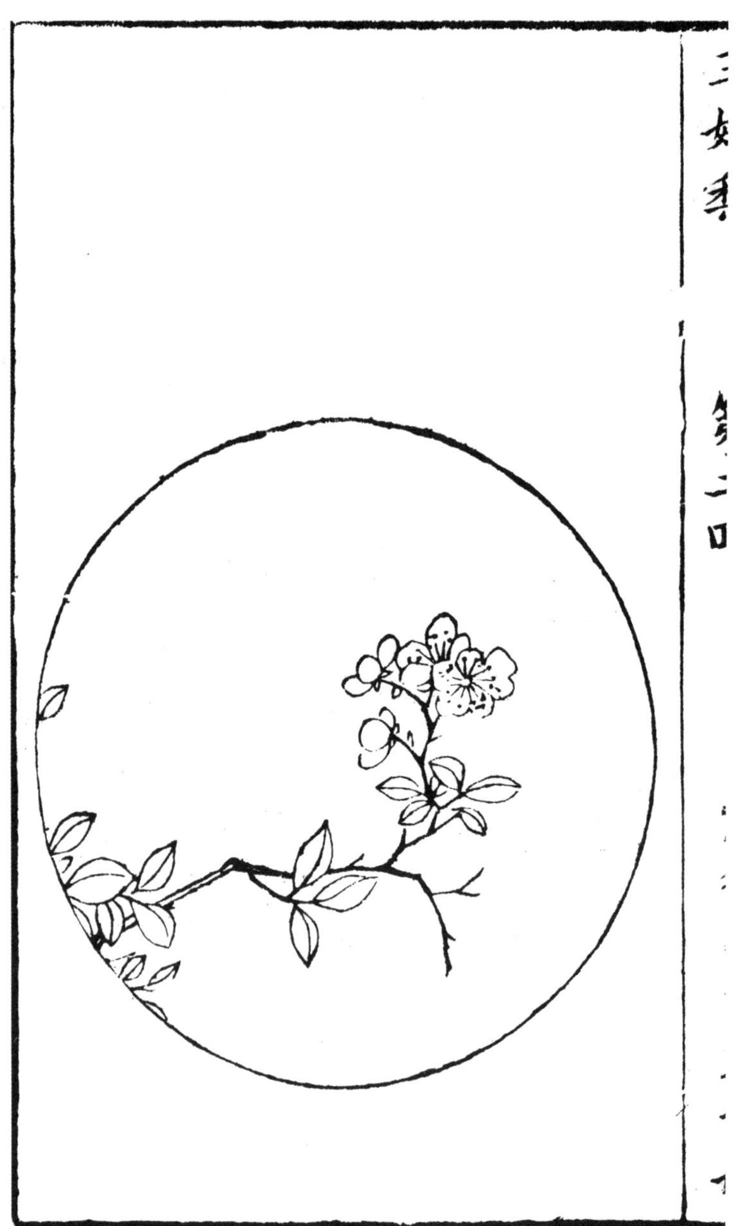

白太常難途托嬌女

玉嬌梨　第四回　吳翰林花下遇才郎

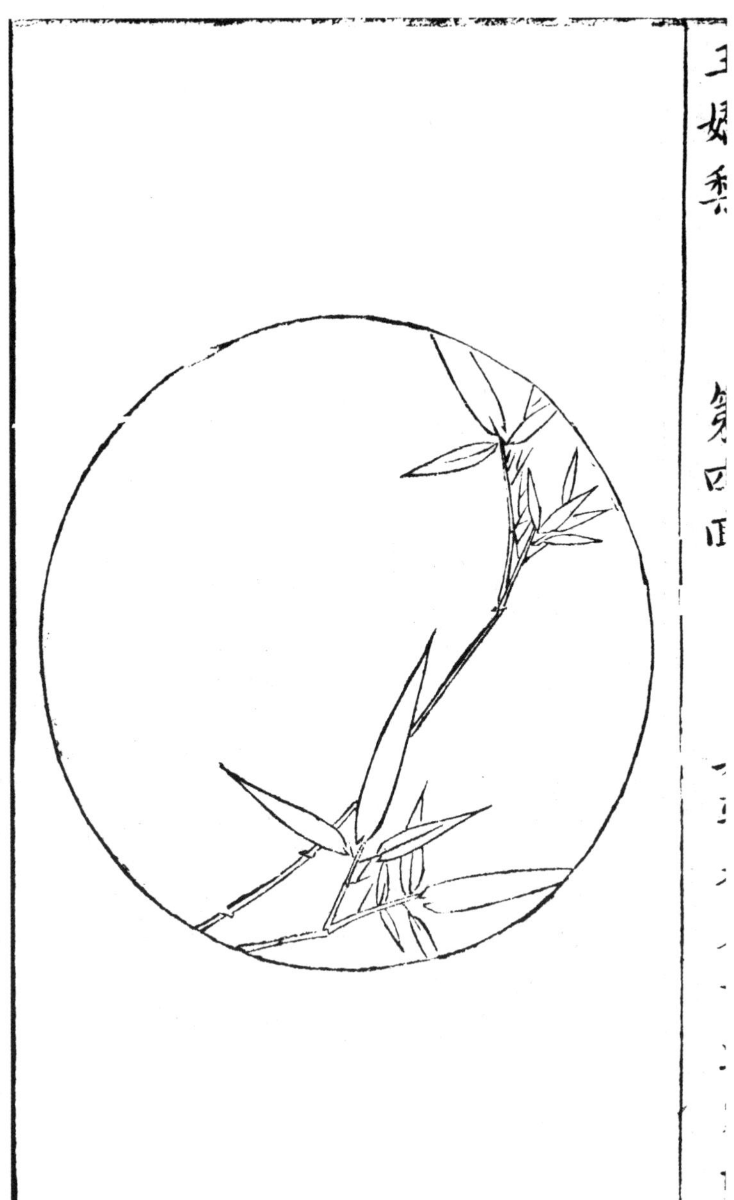

窮秀才辭婚富貴女

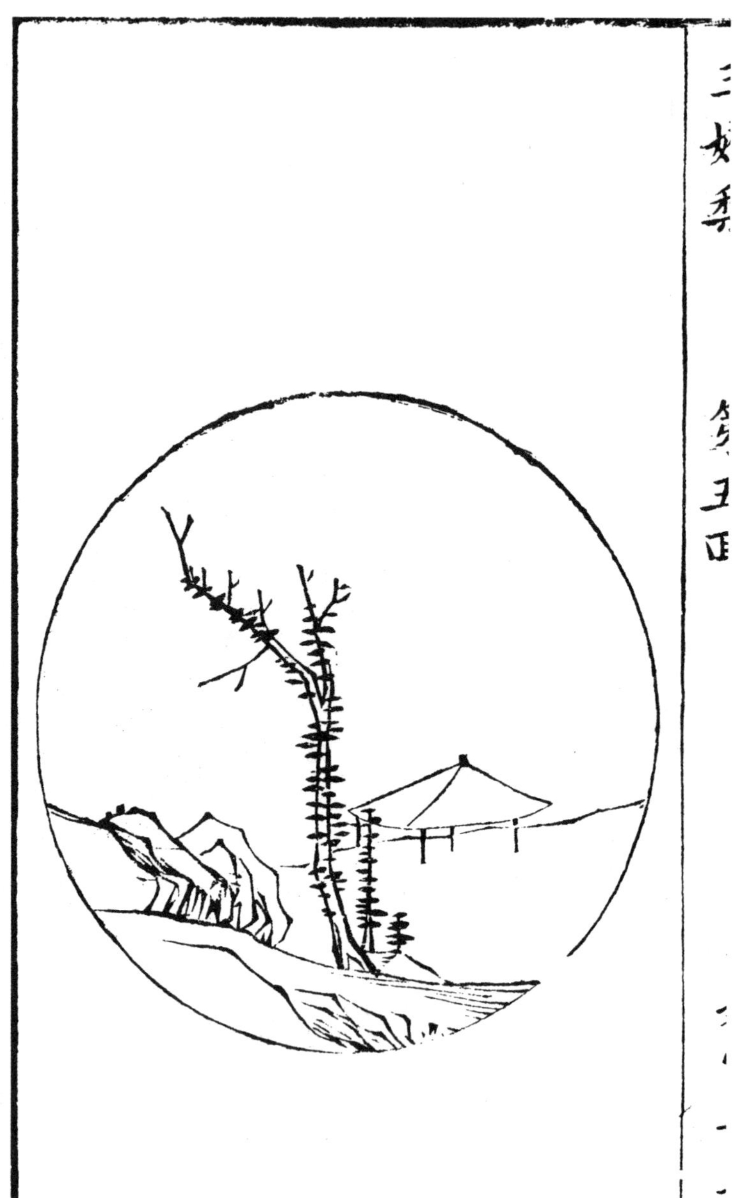

醜郎君强作詞賦人

暗更名才子遺珠

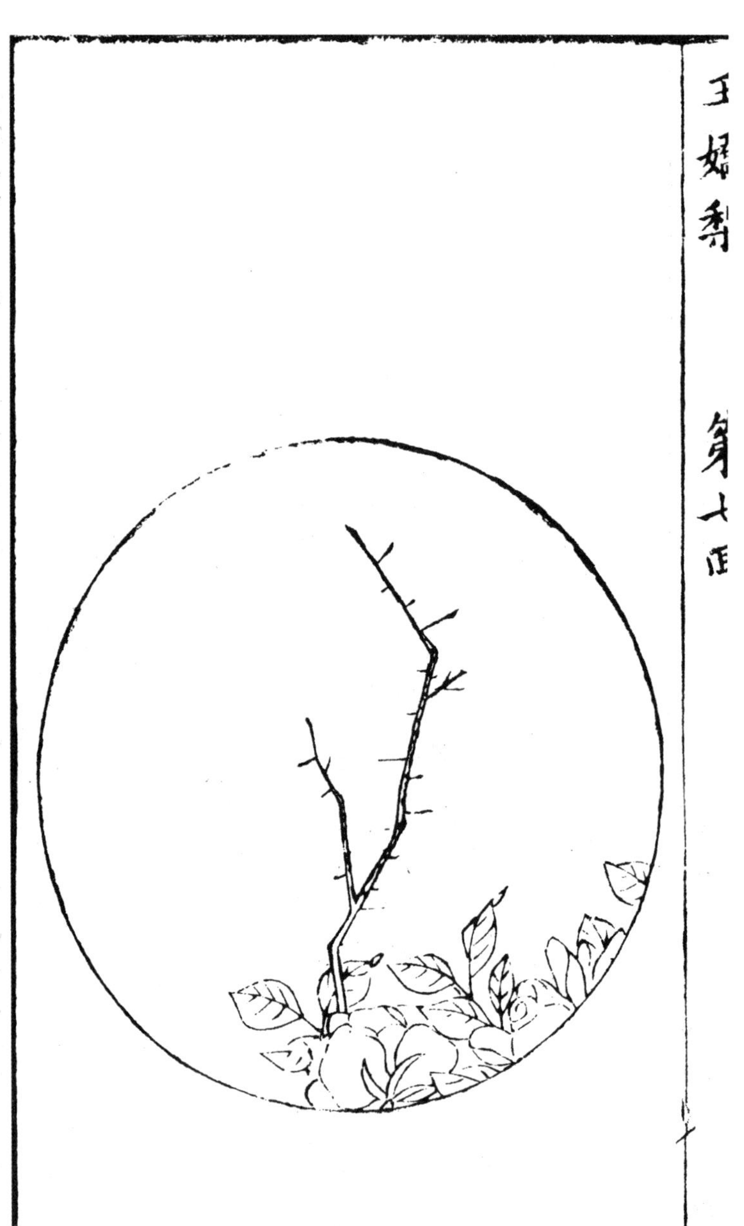

悄窺郎侍兒識貨

王媛瓢

第八正

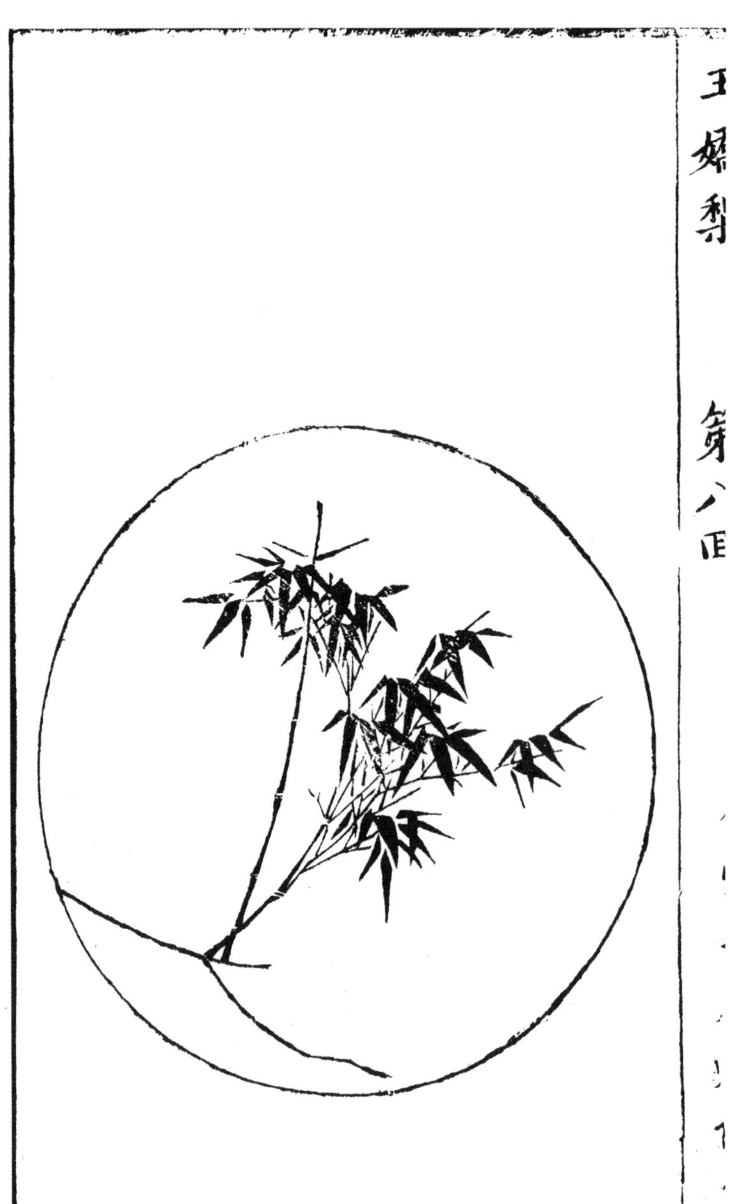

第七回　百花亭撇李尋花

一片石送鴻迎燕

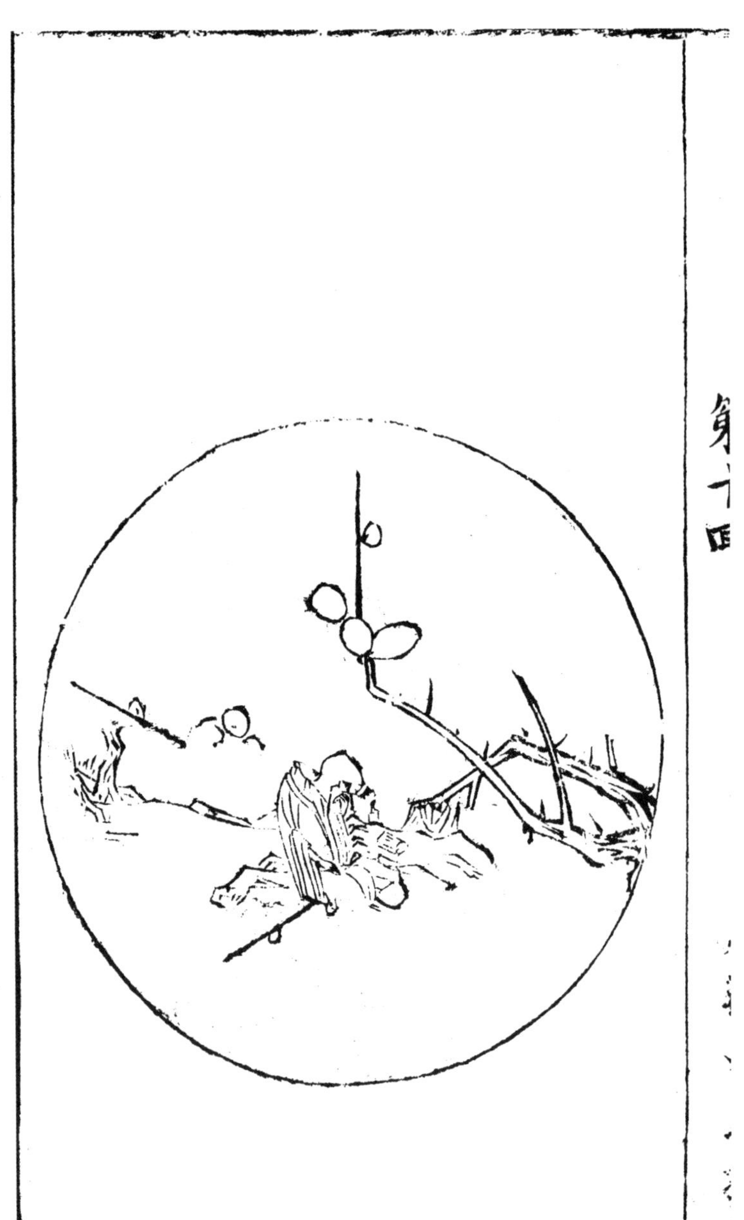

玉嬌梨
第十一回
有騰那背地求人

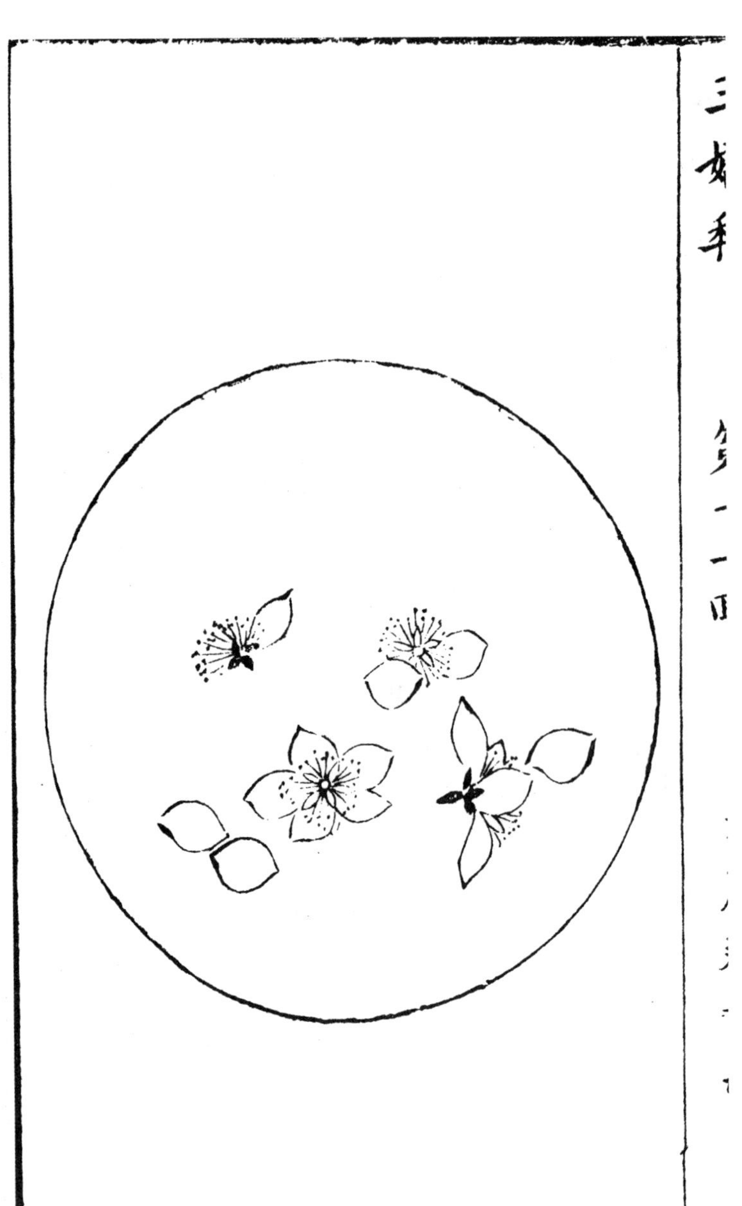

玉嬌梨　第十二回　沒奈何當場出醜

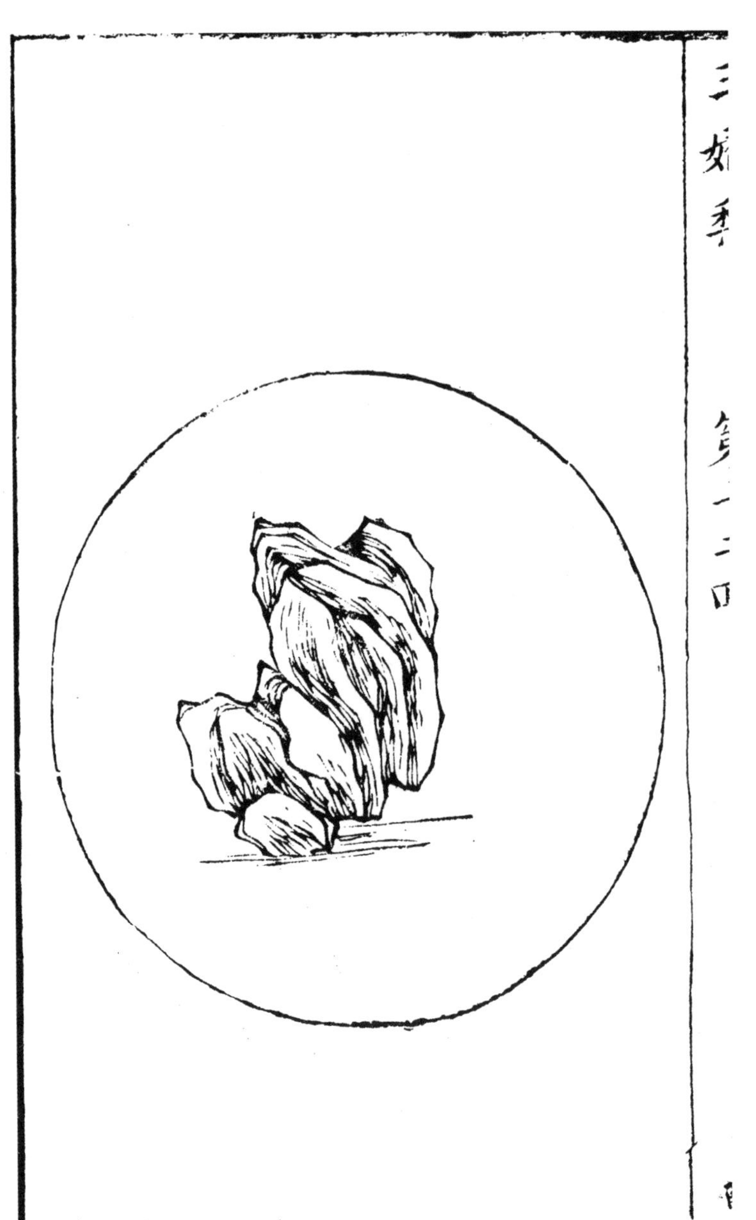

玉嬌梨　第十三回　蘇秀才窮途賣賦

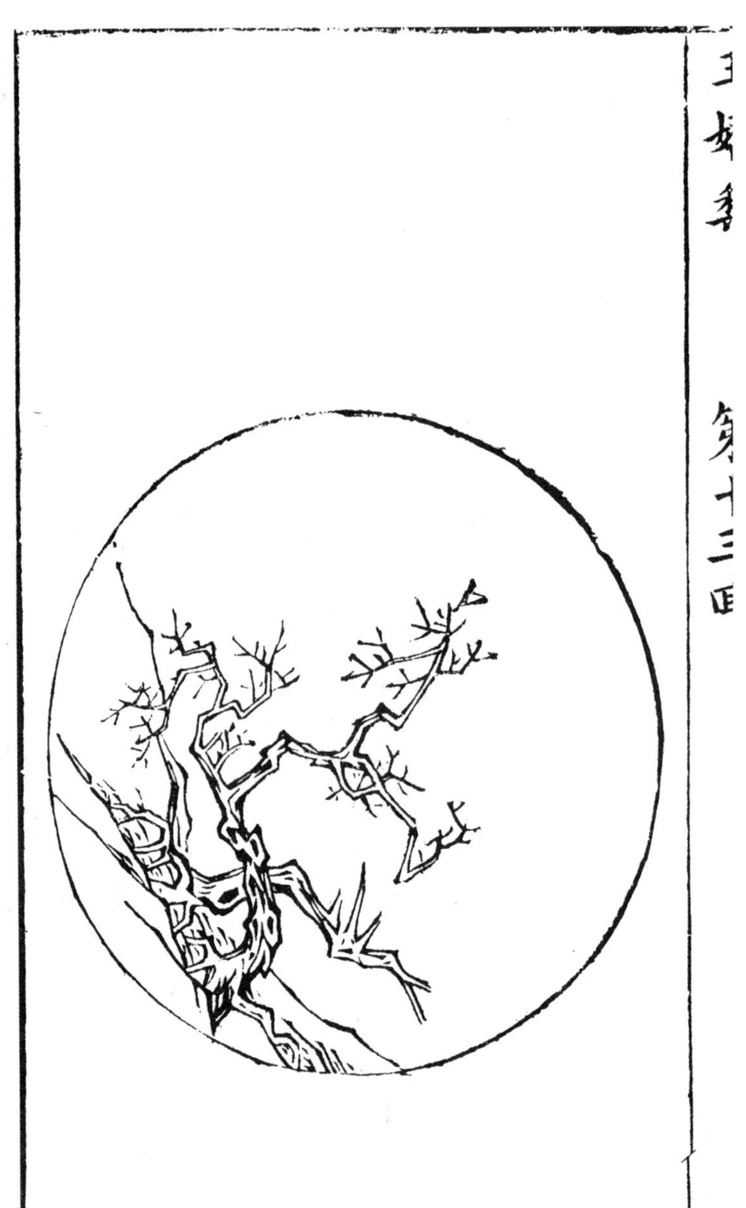

玉嬌梨　第十四回　盧小姐後園贈金

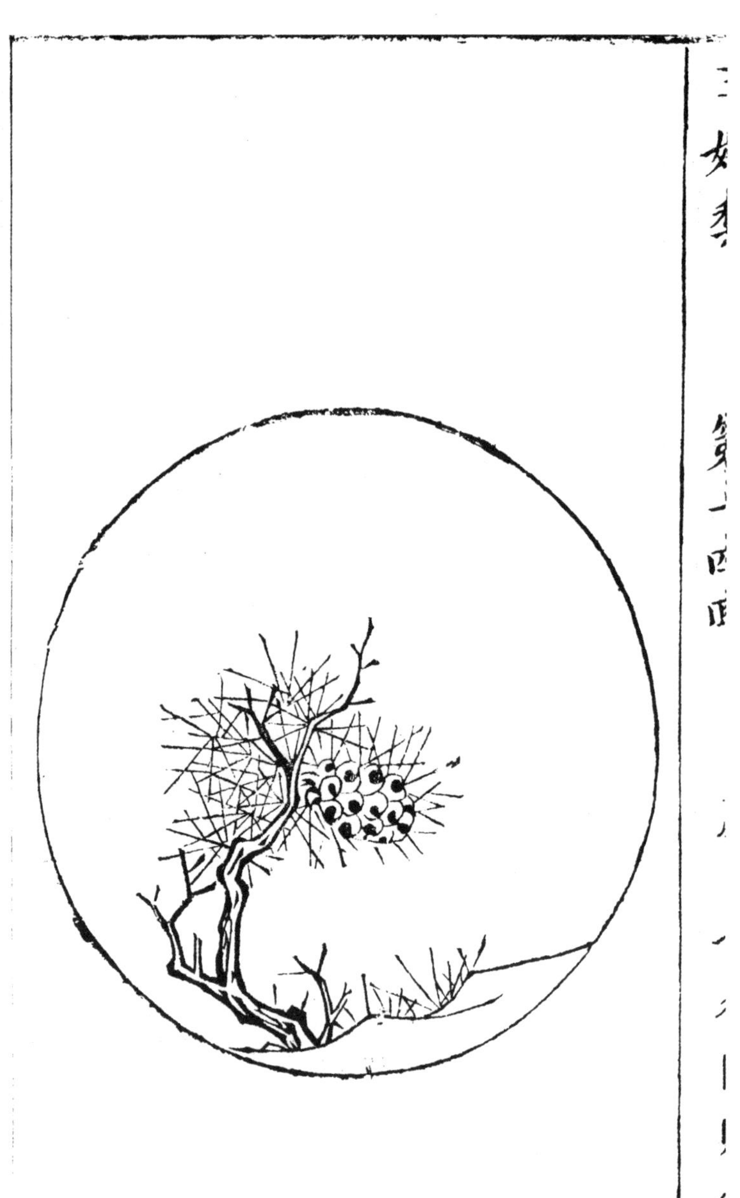

秋試春闈雙得意

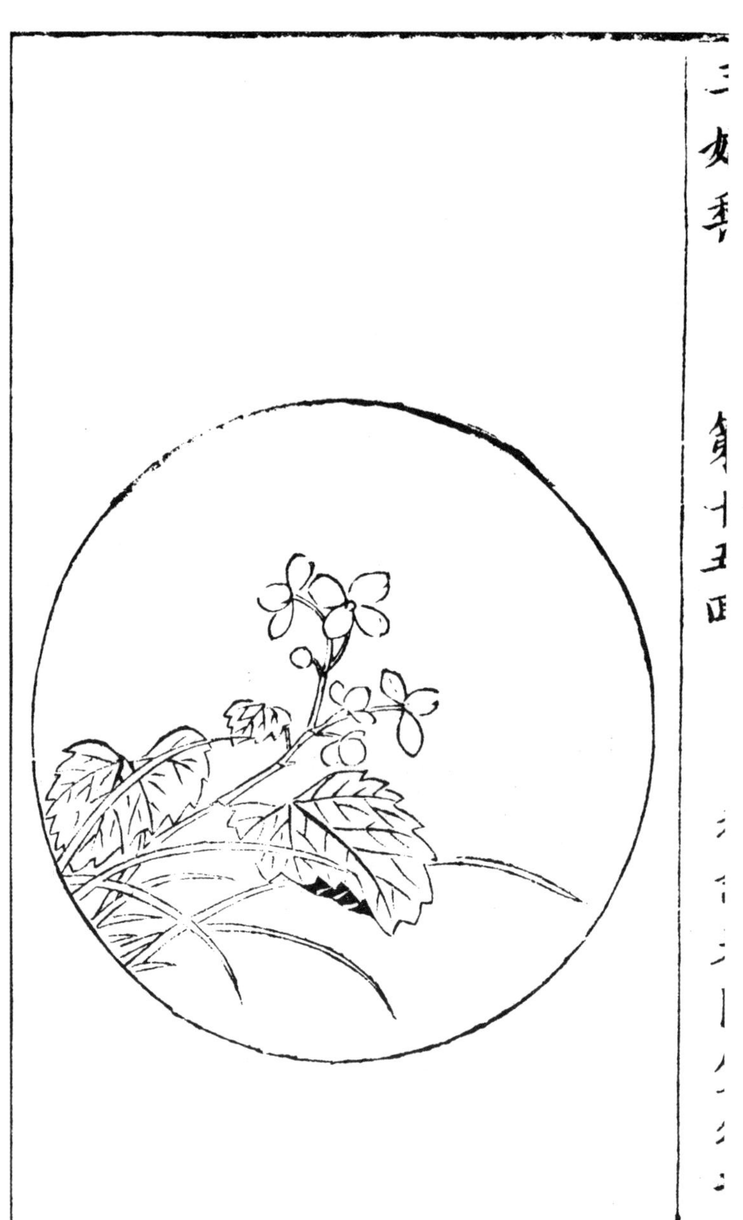

玉嬌梨　第十六回　花姨月姊兩談心

玉嬌梨

第十七回

勢位逼倉卒去官

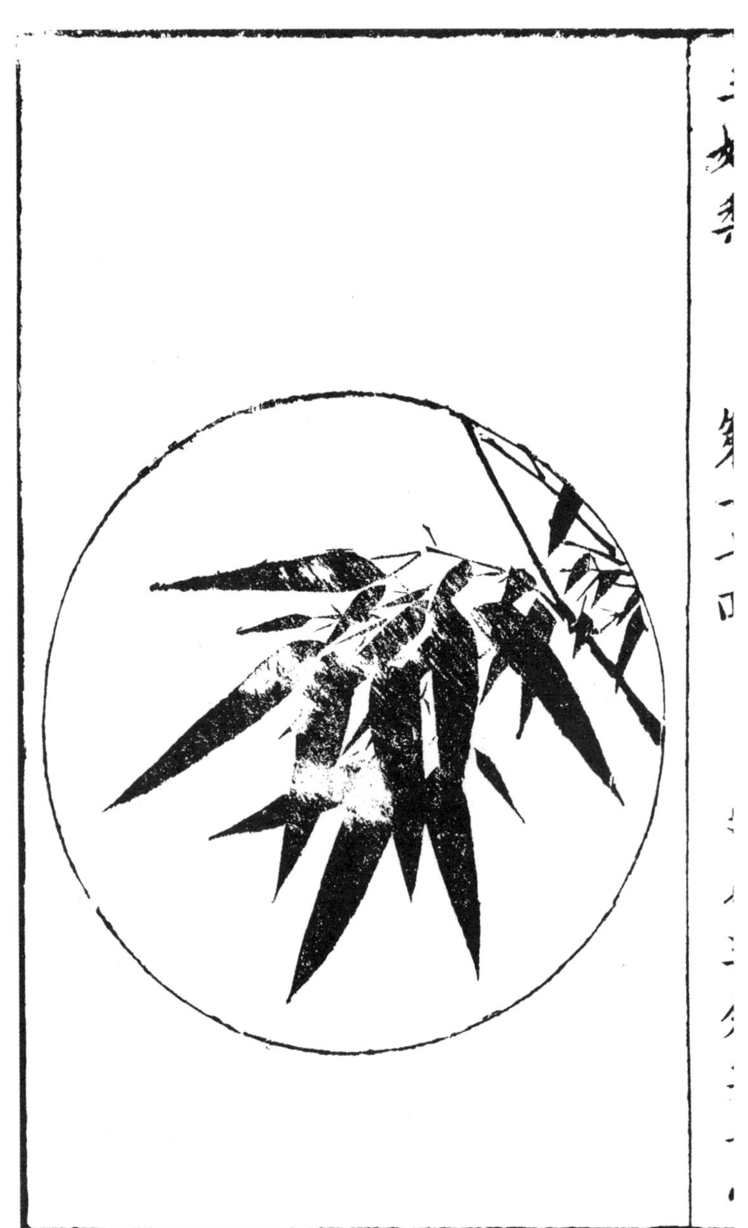

玉嬌梨　第十八回　山水遊偶然得壻

玉嬌梨　第十七回　暗中暗各不遂心

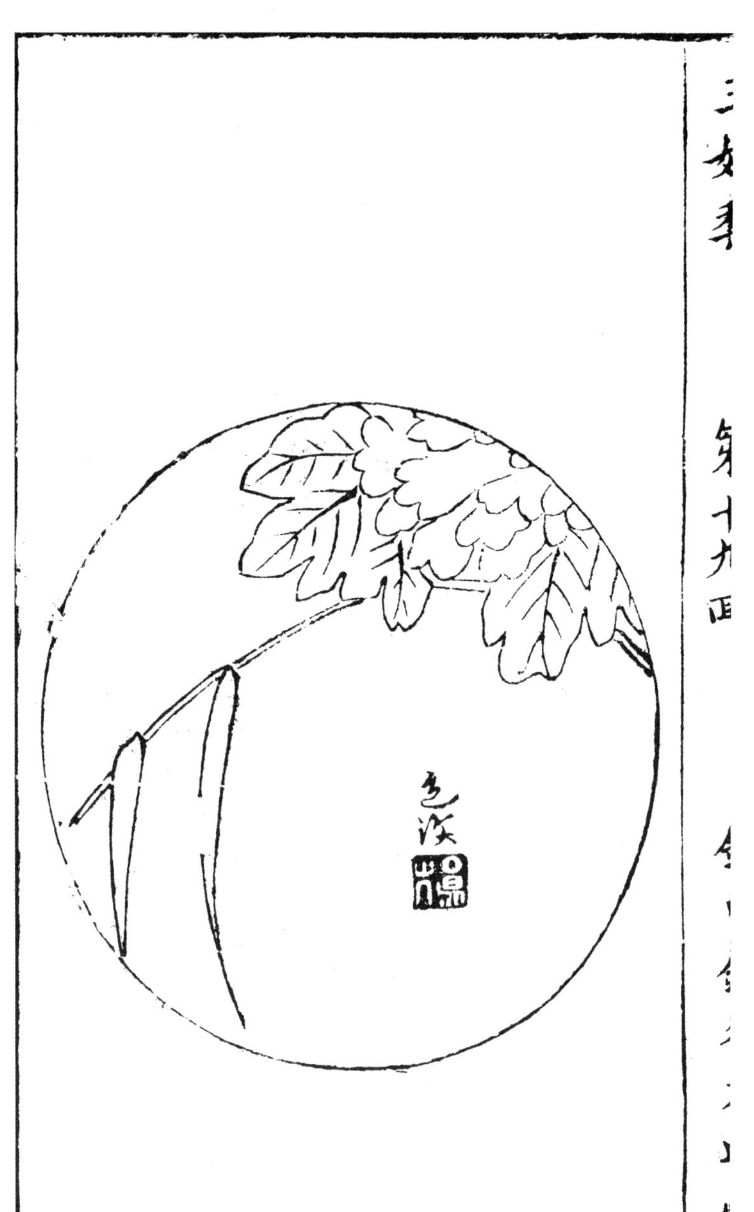

玉嬌梨
第二十回
錦上錦大家如願

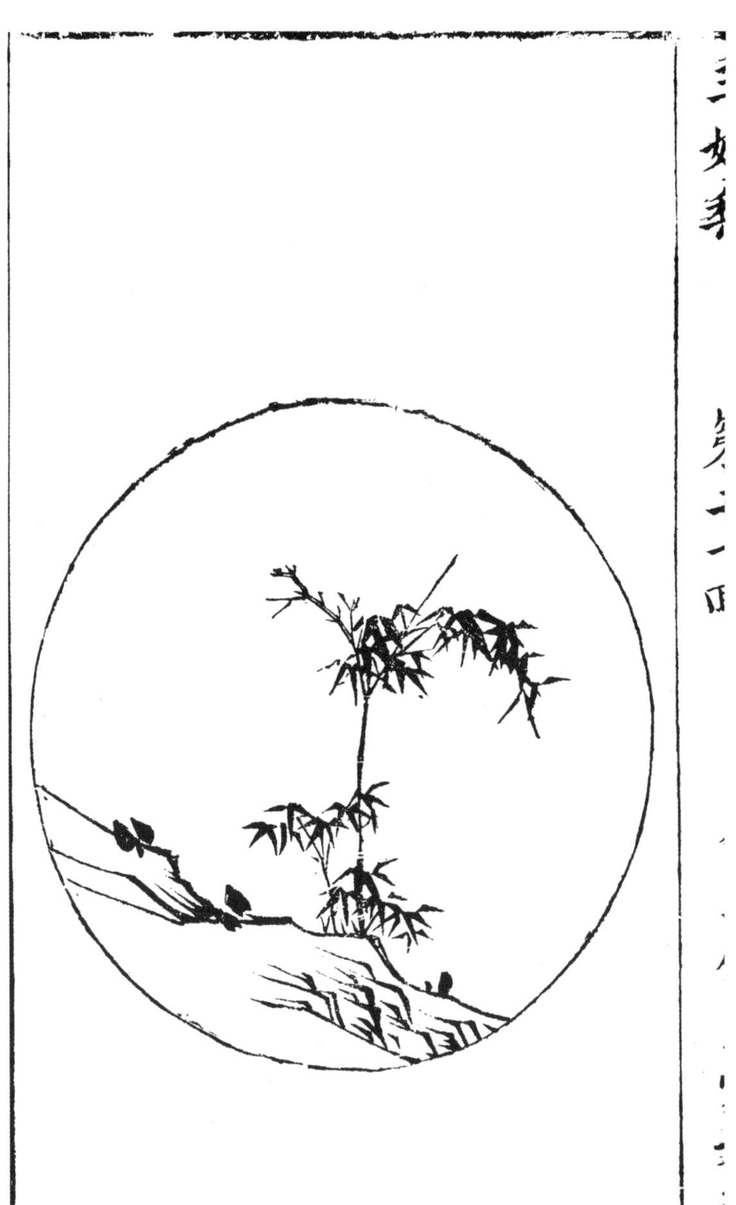

# 新鐫批評繡像玉嬌梨小傳

荑秋散人編次

## 第一回

### 小才女代父題詩

詩曰、六經原本在人心、笑罵皆文好細尋、天地戲場觀莫矮、古今聚訟眼須深、詩存鄭衛非無意、亂著春秋豈是淫、更有子雲千載後、生生死死謝知音、話說正統年間，有一甲科太常正卿，姓白名玄，表字太玄，乃金陵人氏，因王振弄權，挂冠而歸，這白太常上無兄，下無弟，只有一箇妹子，又嫁與伏脉山東盧副使遠去，止得隻身獨立，他為人沉靜寡欲，不貪名利，懶於逢迎，但以詩酒自娛，因厭城市中交接煩冗，遂卜居于鄉，去城約六七十里，地名喚做錦居村，這村裏青山環四面，一帶清溪，直從西過東，曲曲回抱，兩堤上桃柳芳菲，頗有山水之趣，這村中雖有千餘户居民、若要數富貴人家、當推白太常為第一、這白太常官又高、家又富、才學政望又大有聲名、但只恨年過四十、却無子嗣、也曾蓄過幾箇姬妾、可霎作怪、留在身邊、三五年再沒一毫影響、及遣去嫁人、不上年餘便人人生子、白公歎息、以為有命、以後遂不復買妾夫人吳氏、各處求神拜佛、燒香許願、直到四十四上、方生得一箇女兒、臨生這日、白公夢一神人、賜他美玉一塊、顏色紅赤如日、因取乳名叫做紅玉、白公夫妻因晚年無子、雖然生箇女兒、却也十分歡喜愛惜、這紅玉生得姿色非常、真是眉如春柳、眼湛秋波、更兼性情聰慧、到八九歲便學得女工針指、件件過人、不幸十一歲上、母親吳氏先亡過了、就每日隨着白公讀書寫字、果然是山川秀氣所鍾、天地陰陽不爽有百分姿色、自有百分聰明、到得十四五時、便知書能文、竟已成一箇女學士、因白公寄情詩酒、日日吟咏、故紅玉小姐于詩詞一道、尤其所長、家居無事、往從白公做了，叫紅玉和韻，紅玉做了，與白公推敲，白公因有了這等一箇女兒，便也不思量生子，只要選擇一箇有才有貌的佳婿配他，却是一時沒有，因此耽閣到一十六歲，尚未聯姻，不期一日朝廷遭土木之難，土木地名也先南犯至此正統北狩，正統皇帝被擄北去景泰登極，王振伏辜，起復舊臣，白公名係舊臣，吏部會議，仍推白公為太常正卿，不日命下，報到金陵，白公本意不願做官，只為紅玉姻事未就，因想道，吾欲選擇佳婿，料此一鄉一邑、人才有限、怎如京師、乃天下人文聚處。豈無東床俊彥。何不借此一行。倘姻緣有在。得一美婿。也可做半子之靠。主意定了、遂不推辭、擇個吉日、帶着紅玉小姐、同上京赴任、到了京師、見過朝、到了任、尋一箇私宅住下、這太常寺乃是一箇清淡衙門、况白公雖然忠義、却是箇踈懶之人、不肯攬事、就是國家有大事着九卿會議、也只是兩衙門與該部做主、太常卿不過備名色、唯諾而已、那有十分費心力處、每日公事完了、便只是飲酒賦詩、過了數月、便有一班好詩酒的僚友、或花或柳、遞相迬還、時值九月中旬、白公因一門人、送了十二盆菊花、擺在書房堦下、也有鷄冠紫、也有醉楊妃、也有銀鶴翎、盆盆俱是細種、深香疎態、散影滿簾、何減屏列金釵十二、白公十分喜愛、每日把酒玩賞、這一日正吟賞間、忽報吳翰林與蘓御史来拜、原来這吳翰林、就是白公的妻舅、叫做吳珪、號瑞庵、與白公同里、為人最重義氣、這蘊御史名喚蘊淵、字方田、雖是河南籍中的進士、原籍却也是金陵、又與白公是同年、又因詩酒往来、因此三人極相契厚、每每於政事之暇、不是你尋我便是我訪你、白公聽見二人来拜、慌忙出来迎接、三人因平日来往慣了、情意浹洽、全無一點客套、一見了、白公便笑說道、這兩日菊花開得十分爛熳、二兄為何不来一賞、吳翰林道、前日因李念臺點了南直隸學院、與他餞行、不得工夫、昨日正要来賞、不期剛出

門、撞見老楊厭物、拿一篇壽文、立等要改了與石都
督夫人上壽、又悞了一日工夫、今早見風日好、恐怕
錯過花期、所以約了藕老先、不速而至、藕御史道、小
弟連日也要来、只因衙門中多事、未免辜負芳辰、三
人說着話、走到堂上、相見過、更了衣、待茶過、遂邀入
書房中看菊、果然黃深紫淺、擺列兩隅、不異兩行紅
粉、吳翰林與蘇御史、俱誇奬好花不絕、三人賞玩了
一會、白公即令家人排上酒来同飲、々了數杯、吳翰

林因說道、此花秀而不艷、美而不妖、雖紅黃紫白顏色種〻鮮姸、却終帶幾分踈野瀟洒氣味、使人愛而敬之、就如二兄與小弟一般、雖然在此做官、而日〻陶情詩酒、與林下無異、終不似老楊這班俗吏、每日趨迎權貴、只指望進身做官、未免為花所笑、白公唉道、雖然如此說、只怕他們又笑你我不會做官、終日只好在此冷曹、與草木為伍、蘇御史道、他們笑我、殊覺有理、我們笑他、便笑差了、吳翰林道、怎麽我們笑

差蘇御史道這京師原是箇名利場他們爭名奪利
正其宜也你我既不貪富又不圖貴況白年兄與小
弟又無子嗣何必溷跡于此以博旁人之笑白公歎
一口氣道年兄之言最是小弟豈不曉得只是各有
所圖故苟戀于此斷非捨不得這一頂烏紗帽耳蘇
御史又道吳兄玉堂白兄清卿官閒政簡尚可以官
為家寄情詩酒只是小弟做了這一箇言路當此時
務要開口又開不得要開口又開不得實是難為只

等聖上冊封過、小弟必要討箇外差、離此方遂弟懷、吴翰林道、唐人有兩句詩道得好、說若為籬邊菊山中有此花、恰似為蘇兄今日之論而作、你我既樂看花飲酒、自當歸隱山中、最是㝡是、三人一邊談笑一邊飲酒、漸漸說得情投意洽、便不覺詩興發作、白公便叫左右取過筆硯、來與吴翰林蘇御史即席分韻作賞菊詩、三人纔待揮毫、忽長班来報楊御史老爺来了、三人聽了、都不歡喜、白公便罵長班道、蠢才曉淂我與吳爺蘊爺飲酒。就該回不在家了。長班禀道小的已回出門拜客、楊爺的長班說道、楊爺在蘊爺衙裏問來、說蘇爺在此喫酒、故此尋來、又看見二位爺轎馬在門前、因此回不淂了、白公猶沉吟不動身只見又一箇長班、慌忙進來禀道、楊爺已到門進廳來了、白公只淂起身、也不換冠帶、就是便衣迎出来、原来這楊御史叫做楊廷詔、字子猷、是江西建昌府人、與白公也是同年、爲人言語粗鄙、外好濫交、内多貪忌又要強作解事往往取人憎惡這日走進廳来望着白公便叫道年兄好人一般都是朋友為何就分厚薄既有好花在家邀老吳老蘇来賞怎就不呼喚小弟一聲難道小弟就不是同年白公道本該邀年兄来賞但恐年兄貴衙門事冗不得工夫幹此寂莫之事就是蘇年兄與吳舍親俱偶然小集也非小弟邀来且請寬了尊袍楊御史一面寬了公服作過揖也不等喫茶就往書房裏来吳翰林與蘇御史看

見只得起身相迎同説道楊老先今日為何有此高興楊御史先與蘇御史作揖道你一發不是人這樣快活所在為何瞞了我獨自來受用不通不通又與吴翰林作礼因致謝道昨賴老先生大才潤色可謂點鐵成金今早送與石都督十分歡喜比往日倍加敬重吴翰林咲道石都督欢喜乃感老先生高情厚礼未必為這幾句文章耳楊御史道敝衙門規矩只是壽文到也沒有甚麼厚礼蘇御史咲道小弟偏年

兄看花、年兄便怪小弟、像年兄登貴人之堂、拜夫人之壽、抛撇小弟、就不說了。說罷衆人都大笑起來、白公吽左右添了鐘筯、讓三人坐下飲酒、楊御史喫了兩杯、因與蘇御史道、今日與石都督夫人上壽、雖是小弟背兄、也是情面上却不過、未必便有十分陞賞、還有一件事、特来尋年兄商議、若是年兄肯助一臂之力、管取有些好處、蘇御史笑道、甚麽事有何好處乞年兄見教、楊御史道、汪貴妃册封皇后、已有成命、都督汪全眼見得便擅戚畹之尊。近日聞知離城二十里有一所民田，十分膏腴，彼甚欲之，竟叫家人奪了。今日衙門中紛紛揚揚，都要論他，第一是老朱出頭。汪都督曉得風聲，也有幾分着忙，今日央人來求小弟，要小弟與他周旋。小弟想衙門裏衆人都好說話，只是老朱有些任性，敢作敢為，再不思前慮後。小弟務務與他說好話，他再不肯聽。我曉得他與年兄甚好，極信服年兄。年兄若肯出一言，止了此事，汪都督自然深感、不獨有謝你我既在這裏做官、這樣人終須惡識他不得、况又不析甚本、不知年兄以爲何如、蘇御史聽了、心下有幾分不快、因正色道、若論汪全何侍戚畹、白占民間田土、就是老來不論、小弟與年兄也該論他、年兄爲何還要替他周旋、未免大勢利了些、揚御史見蘇御史詞色不順、便默默不語、白公因笑道、小弟只道揚年兄特來賞菊、原來却是爲汪全說人情、這等、便怪不得小弟不來邀兄賞菊了吳翰林也笑道良辰美景只該飲酒賦詩若是花下談朝政頗覺不宜楊老先生該罰一巨觴。以謝唐突花神之罪楊御史被蘇御史搶白了幾句已覺抱愧又見吳翰林與白公帶笑帶戲譏刺他甚是沒意思只得勉強說道小弟因蘇年兄說起偶然談及原非有心。為何就要罰酒白公道這個定要罰隨叫左右斟上一大犀盃送與楊御史楊御史拿着酒說道小弟便受罰了倘後有談及朝政者小弟卻也不饒他吳翰林道、這個不消説了、楊御史嚊乾酒、因看見席上有筆硯、便説道、原來三兄在此高興做詩、何不見教、吳翰林道、纔有此意、尚未下筆、楊御史道、既未下筆、三兄不可因小弟村斷了興頭、請傾珠玉、待小弟飲酒奉陪、何如、白公道、楊年兄既有此興、何不同做一首、以紀一時之事、楊御史道、這是白年兄明明柰何小弟了、小弟于這些七言八句、實是來不得、白公笑道、年兄長篇壽文稱功頌德、與權貴上壽偏來得、爲何這七言八句不過數十箇字兒就來不得想是知道些菊花沒有陞賞了楊御史聽了便嚷道白年兄該罰十杯小弟談朝政便該罰酒像年兄這等難道就罷了不隨他左右也篩了一大犀盃遞與白公吳翰林道若論說壽文也還筭不得朝政蘇御史咲道壽文雖是壽文却與朝政相關若不關朝廷揚年兄連壽文也不做了不白年兄該罰該罰白公笑了笑將酒一飲而乾因說道酒便罰了若要做詩必須分韻

同做如不做并詩不成者俱罰十大杯吳翰林道說得有理楊御史道二兄不要倚高木欺負小弟若像前日聖上要差人迎請上皇無一人敢去這便是難事了若只將做詩喫酒來難人這也還不打緊蘇御史道楊年兄又談朝政了該罰不該罰白公見楊御史說的話太卑汚厭聽不覺觸起一腔忠義便忍不住說道楊年兄說的話全無一毫丈夫氣你我既在此做官便都是朝廷臣子東西南北惟朝廷之使

怎麼說無一人敢去、倘朝廷下尺一之詔、明着某人去、誰敢推托不行、若似年兄這等說來、朝廷終日將大俸大祿養人何用、楊御史冷笑了一聲道、這些忠義話兒、人都會說、只怕事到臨頭、未免又要手慌腳亂了、白公道、臨時慌亂者、只是愚人無肝膽耳、吳翰林與蘇御史見二人話不投機、只管搶白起來、一齊說道、已有言在先、不許談朝政、二兄故犯、各加一倍罰兩大杯、因喚左右每人面前篩了一杯、楊御史還推辭理論，白公因心下不快，拿起酒來，也不候楊御史竟自一氣飲乾，又叫左右篩上一杯，復又拿起幾口喫了，說道小弟多言該罰兩杯，已喫完了，楊年兄這兩杯喫不喫，小弟不敢苦勸，楊御史笑道，年兄何必這等使氣，小弟再無不喫之理，喫了還要領教佳章，吳翰林道年兄既有興做詩，可快飲乾，楊御史也一連喫了兩杯，說道小弟酒已乾了，三兄有興做詩，乞早命題，容小弟謾々好想，吳翰林道也不必別尋題目就是賞菊妙了、白公道、小弟今日不喜作詩、三兄有興請自做、小弟不在其數、楊御史聽了大嚷道、白年兄太欺負人、方纔小弟不做、你又說定要同做若不做罰酒十盃、及小弟肯做、你又說不做、這是明欺小弟不是詩人、不屑與小弟同吟、小弟雖不才、也忝在同榜、便胡亂做幾句歪詩、未必便玷辱了年兄今日偏要年兄做、年兄若不做、是自犯自令、該倍罰二十盃、就醉死也要年兄喫、白公道、要罰酒小弟情頭、若要做詩、决做不成、楊御史道、既情願喫酒、這就罷了、就叫人將大犀杯篩上、蘇御史與吳翰林還要解勸、白公拿起酒來便兩三口喫乾、楊御史又叫斟上、吳翰林道、白太玄既不做詩罰一杯就筭了、楊御史道、這個成不得定要喫二十杯、白公笑道、花下飲酒、弟所樂也、何關年兄事、而年兄如此着急、拿起來又是一大杯、喫將下去、楊御史也笑道、小弟不管年兄樂不樂、關小弟事不關小弟事、只喫完二十杯便罷、又叫左右斟上、白公一連喫了四五杯、因是氣酒、又喫急了、不覺一時湧上心來、便有些把捉不定、當不得楊御史在傍絮絮聒聒、只管催逼白公又喫得一杯、便坐不住、走起身竟往屏風後一張榻床上去睡、楊御史看見、那裏肯放、便要下席来扯蘓御史攔住道、白年兄酒喫急了、罰了五六杯、也彀了、等他睡一睡罷、楊御史道、他好不嘴強、這是一杯也饒他不過吴翰林道、就要罰他、也等你我詩成你我俱未做如何只管罰他蘇御史道這個說得極是楊御史纔不動身道就依二兄說做完詩不怕他不喫他若推醉不喫小弟就潑他一身說罷三人分了紙筆各自對花吟哦不題正是

酒欣知已飲　詩愛會家夸
不是平生友　徒傷詩酒心

且說白公自從夫人死後身邊並無姬妾內中大小事俱是紅玉小姐主持就是白公外面有甚事也要

與小姐商量、這日白公與楊御史爭論做詩之事、早有家人報與小姐、小姐聽了、曉得楊御史為人不端、恐怕父親任性搶白出禍来、因問家人道、如今老爺畢竟還做詩也不做、家人道、老爺執定不肯做詩、被楊爺灌了五六大杯酒、老爺因賭氣喫了、如今醉倒在榻床上睡哩、小姐又問道、楊爺與蘇爺舅老爺、如今還是喫酒、還是做詩、家人道、俱是做詩、楊爺只等做完了詩、還要扯起老爺来灌酒哩、小姐道、老爺是真醉。是假醉、家人道、老爺因喫了幾杯氣酒、雖不大醉也有幾分酒了、小姐想了想說道、既是老爺醉了、你可悄悄將分與老爺的題目紙、拿進来我看家人應諾、隨即走到席前、趁衆人不留心、即將一幅寫題的花箋、拿進来遞與小姐、小姐看了、見題目是賞菊、便叫侍兒嫣素、取過筆硯信手寫成一首七言律詩真個是

彙雲挾雨須臾至　腕鬼驅龍頃刻飛

不必数蓂蕉七步　烏絲早已滿珠璣

紅玉小姐、寫完了詩、又取一箇帖子、寫兩行小字、都付與家人、分付道、你將此詩此字、暗暗拿到老爺榻前伺候、看老爺酒醒時就送與老爺、切不可與楊爺看見、家人答應了、走到書房中、只見吳翰林纔揮毫欲寫蘇御史正注目向花搜索枯腸、楊御史也不寫也不想且拿着一杯酒、口裏唧唧噥噥的吟哦、家人走到白公榻前伺候、原來白公酒量原大、只因賭氣一連喫急了、所以有些醉意、不料略睡一睡、酒便醒了、不多時醒將來要茶喫、家人忙取了一杯茶、遞與白公、白公就坐起來接茶、喫了兩口、家人即將小姐詩箋與小帖暗暗遞與白公、白公先將帖子一看只見上面寫着兩行小字道、長安險地、幸勿以詩酒賈禍、白公看畢、暗點點頭兒、又將花箋打開、却是代他做的賞菊詩、因會過意來、將茶喫完了隨即立起身、仍舊走到席上來、蘇御史看見道、白年兄醒了妙妙白公道小弟醉了失陪三兄詩俱完了麼楊御史道年兄推醉得妙、還少十四杯酒、只待小弟詩成了、一杯也不饒、吳翰林向白公道、吾兄才極敏捷、既已酒醒、何不信筆一揮、不獨免罰、尚未知鹿死誰手、白公笑道、小弟詩到做了、只是楊年兄在此、若是獻醜、未免遺笑大方、楊御史道、白年兄不要譏誚小弟、年兄縱然敏捷也不能神速如此、如果詩成、小弟頓喫十杯、倘竟未做、豈不是取笑小弟、除十四杯外、還要另罰三杯、年兄若不喫、便從此絕交、白公笑道要不做就不做、要做就做、怎肯說謊、即將詩稿拿出與三人看、蘇御史接在手中道、年兄果然做了、大奇大奇、吳翰林與楊御史都挨攏来看、只見上寫着、

紫白紅黃種色新。移来秋便有精神。
好從蘺下尋高士。漫向簾前認美人。
處世靜疎多古意。傍予疎冷似前身。
莫言門閉官衙冷。香滿床頭二十辰。

三人看了、俱大驚不已、蘇御史道、白年兄今日大奇、此詩不但敏捷異常、且字字清新俊逸、饒有別致、似不食烟火者、大與平日不同、敬服敬服、小弟輩當爲之閣筆矣、白公道、小弟一來恐拂了楊年兄之命、二来要奉楊年兄一杯、只得勉强應酬、有甚佳句、楊御史道、詩好不必説、只是小弟有些疑心、白年兄恰纔酒醒、又不曾動筆、如何就出之袖中、就寫也要寫一會、吴翰林將詩拿在手中、又細細看了兩遍、會過意來、認得是紅玉所做、不覺微微失笑、揚御史看見道、吳老先為何咲、其中必有緣故、不說明、小弟决不喫酒、吳翰林只是笑不做聲、白公也咲道、小弟為不做詩、罰了許多、今詩既做了、年兄自然要飲、有甚疑心處、難道是假的不成、揚御史道、吳老先笑得古怪、畢竟有些緣故、蘇御史因看着吳翰林道、這一定是老先見白年兄醉了、代做的了、吳翰林道、愧死小弟如何做得出、揚御史道、若不是老先代做、白年兄門下、又不見有館客是誰做的吳翰林只不做聲但是笑白公笑道難道小弟便做不出定要别人代筆楊御史道怎敢説年兄做不出只是吳老先笑得有因你們親〻相護定是做成圈套哄騙小弟喫酒且先罰吳老先三大杯然後小弟再喫一面叫人篩一大杯送與吳翰林吳翰林笑道不消罰小弟小弟也不知是不是擄小弟想来此詩也非做圈套騙老先生决是舍甥女恐怕父親醉了故此代為捉刀耳楊蘇二

御史聽了俱各大驚因問白公道果是令愛佳作否白公道實是小女見小弟醉了代做聊以塞責楊蘇二御史驚嘆道原来白年兄令愛有如此美才不獨閨閣所無即天下所稱詩人韻士亦未有也小弟空與白年兄做了半生同年竟不知令愛能詩識字如此可敬可敬吳翰林道舍甥女不但詩才雋美且無書不讀下筆成文千言立就蘇御史道如此可謂女中之學士也白公道衰暮獨夫有女雖才却也無用

蘇御史道、小弟記得令愛今年只好十六七歲、白公道、今年是一十六歲、楊御史道、曾許字人否、白公道、一来為小弟暮年無子、二来因老妻去世太早、嬌養慣了、所以直至今日尚未許聘、楊御史道、男大須婚、女大須嫁、任是如何嬌養、也不可悞于歸之期、吳翰林道、也不是定要悞期、只為難尋佳婿、楊御史道、偌大長安、豈無一富貴之子可嫁、小弟明日定要作伐、白公道、閒話且不要說、三兄且請完了佳作、蘇御史道、珠玉在前○自慚形穢○其實完不得了○每人情願罰酒三杯○何如楊御史道、說得有理、小弟情願喫吳翰林詩雖將完、因見他二人受罰、也就不寫出來、同罰了三大杯、只因這一首詩、使人欽愛大家談笑歡飲直至上燈、纔散○正是、

白髮詩翁吟不就　紅顏閨女等閒題

始知天地山川秀　偏是娥眉領畧齊

三人散去、不知又作何狀、且聽下回分解

終

第二回　老御史為兒謀婦

詩曰：
憑君傳語寄登徒，只合人間媚野狐。若有佳人懷吉士，從無淑女愛金夫。甘心合屬錦添錦，强得圓時觧不觧。再莫鑿空施妄想，任他才與色相圖。

話說楊御史自從在白公衙裏賞菊飲酒，見了白小姐詩句，便思量要求與兒子為妻。原来楊御史有一子一女、兒子叫做楊芳、年纔二十歲、人物雖不甚醜、只是文章學問難、對、人、言、賴楊御史之力、替他夤緣、到中了江西鄉試、因會試不中、就隨在任上讀書、楊御史雖懷此心、却知道白公為人執拗、在女婿上留心選擇、輕易開口決不能成、再三思想、並無計策、忽一日拜客回来、到衙門前、只見一箇青衣人、手棒着一封書、跪在路傍禀道、浙江王爺有書候問老爺、楊御史看見、便問是吏部王爺麼、青衣人荅道、正是

吏部王爺、楊御史、隨叫長班接了書、分付來人伺候

遂下馬進到私衙內、一面脫去官服一面就折開書

看、只見上面寫着

年弟王國謨頓首拜

弟自讓部歸来、不獲與　年臺聚首〻京師者、春

忽冬矣、　年臺霜威嚴肅、百僚不振而清、遠人聞

之、曷勝欣仰、茲者同鄉友人廖德明、原係儒者、既

精風鑑、復善星平、往〻有前知之妙、弟頗重之、今

扶術遊長安、敢獻之門下、以為蓍龜之一助、幸賜盼睞而吹噓焉、感不獨在廖生也、草〻奉瀆不宣

楊御史看完了書、知道是薦星相之士、撇不過同年面情、只得分付長班道、你去看王爺薦的那位廖相公可在外面、如在、可請進來、長班出去不多時、先拿名帖進來稟道、廖相公請進來了、須臾只見一人從階下走進來、怎生模樣、但見

頭戴方巾、身穿野服、頭戴方巾強賴作斯文一脉

身穿野服，假裝出隱逸三分；髭鬚短而不長，有類蓬〻亂草；眼睛大而欠秀，渾如落〻彈丸。見了人前趋後拱，渾身都是謙恭；說話時左顧右盼，滿臉盡皆勢利。雖然以星相為名，到全靠逢迎作主。楊御史見了，即迎進廳來。見畢禮，分賓主坐下。廖德明先開口說道：「久仰台光，無緣進謁。今蒙王老先生介紹，得賜登龍，喜出望外。」楊御史道：「王年兄書中甚稱兄高明有道，今接芝宇，果是不凡。」須臾茶罷，楊御史又問道、兄抱此異術而來、京師中相知必多、廖德明道、晚生素性徑守、嬾於干人、雖還有幾封薦書、晚生恐怕賢愚不等、為人所輕也、未必去了、今日謁過老先生、明日也只好還去見見敝鄉的陳相公、余少保、石都督、白太常、三四位賢鄉相罷了、楊御史聽見說要見白太常、便打動心事、因問道、白太常莫不就是敝同年白太玄麼、廖德明荅道、正是貴同年白老先生、楊御史聽了、心中暗想道、這段姻緣、要在此人身上做得過脉、因分付左右擺飯、一面就邀廖德明往書房中去坐、廖德明辭道、晚生初得識荆、尚未献技、怎麽就好相攪、楊御史道、若是他人、我學生也不輕留、兄乃高明之士、正有事請教、到不必拘禮、遂同到書房中坐下、坐了一歇、廖德明就說道、老先生請轉正尊容、待晚生觀一觀氣色何如、楊御史道、學生到不消勞動、到是小兒有一八字求教求教罷、廖德明道、這個當得、楊御史隨叫左右取過文房四寶、寫

了四柱、遞與廖德明、廖德明細〻看了一遍道、令公
子先生、這尊造、八字清奇、五行相配、真如桂林一枝、
崑山片玉、又兼計羅截出恩星、少年登科〇自不必説〇
目下二十歲、尚在酉限、雖見得頭角崢嶸、猶不為奇、
若到了二十五歲、運行丙子南方、看鳳池獨步〇翰苑
遨遊〇方是他得意之時〇只是妻宮不宜太早、早〻了便
有刑剋、楊御史咲道、美得准笑得准〇小兒自會試不
曾中得、發憤在衙讀書、每〻與他議親、他決不肯從、

直要等中了進士、方肯議親、我只道他是痴心妄想、原来命中原該如此、廖德明道富貴皆命裏帶来、豈人力所能強求、又問道、令公子難道、從未曾娶過、楊御史道、曾定過敝鄉劉都堂的孫女、不料未過門就死了、所以直蹉跎至此、廖德明道、既然尅過這命、纔准○只是後来這頭親事、須選一箇有福的夫人之命、方配得過、正說着、左右擺上酒来、楊御史遜了坐、二人坐下一邊飲酒、一邊廖德明又問道、令公子近日有甚宅院来議親麽、楊御史道、連日来議親者頗多、説来皆是富貴嬌癡、多不中小兒之意、近聞得白年兄有一令爱、工容與才華。俱稱絶世。前日學生在白年兄衙中飲酒、ゝ後分韻做詩、白年兄醉了、未曾做得、他令爱就曉ゝ代他做了一首、清新秀美。使我輩同年中幾個老詩人、俱動手不得。廖德明道、白小姐既有如此才華、可謂仕女班頭矣、令公子又乃文章魁首、自是天地生成一對好夫妻、况老先生與白公、又係同年，正是門當户對，何不遣媒一説？楊御史道：此雖美事，只是敝同年這老兒生性有些古怪，他要求人，便千肯萬肯；若是你去求他，便推三阻四，徧有許多話説。所以學生不屑下氣先去開口。這兩日聞知他擇婿甚急，若淂其中有一相知，將小兒才學細細説與此老知道，使此老心肯意肯，然後遣媒一説，便容易成了。廖德明道：老先生所見最高。只怕晚生人微言輕，不足取信。明日往候白公時，倘有機會，細

〻将令公子這等雄才大志說與他知楊御史道既有此高情切不可說出是學止之意廖德明哭道這箇晚生知道這也不獨為令公子求此淑女送這等一箇佳婿與白公還是他淂便宜二人話淂投機又飲了數盃方纔喫飯喫完飯廖德明就辭起身楊御史道尊寓在何處尚未曾奉拜廖德明道小寓暫借在浙直會館中怎敢勞重台駕說畢送出廳来到了門前楊御史又囑付道此事若成决當重謝廖德明

運道不敢、方纔别去、正是

曲人到處皆奸巧　　詭士從来只詐謀
豈料天心原有定　　空勞明月下金鈎

楊御史送了廖德明回衙不題、且説廖德明受了楊御史之托、巴不得成就此事、就有托身之地。回到舘中宿了一夜、次早起来梳洗畢、收拾些飯喫了、依舊叫家人拿了王吏部的荐書、竟望白太常私衙而来、到了衙前、先将王吏部的書投進去、等了一會、方見一個長班出來相請廖德明進到廳上又坐了一歇白公方纔出來相見叙過了來意喫了茶白公便問道王年兄稱先生風鑑如神但學生衰朽之夫豈是以當大觀廖德明道老先生道光德譽天下景仰非晚生末術所能淺窺倘不鄙棄請正台顏容晚生仰測一二白公將椅向上移了一移轉過臉來道君子問災不問福請先生勿隱廖德明定睛細細看了一晌因說道觀公神凝形正巖巖有山岳之氣象更兼

雙眉分聳入鬢，兩眼炯炯如寒星。為人一生高傲，行事清奇古怪。處艱難最有擔當，遇患難極重義氣。最妙在隼頭隆直，五岳朝歸，這富貴只怕今生享他不盡。只恨神太清了，神清則傷子嗣。說便是這等說，却喜地閣豐厚，到底不是個孤相。将来或是循子，或是半子，當有一番奇遇，轉高出尋常箕裘之外。白公嘆道：學生子息上久已絕望，若得個半子相依，晚年之願足矣。若說眼前這些富貴，不瞞先生說，真不異浮雲敝屣。廖德明道。據老先生之高懷。雖不戀此。若據晚生相中看來。這富貴正無了期。子息上雖非親生。定有一番奇遇。目下印堂紅黑交侵。若不見喜。必有小災○却不妨。老先生可牢記此言。到明月驗了。方知晚生不是面欺。白公道。多承指迷。敢不心佩。正相完左右又換了一道茶來。喫了茶。白公又問道。先生自浙到京師。水陸三千餘里。閱人必多。當今少年才士。曾看得幾人中意。廖德明道。晚生一路看來。若論尋常科甲處々皆有倘要求曠世奇才名重天下之人惟有御史楊公令公子方纔當得起白公驚問道是那個楊公雖道就是敝同年楊子獻廖德明道是江右諱廷詔的到不知可是貴同年白公道正是他止得一位乃郎前年中了鄉榜學生曾見過其人也只尋常就是硃卷也不見怎麽過人為何先生獨取此子廖德明道若論文章一道晚生不敢深辨若從他星命看來文昌纏斗當有蘇學士之才華異日自是

第一人玉堂金馬不但星命就是他已叨鄉薦今年二十歲終日藏修尚未肯議親只這一段念頭也不可及○老先生莫要等閒錯過○白公道原来如此學生到也不知二人又說了些閒話廖德明就起身告辭白公道本該留先生在此小酌三杯奈一個敝相知見招在李皇親莊上来催早去有慢先生多得罪了隨叫家人封了一兩代儀送與廖德明廖德明打一恭受了再三致謝出門隨即将此說話報與楊御史

去了不題、且說白公自聽了廖德明一席話、心下就有幾分打動了、便要訪問楊公子消息、又不好對外人說、恰好吳翰林来訪他、白公就留在書房中小飲、二人飲到半酣、白公因問道、楊子獻的乃郎、你曾見麽、吳翰林道、你為何問他、白公道、前日敝同年薦了一個相士来、我偶問及他京師中誰家子侄多才而賢、他就盛稱老楊的乃郎、以為後来第一才人、且以鼎甲相期、小弟因為紅玉親事、恐怕當面錯過、所以問他、不知他的文字如何、吳翰林道、他是詩二房陸知縣的門生、文字雖未曾見、人是見過的、卻也不曾留心、如今細細想起來、也不像個大才之人、就是老楊從也不見誇獎、若果好時、他怎肯自家埋沒了、白公道、我也是這等疑心、那相士又說他今年二十歲、尚未議婚、說他立志必要登了甲榜、方肯洞房花燭、若果有此志、便後生可畏、定他不得了、吳翰林道、這也不難、到等小弟明日設一席、請他父子來一敘、再面觀其動靜才不才便可知矣白公道此最有理二人商量定又喫了半日酒方纔別去到次日吳翰林就差長班下兩個請帖去請楊御史父子即日私衙小敘這日楊御史因得了廖德明的信知道白公已有幾分心允正要央人去說親忽見吳翰林來請他父子喫酒便滿心歡喜暗想道若不是白家老兒聽了廖德明之言老吳為何請我父子兩個親事必定有幾分妥帖到只愁兒子無真實之才恐怕一言而

語露出馬脚。欲待托故不去，又恐怕老白生疑。又想道：就去也不妨，他人物也還充得過，况他已是舉人，料不好席上考他。就答應了，都來打發來人去了。就叫兒子楊芳打粉得齊齊整整，又分付道：你到那裏須要謙遜，不可多言。倘若要你作文成詩，你只回說父執在上，小侄焉敢放肆。楊芳應諾。原來這楊芳生得人物到也豐厚，只是稟性愚蠢，雖夤緣做了個舉人，若重新問他七個題目，只怕還有一半記不清白。

這日到了午後吳翰林着人来邀、楊御史就領了、楊芳騎馬而来、此時白公已先在衙中多時了、左右報楊御史来了、吳翰林就出来迎接進廳、先是白公與楊御史相見、楊御史要讓白公、白公再三不肯道、小弟今日特来奉陪、又是舍親處、决無此理、遜了一會、還是楊御史僭了、吳翰林也見過、就是楊芳與白公見禮、白公也還要遜讓、楊芳、楊芳忙推讓道、年伯在上、小侄爲敢放肆、楊御史就用手扯過白公到左邊来說道年兄這就不是了子侄輩當教之以正白公不得已只得借了相見畢讓坐楊御史在東邊第一白公是西邊第一楊芳轉在前面朝上而坐吳翰林就並在白公一帶畧將椅子扯斜些相陪一面茶来一面楊御史就向吳翰林說道小弟屢屢欠情今日為何反辱寵招吳翰林道自從令郎到京從不曾申敬今日治杯水酒聊表微意到不是為老先生楊御史道子侄輩怎敢當此盛意今日小児因貪讀書耳

不肯来小弟因說他豈有個父執呼喚不来之理況又有老年伯在此領教淂一日勝似讀十年書所以纔来了自公道令郎如此用工難淂難得楊御史道自小就是如此他母親恐他費精神常常勸戒他也不聽就是前秋僥倖了人家要来與他結親他決意都辭了每日只守定幾本書連見小弟也是踈的小弟常戒他道書不是這等讀的他揔理會不来吳翰林道這等高才又肯如此葳修其志不小老先生有

此千里駒、弟輩亦增光多矣、閒話了一會、左右擺酒席齊備、吳翰林就起身遞酒定席、大家仍舊照位坐了、喫了半日、白公與吳翰林留心看楊芳舉止動靜再不見楊芳開口說話、但問他話、就是楊御史替他荅應、一時看不出深淺、又喫了一會、吳翰林便送楊御史行令、楊御史謙遜了一會、方纔受了因說道酒也多了、只取紅羅、一紅一杯、自飲、吳翰林道、太容易了、還要另請教嚴些、白公道令既出了、如何又改、只是求添一底羅、楊御史道這也、使得因攧下却只得一個紅、止該一杯酒、左右斟上、楊御史喫乾道。就說一個紅字羅、霜葉紅于二月花。此時是十月初旬正是白雲紅樹。故楊御史說此一句、蓋為時景而發、說完、就送盆與白公、白公要遜楊芳、楊芳不肯、白公只得攧了、却是兩個紅、白公喫一杯說道、萬綠叢中紅一點、蓋點、喻紅玉、之義、又喫一杯說道、紅紫不以為褻服、又喻、婚、姻、非、等、閑、可、求、也、說完即送楊芳楊芳欲推吴翰林吴翰林笑說道難道教主人借客楊芳推辭不過只得受了因說道父執之前小侄告飲一杯不敢放肆吴翰林道豈有此理自然要領教白公道通家之飲何必太拘楊御史料推辭不過只得說道到不如從命罷楊芳沒柰何立起身來一擲却不湊巧到是三個紅左右斟上一杯楊芳喫了說道一色杏花紅十里白公心下暗想道雖然不暗時景或者自道其少年志氣到也使得第二杯楊芳酒便喫

了、酒底却費思量、假推未乾、捱了一會、忽想起說道御水流紅葉、楊御史聽了、自覺說得不雅、又不好說不好、又不好不說、只得微笑了一聲、白公也不做聲、轉疑是楊芳有意求親、故說此語、反不覺其窘而渴、然撞著到了第三杯、楊芳實〻沒了酒底、只推醉、喫〻不得、再三告免、吳翰林原自有心、那裏肯聽、白公又在旁幫勸、楊芳推不脫、只得拿起酒來、顛倒在千家詩上搜索、楊御史初意只道紅字酒底容易、一兩個也還説得来、不料擲了三個、見楊芳説不来着急、又不好替他説、要提醒他一個經書與唐詩中的知他不曉得只得在千家詩上想了一句假做説閒話道如今朝廷多事、你我做侍臣的日〃隨朝淡月疎星、良不容易、到不如那些罷歸林下的、甚是安閒、此乃是楊御史以淡月疎星一詩提醒楊芳、口中雖然説着、却以目視楊芳、白公與吳翰林一時解不出、因葫蘆答道、正是如此、楊芳見父親以目看他、知是提醒又聞淡月疎星侍臣之言、一時想起、滿心歡喜、因將酒喫乾說道、一朵紅雲捧玉皇、白公會過意來、轉賛一聲好、楊芳見白公贊好、遂欣欣然將盃送與吳翰林吳翰林鄉下轉是一個紅、也喫了一杯說道、酒入四肢紅玉軟、令完了、吳翰林便斟一大杯送楊御史、謝令楊御史接了酒、一面飲、一面看看楊芳說道詩詞一道、固是風雅文人所不可少、然最於舉業有妨必功成名立、乃可游心寄興、似汝等小生後進只宜專心經史、斷不可因看見前輩名公淵博之妙便思馳鶩、此心一放收歛便難往往見人家少年俊才而不成器者多坐此病痛也宜戒之因回顧白公道、年兄你道小弟之言是否白公道、年兄高論、自是少年龜鑑然令郎天姿英邁才學性成、又非年兄所限也、吳翰林見楊御史酒喫完了、就要送令與楊芳、楊御史見了、慌忙立起身來說道、要送令自是白年兄然酒多了、且告少停、白公亦立起身說道也罷且從命散了換過席再坐罷吳翰林不敢強遂邀三人過廳來一個小軒子裏來閒步這軒子雖不甚大然圖書四壁花竹滿階殊覺清幽乃是吳翰林習靜之處大家到了軒子中四下裏觀看了一回楊御史與白公就往階下僻靜處去小便惟吳翰林陪楊芳在軒子邊立着楊芳檯頭忽見上面橫着一個匾額題的是弗告軒三字楊芳自恃認得這三個字便只管注目而視吳翰林見楊芳細看便說道此三字乃是聘

君吳與弼所書點畫遒勁可稱名筆楊芳要賣弄識字便答道果是名筆這軒字也還平常這弗告二字寫得入神卻將告字讀了常音不知弗告二字蓋取詩經上弗諼弗告之義這告字當讀與谷字同音吳翰林聽了心下明白便糢糊應道正是有詩道得好

穩口善面　龍蛇難辨
只做一聲　醜態盡見

正說完楊御史同白公小便完走來大家又說些閒

話、吳翰林、執復邀上席、又要送令、楊芳讓白公、白公又推楊芳、兩下都不肯行、楊御史也恐行令失出醜、來、便乘機説道、年兄既不肯行、小兒焉有僭妄之理、到不如談談、領一杯爲妙、只是小弟不該獨僭、白公道見教得是、但酒却要喫得爽利、楊御史道、知已相對、安敢不醉、吳翰林、遂叫左右各奉大杯、四人一頭說、一頭喫、又喫了半日、大家都微有醉意、楊御史恐怕白公酒酣興起、要作詩賦、遂裝作大醉、同楊芳力

辭起身而別正是

客有兩雙手。主有四隻目。
権雖権得神。看亦看得毒。

楊御史父子別去不題却說吳翰林渡留白公重酌就將楊芳錯念弗告之言說了一遍向白公道我見他說酒底艱難已知其無寔學況他又是詩經弗告二字再讀差了其不通可知星相之不足憑如此吳翰林笑道你又來愚了相士之言未必非老楊因甥女

前日題詩故故遣来作說客耳向公連連點頭道是是是非非今日一試幾乎落他局中二人又說了一會又飲了幾杯方纔別去正是

他人固有心。予亦能忖度。
千機與萬闗，一毫不差錯。

且說楊御史自從飲酒回来只道兒子不曾露出破綻心下暗喜道這親事大約可成但只是央誰人為媒方好又想道此老崛強若央了權貴去講他又道

我以勢壓他、莫若只央蘇方回去、彼此同年、又是相知、再沒得說了、主意已定、正要去拜蘇御史、忽長班来禀道、昨日都察院有傳單、今日公堂議事、此時該去了、楊御史道、我到忘了、又想道、蘇方回少不得也要来、遂叫左右備馬、竟到都察院公堂来、此時衆御史已有来的、蘇御史恰好亦到、大家見過、却原来是朝廷要差一官往北迎請上皇、兼送寒衣、因吏部久不推上、故有旨着九卿科道會議薦舉、故都察院先命衆御史私議定了，然後好公議。衆御史議了一回，各有所私，不敢出口，都上堂來打一恭道：迎請上皇，要隻身虜庭，不辱君命，必須才幹智畧膽氣骨力兼全之人，方纔去得。一時恐難亂舉，容各職回去細思一人報堂，以憑堂翁大人裁定。堂上應了，大家遂一閧散去。正是

公事當庭議，如何歸去思。
大都臣子意，十九爲存私。

衆御史散了，楊御史連忙策馬趕上蘇御史說道，小弟正有一事相求，要到尊寓，蘇御史道，年兄有何事何不就此見教，楊御史道，別的事路上好講，此事必須要到尊寓說方纔是禮，二人一面說一面竝馬而行，不多時到了蘇御史私衙，二人下馬同進廳來坐下，蘇御史問道，年兄有何見教，楊御史道，別無他事只因小兒親事，要求年兄作伐，蘇御史道，令郎去秋已魁鄉榜，為何尚未畢姻，楊御史道，小兒今年是二十歲前年僥倖敝鄉爭来議親只因他立志要求一個賢才之女所以直遲至今前日同年兄在白太玄家飲酒見他令愛既能代父吟詩則賢而有才可知小弟歸家與小兒說知小兒大有懷求淑女之意小弟想白年兄性氣高傲若央別人去說恐言語不投不能成事同年中惟年兄與彼相契小弟又叨在愛下故敢斗膽相求不知年兄肯周旋否蘇御史道此乃婚姻美事小弟自當贊襄但只是白年兄性情耿

直年兄所知。他若肯時。不論何人。千肯萬肯。他若不允。任是相知。也難撮合。但年兄此事、在令郎少年高才。自是彼所深慕。必無不允之理。今日遲了不恭、明早小弟即去道達年兄之命。看他從違、再來奉復。楊御史打一恭道、多感多感、說罷了、就起身別去、只因這一說、有分教塞北馳孤飛之客、江南走失旅之人、正是、

意有所圖　千方百計

成敗在天　人謀何濟

蘇御史去說、不知允與不允、且聽下回分解、

第二回終

## 第三回

白太常難遂托嬌女

詩曰

緩急人生所不無全憑親友力相扶蘇洪大節因為使嬰杵高名在立孤伏義終須收義報矣譏到底伏譏辜是非豈獨天張主人事從来不可誣

却說蘇御史因楊御史托他向白太常求親心下也忖知有萬分難成却不好逕自回復到次日只得来

見白太常、此時、白太常尚未起身、叫人請蘇御史書房中坐下、忙忙梳洗出來相見、因問道、年兄今日為何出門太早、蘇御史道、受人之托、又有求于人、安得不早、白太常問道、年兄受何人之托、又求於何人、蘇御史道、小弟受了楊子獻之托、要求於年兄、白公見說話有因、已知來意、便先說道、楊子獻既托年兄要求小弟、只除了親事、餘者再無不領命之理、蘇御史大笑道、年兄通仙了、正為此事、昨日老楊同在公堂議事、議完了、他就同到小寓說道、因前日見令愛佳章、知賢淑多才、甚生欣慕、意欲絲蘿附喬、故以斧柯托弟、小弟也知此事未必當年兄之意、無奈他再三懇求、不好率爾回他、只得來告之年兄、允與不允、一聽年兄上裁、小弟也不敢勸勉、白公道、此事小弟幾乎被他愚了、蘇御史道、却是為何、白公遂將相士廖德明之言、與吳翰林請酒及錯讀弗告軒之事細細說了一遍道、若不是小弟與舍親細心、豈不落彼局中乎、蘇御史道、他乃郎之事小弟盡知他是詩二房金谿知縣陸文明取的前年江西劉楼臺要參陸知縣、却得老楊之力為他周旋故此陸知縣即以此相報前日老楊尚要為陸知縣謀行取却是朱英不肯而止由此看來、他乃郎無真才可知、如何配得令愛、白公道、這些事俱不必題、年兄復他、只道小弟不允便了、蘇御史道、小弟知道、說罷就要起身、白公那裏肯放、只留下小酌數杯、喫了早膳、方纔放去、正是

道義原相合　邪正自不投
人生當見諒　何必强相求

都說蘇御史別了白公、也不回寓、就竟到楊御史家來、楊御史接着道、重勞年兄、何以圖報、蘇御史道、勞而無功、望年兄勿罪、楊御史道、難道白年兄不允、蘇御史道、小弟今日往見白年兄、即以年兄之命達上他說道、本當從命、一者令郎高才、柔弱小娃豈堪作配、二者白年兄無子、父女相依久矣、况貴省懸遠、亦

難輕别○三者年尚幼小○更欲稍待○故不能從○教揚御
史道這些話俱是飾詞小弟知他意思大都是嫌小
弟窮官門户不當對耳既不肯便也罷了小兒雖庸
才○未必便至無婦○他令愛十六歲○也不小了○江西雖
遠○難道終身留在家裏不成○只看他嫁何等人家甚
麼才子蘇御史道年兄不必動氣白年兄愛女之心○
一時固執○又兼小弟不善詞令○未能開悟○或者有時
回思轉念亦未可知年兄既為令郎選求賢助不妨

緩緩再煩媒妁、楊御史道、年兄之言不聽、再有何人可往、也罷小弟求他、既不允、然天下事料不定、或者他到來求小弟也不可知、只是重勞年兄為不當耳、蘇御史見楊御史發急、因說道、小弟極力撮合、爭奈此老執拗、叫小弟也無法、只得且告別、容有機會再當勸成、楊御史道、重勞重勞、多感多感、說罷蘇御史遂作別而去、正是

喜非容易易於怒　恩不能多多在仇

○○○○○○○半世相知〻不固　○○○○○○○一時懷恨〻無休

却說楊御史送了蘇御史出門、自家回進內廳坐下越想越惱、這老兒這等可惡、你既不肯、為何前日又叫老吳治酒請我父子、這不是明〻奚落我了、況他往〻恃有才情、将我傲慢、我因念是同年、不與他計較、就是前日賞菊做詩、喫酒、不知使了多少氣質、我也恐了他的、就是這頭親事、我来求你、也不辱沒了你、為何就不允、我如今必尋一事處他一處、方纔出我之氣、又想了一會道、有計在此、前日我說皇上要差人迎請上皇、便是難事、他却笑我沒丈夫氣、昨日朝廷着我衙門中會議、要各人薦舉、我正無人可薦、何不就將他薦了上去、等他這有丈夫氣的、且往虜庭去走一遭、況他又無子息、看他將此弱女、托與何人、只恐到那時節、求我做親也是遲了、美計已定、便寫一揭說太常正卿白玄、老成歷練、大有才氣、若充迎請上皇之使、定當不辱君命、伏已奏請定奪、暗暗的送上堂来、都察院正苦無人、得了此揭、即知會九卿、恰好六科也公薦了都給事中李實、大家随將二人名字薦上、到次日旨意下、將二人俱加部堂職銜、充正副使、候閣上皇、兼講和好、限五日即行、俟歸另行陞賞、旨意下了、早有報人報到白太常私衙来、白太常聞知、心下呆了一呆、暗想道這是誰人陷我、又想想道再無他人、定是楊廷詔這老賊、因親事不遂、故與我作對頭耳、雖然他懷私陷我、然我想如今上

皇國身虜庭爲臣子的去候問一番或乗此講和迎
請還朝則我重出来做官一塲也不枉然但只是我
此去虜情難測歸来遲速不可知紅玉一弱女如何
可以獨住況楊家老賊既已與我爲難我去之後必
然另生風波防範不謹必遭他毒手正躊躇間忽報
蘇御史来拜白公忙出来相見蘇御史揖也不作完
就説道有這等事老楊竟不成人爲前日婚事不成
竟瞞着我將年兄名字暗暗揭上堂去今早命下我

方曉得、○小弟隨即尋他去講他○只躲了不見、小弟沒法、方纔只得約了幾個同寅、去見王相公、備說他求親年兄不肯、故起此釁的緣故、王相公聽了、也覺不平、他說道、但是命下了、不可挽回、除非是年兄出一紙病揭、待敝衙門再公舉一人、方好于中宛轉、故此小弟来見年兄、當速圖之、不可緩了、白公道、深感年兄盛意、但此事雖是老楊陷我○然聖旨既下○即是朝廷之事○為臣子者豈可推托○若以病辭、不獨得罪名○○○○○

教亦為老楊所哭也蘇御史道年兄之論固正但只是年兄遲暮之年當此嚴冷之際塞外驅馳良不容易白公道上皇且陷窮廬何况微臣敢惜勞苦蘇御史慘然嘆息道年兄忠義之心可質鬼神矣不獨老楊禽獸作千古罪人即弟輩以小人之心推測君子亦應抱愧然良友犯難遠行而弟輩惓惓之衷終不能釋然柰何柰何白公亦慘然道年兄骨肉之愛弟非草木豈不知感然此身既在名教中平生所學何

事敢不以孤忠自矢，若當顛沛而只以死生恩怨為心，則與老楊何異。藕御史道：「年兄高懷烈志，弟輩不及多矣。然天相吉人，自當乘危而安。但弟輩局量褊淺，不能與此等小人為伍（伏脈），況長安險地，年兄行後，小弟決要討一差離此矣。」白公道：「討得一差，到強如在此。」說罷，就要邀藕御史書房去坐。藕御史不肯道：「此何時，尚可閒坐耶？」遂起身辭出。正是：

愛飲只疑為酒客，
喜吟盡道是詩人。

何期使命交奴虜　不避艱難一老臣

自公送了蘇御史出門、即進內衙、將前事與紅玉小姐說知、小姐聽了、嚇得面如土色、不覺撲簌簌淚如雨下、連連頓足說道、此事怎了、此事怎了、到是孩兒害了爹爹、兒聞奴因沙漠之地、寒冷異常、況當此隆冬霜雪載道、雖壯年之人亦難輕往、何況爹爹偌大年紀、如何去得、這明明是楊家老畜生、因孩兒姻事不成、故把爹爹陷害、爹爹何不上一疏、將此事細細奏知、就告病棄官、或者聖明憐念、也不見得、白公道方纔藕方回、也是你一般意思、已替我在閣中說明叫我出揭告病、他好替我挽回、但我想此事、關我一生名節、我若告病、知道的說是楊廷詔害我不知道的、只道我臨難退縮了、我想我為王振專權挂冠林下、誰不欽敬、故有今日之起今日既来做官、當此國步艱危出使乏人、若再四推却、便是虎頭蛇尾、兩截人了、豈不成千古之笑、如何使得、小姐掩淚道、爹爹所言俱是為臣大義非兒女所知只是此一去塞北寒苦暮年難堪且聞逆奴狼子野心倚強恃暴素輕中國上皇且不知生死況一介使臣乎爹爹身入虎口豈無不測之慮白公道也先（虜名）雖是夷虜尚知禮義近聞我中國有主每每有悔禍之心況上皇在彼屢現靈異不能加害昨日北使來要講和似是真情我為使臣往荅亦彼此常禮決不至于加害但只是我行之後汝一孤弱之女豈可獨處于此況楊家老

賊其心不死。必來羅織。叫我如何放得心下、小姐道、爹爹一大臣、奉王命出使、家眷封鎖在此、彼雖奸狡、亦無可柰何、白公道、奸人之心、如鬼如蜮、豈可以平常意度、若居乎此。縱然無事。未免亂我心曲。莫若先送你兩去、若盧路遠、一時去不及、或者暫寄居山東盧姑娘處、我方放心、前往小姐道、回去與寄居固好、但二處皆道路遙遠、非一蹴可到、楊賊為人奸險、探知孩兒南回、無非婢僕相隨、或于途中生變、反為不美即使平安到家去爹〻愈遠那得消息叫孩兒如何放心依孩兒想来莫若將此宅仍舊封鎖只說家眷在内却將孩兒悄〻寄居舅〻寓處如此可保無虞孩兒且可時常打探爹〻消息白公道此筭甚好正欲打發人去接吴翰林来商議恰好吴翰林聞知此信特来探望白公就邀進内衙相見叫紅玉小姐也過来見了吴翰林道我這兩日給假在家此事竟不知道方纔中書科會寫勅書我纔曉得到把我喫

了一驚有這様事老楊何一險至此白公道揔是向日賞菊一首詩起的禍根小弟此去到也不打緊方纔與小女商議只是他一幼女無人可托心下甚是不安吳翰林道弟所慮者只怕邊塞風霜憚於前往姊丈既慨然而行不以為慮此正吾輩一生立名節之處至於甥女之托有小弟在此怕他怎的吾兄只管放心前去小弟可以一力擔當白公聞言大喜道適纔與小女商議小女之意亦是如此但弟思老楊

奸惡異常弟行之後必要別生事端弟欲托於仁兄恐怕遺累不好啟齒既吾兄有此高誼弟可安心而往矣吳翰林道老楊雖奸惡一大臣之女兒有小弟在此安敢無禮小姐道孩兒既蒙舅舅應許看顧爹爹可放心矣但爹爹去的事情也須打點白公笑道你既有托我的事便已打點完了我北去的事情七尺軀即此便是三寸舌現在口中他欽限五日要行不知我要今日行就今日要明日就明日更有何事

打點、你且去看酒來。我與毋舅痛飲幾杯。以作別耳。小姐聞命、慌忙去叫侍女、偷了些酒餚、擺上來、與白公同吳翰林對飲、白公就叫小姐也坐在傍邊、白公喫了數杯、不覺長嘆一聲說道、我想從來君子多受小人之累。小弟今日與吾兄小女猶然對飲。明日就是匹馬胡沙。不知死生何地。仔細思之。總是小人作祟耳。吳翰林道、小人雖能播弄君子。而天道從來只福善人。吾兄此一行、風霜勞苦固所不免、然臣子的功名節義當由此一顯未必非盤根錯節之見利器也白公道仁兄之言自是吾志但恨衰邁之年子嗣全無止一弱女又要飄流今日雖有吾兄可托而玉鏡未歸當此之際未免兒女情長英雄氣短矣小姐坐在旁邊淚眼不乾聽了父親之言更覺傷情說道爹爹也只是為着孩兒惹下此禍今到此際猶繫念孩兒攪亂心曲是孩兒之罪上通於天矣恨不得一死以釋爹爹內顧之憂但恐孩兒一死爹爹愈加傷

心、又恐有日歸来、無人侍奉、益動暮年之感、叫孩兒千思萬想、寸心如裂、孩兒既蒙嫡親舅〻收管、就如母親在的一般、料然安妥、只望爹〻努力前途、盡心王事、早〻還鄉、萬勿以孩兒為念、况孩兒年紀尚小、婚姻未至愆期、何須着急、爹〻若只管痛念孩兒、叫孩兒置身何地、白公一邊說話、一邊喫酒、此時已是半酣、心雖激烈、然見小姐說到傷心、也不覺掉下幾點淚来、說道、漢朝蘇武出使匈奴、拘留一十九年、鬢髮盡白方得歸來宋朝富弼與契丹講和往返數四得了家書不開恐亂人意這都是前賢所為你為父的雖不來也讀了一生古人書做了半世朝廷官今日奉命而往豈盡不如前賢而作此兒女態乎只是你爹爹這番出山原為擇婿而來不料佳婿未逢而先落奸人之局況你自十一歲上母親亡後那一時一刻不在我膝下今日忽然棄汝遠行心雖鐵石寧不悲乎雖然如此也只好此時此際到明日出門之

後致身朝廷自然將此等念頭放下了吳翰林道父女遠別自難為情然事已至此莫可奈何況吾兄素負丈夫之骨甥女亦是識字閨英若作楚囚之態聞之楊賊未免取笑姊丈既以甥女見托甥女即吾女也定當擇一佳婿報命白公聞言連忙拭淚改容說道吾兄之言開我茅塞若肯為小女擇一佳婿則小弟雖死異域亦含笑矣因看着紅玉小姐說道你明日到舅舅家去不必說是舅甥只以父女稱呼使好

為你尋親、小姐再要開口、恐怕打動父親悲傷、只得硬着心腸荅道、謹領爹〻嚴命、大家又喫了一會、不覺天晚、左右掌上燈来、又飲了一回、吳翰林方纔起身别去、正是

江州衫袖千絛濕　易水衣冠萬古悲
莫道英雄不下淚　英雄有淚只偷垂

到次日、白公纔起来、只見長班来報道、吏部張爺来拜、白公看名帖、却是吏部文選司郎中張志仁、心下

想一想道、此人與楊御史同鄉、想必又為他来、隨出来相見、敘了禮、讓坐、左右獻茶、張吏部先開口道、昨日老先生有此榮陞遠行、都出自兩衙門薦舉、並非本部之意、白公道、學生衰朽之夫、無才無識、久當病請、昨忽蒙欽命、不知是何人推轂、以誤朝廷、張吏部道、老先生、你道是誰、白公道、學生不知、張吏部道、不是別人、就是貴同年楊子獻之薦、白公道、原来就是楊年兄、學生無才、楊年兄所知、為何有此美意、在學

生固叨同年之惠，只恐此行無濟於事，反辱了楊年
兄之薦。張吏部道：「連學生也不知道。因聖旨要擬部
銜，是敝衙門之事，楊老先生見教，細細說起，學生纔
知。今日特來奉拜，不知老先生此行還是願去，還是
不願去？」白公咲道：「老先生何出此言？學生在此做的
是朝廷的官，朝廷有命，東西南北，唯命是從，怎麼說
得個願去不願厺？」張吏部道：「學生素仰清德，此來到
是一片好意，老先生當以實心見教，不必諱言。」白公

道學生既蒙老先生垂念安敢隱情且請教老先生
顧去是怎麼說不願去是怎麼說張吏部道願去別
無他說明日領了勅書便行若是不願去時學生就
寔對老先生說了此事原是楊老先生為求令愛姻事
不成起的釁端俗說解鈴人還是繫鈴人莫若待學
生作伐老先生曲從了此段姻事等他另薦一人替
了老先生老先生就可不去了况且這段婚姻同年
家門當户對未為不可老先生還當細細上裁白公

笑道學生到不知救同年有如此手段張吏部道楊老先他官雖臺中却與石都督最厚又與國戚汪全交好內中緣索甚震就是陳王兩相公允他之言無有不納老先生既然在此做官彼此倚重也是免不得的就是此段姻事他來求老先生自是美事何故見拒向公道若論處世做官老先生之教自是金玉只是學生素性疎懶這官做也可不做也可最不喜與權貴結納就是今日之行雖出揚年老之意肰畢

竟是朝廷之命學生既做朝廷之官只奉朝命而行楊年兄之薦爲公乎爲私乎學生所不問也至於姻事學生一冷曹如何敢攀張吏部道老先生雖無心做官却也須避禍此一行無論奴虜狡猾未必便帖肰講和即使和議可成而上皇迎請回來好是不迎請回來好爲功爲罪都出廷臣之口況老先生行後令愛一弱女守此虎視眈眈能保無他變乎白公聽了勃然變色說道古人有言匈奴未滅何以家爲且

死生禍福天所定也君所命也今日既奉使屬庭此七尺軀已置之度外何况功罪何况弱女學生頭可斷斷不受人脇制張吏部道學生原是爲好而來不知老先生執意如此到是學生得罪了遂起身辭出白公送出大門正是

勢傾如壓卵　利誘似香醇
除却英雄骨　誰能不失身

白公送了張吏部出門心下愈覺不快道揚家老賊

他明〻做了手脚又叫人来賣弄又要迫脇親事這等可悪只是我如今與他理論人都道我是畏惧北行借此生釁且等我去了囬来再講未遲但红玉之事萬不宜遲即寫一札先送與吳翰林約他在家等候隨與小姐說道揚賊奸悪異常須要早〻避他如今也等不得我出門了你須快〻收拾些衣物今夜就要送你到舅〻家去了小姐聽了不敢違拗即忙打點捱到晚白公悄〻用二乘小轎一乘擡小姐一

乘自坐轎〻送到吳翰林寓所來此時吳翰林巳有
人俟候擡進後衙白公先叫小姐拜了吳翰林四拜
隨即自與吳翰林也是四拜說道骨肉之情千金之
托俱在於此吳翰林道姊丈但請放心小弟決不辱
命小姐心中哽咽只是掩淚低頭一聲也說不出吳
翰林還要留白公飲酒白公說道小弟到不敢坐了
恐人知道因對小姐說爹〻與你此一別不知何日
再得相逢就要出來小姐忍不住扯着白公拜了四

拜不覺嗚〻咽〻哭將起來白公亦泫然淚下吳翰林連忙止住父母二人無可柰何只得呑聲而別正是

世上萬般哀苦事　無非死別與生離

白公送了小姐回來雖然傷心却覺得身無挂礙轉獨喫了一醉睡到次日早起到館中領了勅書回來將內衙一應盡行封鎖分付家人看守只說小姐在內自家只帶了兩個能幹家人并鋪陳行李竟辞了

朝、移出城外、館驛中住下、候正使李實同行、原來白公是九卿、原該充正使、李實是給事、原該充副使、因白公昨日唐突、了張吏部、故張吏部、到將李實加了礼部侍郎之銜、充作正使、白公止加得工部侍郎之銜、作了副使、這也不在白公心下、此時衙門常規、也有公錢的、也有私錢的、大家亂了兩日、白公竟同李實往北而去不題、却說楊御史初意也只要白公㨾了、求他挽回、就好保成親事、不料白公傲氣、竟挺身出使、婣事必不肯從、到也無法、却又思量道、親事不成、明日白老回来、空作這場惡、如何相見。俗說一不做、二不休、莫若乘他不在、弄一手脚、把這親事好歹成了、到他回来、那時已是親家、縱然惱怒、也不妨了、是便是却如何下手、又想道、有計在此、前日張吏部蘇御史二人、都曾㕘為媒、他雖肰不允、如今央他二人、只說是親口許的、再叫楊芳去拜在汪全門下、求他内裏賜一吉期竟自成親、白老不在、誰好管他閒事算計已定、便暗暗先與張吏部說知、張吏部與楊御史志同道合、一說便肯、到轉央張吏部與蘇御史說、蘇御史聞知、也不推辭、也不承應、含糊答應、恰好湖廣巡按有缺、他便暗暗央人與堂翁說、討了此差、命一下、即慌忙收拾起身、吳翰林聞知、連忙備酒赶出城外来作餞、因問道、蘇老先生為何忽有此命。又行得如此之速。蘇御史歎口氣說道、對別人小弟也不好說、吳老先生不是外人、便說也不妨、就將楊御史要他與張吏部二人做硬媒、又要叫兒子拜汪全求內助的事細〻說了一遍道、吳老先生、你道此事行得否、白年兄又忒了、誰好與他出頭作對○小弟故急〻討得此差、只是避了他罷○吳翰林道、原來為此、此時送行人多、蘇御史喫不上三五杯、便起身去了、吳翰林回來、因想道楊家老賊、如此妄行、他內裏有人、倘或弄出一道旨意來追求將來、甥女現在我家就不怕他、也要與他分辨、況太玄臨行再三托我、萬一失手、悔之晚矣。到是老蘇脫身之計甚高。我明日莫若也給一假、趁他未動手、先去為妙、算計定了、次日即給了一假、原來這翰林院本來請閒、此時又不經講、給假甚是容易、吳翰林既給了假、又討了一張勘合、裝些人夫、擇一吉日、打發家眷出城、原來吳翰林止帶得一個妾在京、連白小姐共二人、妾便當了夫人、白小姐便認作親女、其餘婢僕不過十數餘人、赶早出城、無人知覺、正是、觸鋒北陷虜庭去。避禍南逃故里來。
誰為朝廷驅正士。奸人之悪甚於豺。

吳翰林不知回去、畢竟何如、且聽下回分解、

第四回

吳翰林花下遇才人

詩曰高才果得似黃金買賣何愁沒處尋雷煥精誠因寶劍子期氣味在瑤琴夫妻不少關雎韻朋友應多伐木音難說相逢尽相遇〻而不遇最傷心

却說吳翰林因楊御史作惡只得給了假暗帶白小姐出京回家脫離虎口且喜一路平安不一月回到

金陵家裏原來吳翰林也有一女叫做無艷年十七長紅玉一歲已定了人家尚未出嫁雖是宦家小姐人物却只中中他與紅玉原是姑舅姊妹吳翰林因受了白公之托怕楊御史根尋就將紅玉改名無嬌竟與無艷做嫡親姊妹稱呼又分付家下人只叫大小姐二小姐白之一字竟不許提起吳翰林到得家已是殘冬拜拜客喫得幾席酒轉眼已是新春一心只想着為無嬌覓一佳婿四下訪問再無一人當意

忽一日合城鄉宦有公酒在靈谷寺看梅原來這靈谷寺看梅是金陵第一盛景近寺數里皆有梅花或紅或白一路冷香撲鼻寺中幾株綠萼更是茂盛到春初開時詩人遊客無數這一日吳翰林也隨衆同來到了寺中一看果然好花有前人高季迪詩二首單道那梅花之妙

瓊姿只合在瑤臺　誰向江南處處栽

雪滿山中高士卧　月明林下美人來

寒依踈影蕭々竹　春掩殘香漠々苔

自去何郎無好詠　東風愁寂幾迴開

其二

淡々霜華濕粉痕　誰施綃帳護香温

詩隨十里尋春路　愁在三更桂月村

飛去只憂雲作伴　銷來肯信玉為魂

一尊欲訪羅浮客　落葉空山正掩門

吳翰林同衆鄉官喫酒賞看了半日到得酒酣換席

大家起身各處頑耍吳翰林自來兩壁上看那些題詠也有先輩鉅公也有當時名士也有古詩也有詞賦細細看來大都泛泛並無出類之才忽轉過一個亭子只見粉壁上一首詩寫得龍蛇飛舞吳翰林近前一看上寫着

靜骨幽心古澹姿　離離画出一庭詩
有香贈我魂銷矣　無句酬他酒謝之
雪壓倒疑過孟處　月昏橫憶嫁林時

於斯想見閨人品
妾視飛花婢柳枝
金陵蘇友白題

吴翰林吟詠了數遍，深賛道，好詩好詩，清新俊逸，有庾開府鮑參軍之風派，又見墨迹未乾，心下想道，此必當今少年名士，决非庸腐之徒，遂將蘇友白名字記了，正徘徊間，忽寺僧送上茶來，吴翰林因指着問道，你可知這首詩，是甚麽人題的，寺僧荅道，適纔有一班少年相公在此飲酒，想必就是他們寫的，吴翰林道他們如今到那裡去了寺僧道因列位老爺有公宴在此恐不便是小僧邀到觀音院去隨喜了吳翰林道如今還在麽寺僧道不知在也不在吳翰林道你可去一看若是在你可與我請那一位題詩的蘇相公說我要會他一會寺僧領命去不多時忙來回復道那一班相公方纔都去了要着人赶還赶得上吳翰林聽見去了心下悵然道此生才雖美矣不知人物如何早一步見一見到也妙既去了叫人赶

轉便沭躰矣不必赶了此時日已平西衆鄉官又請
坐席大家又喫不多一會就散了各自歸家吳翰林
坐在轎上叫手下將轎簾捲起傍着夕陽一路看梅
而西行不得一二里只見路傍幾株大梅樹下鋪着
紅毡毯子擺着酒盒坐着一班少年在那裡看花作
樂吳翰林心下疑有蘇友白在內叫把轎子歇下假
做看花却偷眼看那一班年少共有五六人雖年紀
俱在二三十之間肰酸的酸腐的腐俱只平平內中

惟一生片巾素服生得
美如冠玉潤比明珠山川秀氣直萃其躬錦綉
文心有如其面宛衛玠之清羸潘安之妙麗
並無紈褲行藏自是風流人物
吴翰林看在眼裏心下暗想道此生若是蘇友白則
内外兼美誠佳婿也因悄悄分付一能事家人道你
暗暗去訪那一起飲酒的相公那一位是蘇相公家
人領命慢慢沿將過去問那挑酒盒的人問得明白

即回復道那一位穿素衣戴片巾的便是蘇相公吳翰林聞言心中暗喜道好一個人物若得此生為無嬌之婿不負太玄所托矣因又分付家人道我先回去你可暗〻在此等那蘇相公回去時你便跟他去訪他是何等之人住在何處家中父母在否有妻子無妻子必要問個的確来回我家人應諾吳翰林就呌起轎依舊一路看花回去到次日家人来回復道小人昨日跟了蘇相公回來却住在烏衣巷内小人

細細訪問蘇相公是府學生員父母俱已亡過家下貧寒尚未娶妻祖籍不是金陵人也沒甚麽親戚吳翰林聽了心下愈加歡喜暗想道此生既處貧寒又無妻室這段婚姻唾手成矣況他又無父母即贅於太玄亦無不可又想一想道人物固好詩才固美但不知舉業如何若只曉得吟詩喫酒而於舉業生踈後來不能上進漸漸流入山人詞客亦非全璧因又分付家人道你還與我到府學中去查訪那蘇相公

平素有才名、沒才名。還是考得高、考得低、家人訪了半日、又來回復道、這蘇相公是十七歲上進的學、進學後就歿了娘、整〻丁了三年憂、舊年是十九歲、纔服滿、舊年冬底、李學院老爺歲考、纔是第一次、案尚未發、不知考的如何、今年是二十歲了、說才名是有的、吳翰林道、正是宗師的案、也好發了、家人道、學裡齋夫說、歲案只在三五日了、吳翰林道、你再去打聽、一出案即查他等數來報我、過了十數日、吳翰林正放心不下、忽見家人在學中討了全案來、吳翰林打開一看、蘇友白恰〻是府學第一名、喜的個吳翰林滿心快暢、道、少年中有如此全才、可喜〻〻、這段姻緣、却在此處、隨即叫人去喚了一個的當做媒的張媒婆來、分付道、我有一位小姐、名喚無嬌、今年十七歲、要你去說一頭親事、張媒婆道、不知老爺叫媒婆到那一位老爺家去說親、吳翰林道、不是甚麼老爺家、却是府學中一位相公、他姓蘇、住在烏衣巷内、是新考案首的張媒婆道聞得前日張尚書家来求親老爺不允吳翰林道我不慕富貴只擇佳婿這蘇相公才貌兼全我故轉要與他張媒婆道老爺裁鑒不差媒婆就去自然一說便成只是媒婆還要進去見見夫人吳翰林道這也使得就叫一個小童領了竟進内廳来原来吳夫人因無嬌小姐日夕思想父親心中愁苦故同他到後園散悶却不在房裏小童忙問丫鬟丫鬟道夫人同小姐在後園楼上看花去了

小童即引張媒婆同到後園樓上来果然夫人同無嬌小姐在那裡凭着樓窓看碧桃花哩張媒婆連忙替夫人小姐見個禮夫人便問道你是那家来的張媒婆道媒婆不是別家来的就是老爺叫來要與小姐說親夫人道原来是老爺喚来的正是昨日老爺對我說有位蘇相公才貌兼全後来必定發達你替小姐說成這頭親事自重重謝你張媒婆道老爺夫人分付敢不盡心一邊說一邊就將小姐細看果然

生得美貌、正是、

花柳雖妖冶　　纔含艸木形
何如閨裏秀　　絕色自天生

張媒婆見小姐美麗異常、因問道、可就是這位小姐。夫人道、正是、張媒婆咲道、不是媒婆誇口、這城中宦家小姐、也不知見了多少、從不曾見有小姐這般標致的、不知這蘇相公、是那裡造化、夫人道、城中那個鄉宦不来求過、老爺只是不允、因在郊外看見蘇相

公道他是個奇才到要板他這也是姻緣分定只要
你用心說成張媒婆哭道老爺夫人這等人家小姐
這等美貌他一個秀才家有甚不成連媒婆也是造
化老婦人就去夫人叫了鬟拿了些點心茶與張媒
婆喫張媒婆喫了辞了夫人小姐下樓来依舊要往
前邊去小童道前邊遠後門去罷張媒婆道不曾只
撿近些罷小童就領他轉過墻来竟出花園後門原
来這巷園與城相近人家甚少四面都是喬木疎林

城外又有許多青山環繞甚是幽靜故吳翰林蓋這一個楼時常在此賞玩張媒婆出得後門回頭一望只見夫人小姐尚在樓上遠遠望見小姐容光秀美宛肰仙子心下暗羨道好一位小姐不知那蘇秀才何如因轉出大街竟往烏衣巷来尋到蘇友白家恰好蘇友白送出客来原来這蘇友白表字蓮仙原係眉山蘇子瞻之族只因宋高宗南渡祖上避難江左遂在金陵地方成了家業蘇友白十三歲上父親蘇

浩就亡過了多虧母親陳氏賢能有志苦心教友白讀書日夜不怠友白生得人物秀美俊雅風流又且頴悟過人以此十七歲就進了學不幸一進學後母親陳氏就亡過了友白煢煢一身別無所倚雖御史蘇淵就是他親叔却又寄跡河南音信稀踈此時彼此俱不知道家事漸漸清乏喜得蘇友白生來豪爽只以讀書做文為事貧之一字全不在他心上友白元名良才只因慕李太白風流才品遂改了友白又

取青蓮謫仙之意表字蓮仙閒時也就學他做些詞
賦同輩朋友都嘖嘖稱羨這一年服滿恰值宗師歲
考不想就考了個案首人都來賀他這一日送了客
去就要進內張媒婆見他少年標致人物風流料是
蘇友白連忙赶進門道蘇相公恰好在家我來得湊
巧蘇友白回頭看時却是一個老婦人因問道你是
何人張媒婆笑嘻嘻說道我是報喜的蘇友白道小
考何喜媽媽又來報我張媒婆笑道蘇相公考的高

自是小喜。已有人報了。老身来報的却是一件天大的喜事。蘇友白咲道。原來如此。請裏面来坐了好講。張媒婆随蘇友白進到堂中坐下。喫了茶。蘇友白便問道。我窮秀才家。除了考案。再有何喜。張媒婆道。蘇相公這等青年獨居。我送一位又富貴又標致的小姐與相公做夫人。你道可是天大的喜事麽。蘇友白笑道。據媽媽說来。果然是喜。但不知是真喜是假喜。張媒婆道。只要相公重重謝我。包管是真。蘇友白道。

你且說是那家小姐却生得如何張媒道不是甚過
時的鄉官却是現任在朝新近暫給假回來的吳翰
林家他的富貴是蘇相公曉得的不消老身細說只
說他這位小姐名喚無嬌今年纔十七歲真生得天
上有地下無就畫也畫不出的標致蘇相公若見了
只怕要風魔哩蘇友白道既是吳翰林家小姐貌又
美怕沒有一般鄉紳人家結親却轉來扳我一個窮
秀才其中必有緣故只怕這小姐未必甚美張媒婆

道蘇相公原来不知道這吳翰林生性有些古怪城中大鄉宦那家不来求他都不允說是這些富貴人家子侄不通的多前日不知在那裡看見了蘇相公的詩文道是奇才十分歡喜故反要来相扳這乃是相公前生帶来的福蔭造化怎麼到疑心小姐不美却也好笑若論城中鄉宦要像吳翰林的還有若要如小姐這般標致莫說城中就是天下也沒有這等十全的蘇相公不要錯了主意我張媒婆是從来不

說憏的相公只管去訪問蘇友白笑道嫣嫣說來儘是中聽只是我心下不能深信怎能彀見得一面我方纔放心張媒婆道蘇相公又來取笑了他一個鄉官人家小姐如何肯與人見蘇友白道若不能見只煩嫣嫣回復他罷張媒婆道我做了半生媒從不見這等好笑的事那吳老爺有這等一位美麗小姐憑他甚麽富貴人家不嫁偏偏的要與蘇相公蘇相公你從天吊下這件喜事卻又推三阻四不肯受你道

好笑不好笑。蘇友白道、非我推阻、只恐婚姻大事、為人所愚、是以不敢輕信、媽媽若果有好意、怎生設法使我一窺。倘如媽媽所說、莫說重謝、便死生不敢忘也。張媒婆想了想說道、蘇相公這等小心、我若不指一條路與你。你見見、你只道我哄騙你。也罷、我一發周全了你罷。蘇友白道、若得如此用情、感激非淺。張媒婆道、吳老爺家有一所後花園、直樓着東城灣裏、園中有一高樓、帖着園牆、看那城裏城外的景致、若在城湾裏走過却明〻望見樓上因今園內碧桃花盛開夫人與小姐不時在樓上賞玩相公若要偷看除非假作樓下往來或者該是天緣得見一面只是外人面前一句也說不得若傳得吳老爺知道老身却禁當不起蘇友白道蒙媽〻美情小生怎敢妄言既是這等媽〻且不要回復吳老先生稍緩一二日再來討信何如張媒婆道這個使得相公如今便有許多做作只怕偷看見了那時來求老身〻〻也要做

作。起。來、相公却莫要怪。蘇友白笑道。但願如此。便是萬幸了。張媒婆道、蘇相公上心、老身且去、隔三兩日、再來討信、蘇友白道、正是正是、張媒婆起身去了、不題、却說蘇友白聽了張媒婆的說話、心下也有幾分動火、到次日便瞞了人、連小廝也不帶、獨自一個、悄悄踅到吳翰林後花園邊來窺探、果然有一座高樓、紗窗掩映、朱簾半垂、不期來得太早了。悄無人影。立了一歇、恐不穩便、只得又踅回來、捱了一會、喫過午

飯心下記挂仍又趕来這遭却巧劉〻走到恰聞得
楼上有人笑語蘇友白恐怕被人看見知他窺探便
要迴避却將身子閃在一株大榆樹影裏假做尋株
那城陰的野花却偷眼覷着楼上不多時只見有两
個侍妾把中間一帶紗牕都推開將綉簾捲起两扇
此時日色平南微風拂〻早有一陣〻的異香吹到
蘇友白的鼻中来蘇友白聞了不禁情動又立了一
歇忽見有一雙紫燕從畫梁上飛出来在簾前翩舞

真是輕盈裊娜點綴得春光十分動蕩只見一個侍兒立在窗邊叫道小姐快來看這一雙燕子到舞得有趣說不了果見一位小姐半遮半掩走到窗前問道燕子在那裏一邊說那燕子見有人來早飛過東邊柳中去了那侍兒忙用手指道這不是那小姐忙忙探了半截身子在窗外來看那燕子飛來飛去不定這小姐早被蘇友白看個盡情但見

滿頭珠翠遍體綾羅意態端莊雖則是閨中之

秀面麗平正絕然無迥出之姿眼〻眉〻俏不見嬌羞作態脂〻粉〻大都来膏沐為容揔是一施東西異面誰知二女鵂鶹同巢

原来這一位小姐是無艷不是無嬌蘇友白那裡知道只認做一個未見時精神踴躍見了後不覺情興索然心下暗想道早是有主意来偷看一看若竟信了張媒婆之言這一生之事怎了遂慢〻走出樹來那小姐見樹裏有人慌忙避入窓内去了蘇友白心

下也沒、不復細察、遂楚身回去、正是

尋花誤看柳　遂燕錯聽鶯

總是春風面　妍媸雖異情

過了兩日、張媒婆來討信、說道、前日說的藕相公曾看見麽、蘇友白暗想道、吳翰林乃詞林先達、頗有聲名、若說竊見他小姐醜陋、不成親事、他便沒體面、怪我輕薄了我○、如今只朦朧辭他便了、因對張媒婆說道、前日說的、我並不曾去、如何得見、張媒婆道、相公為何不去、蘇友白道、我想他一個鄉官人家、我去偷看有人撞見彼此不雅、況且早晚侯候、未必便能湊巧、只煩媽媽替我回復了罷、張媒婆道、看不看憑相公、但只是老身說的斷不差、池相公還要三思、蘇友白道、我也不獨為此、他一個翰苑人家、我一個窮秀才、如何對得他來、張媒婆道、他來扳你、又不是你去求他、有何不可、蘇友白道、雖蒙他錯愛、我自反於心、不能無愧、這決決不敢奉命、張媒婆再四勸美蘇友白只是不允張媒婆無可奈何只得辭了蘇友白来回復吴翰林這一日吴翰林不在家張媒婆竟入內裏来見夫人〻〻一見便問道劳你說的親事如何張媒婆搖頭道天下事冄也料不定這等一頭親事十拏九穩誰知他一個窮秀才到做身分不肯夫人道老爺說他有才有貌為何性情這等執拗張媒婆道莫怪我說他〻〻才是有的貌是有的却只是沒福媒婆到有一頭好親事在此乃是王都堂的公子令

年十九歲若論他的人物才學也不減於蘇秀才、況且門當户對、夫人做主、不可錯過了、夫人道我知道、等老爺回來、我就對老爺說、張媒婆去了、吳翰林回家、夫人即將張媒婆的言語、細細說了、吳翰林沉吟半晌道、那有個不允之理、還是這些媒婆、說得不的確、我有道理、隨叫家人分付道、你拿個名帖去學裏請了劉玉成相公來、家人領命去不多時、就請將來了、原來這劉玉成、也是府學一個時髦、一向拜在吳翰林門下故一請就來、二人相見過、劉玉成就問道、老師呼喚門生、不知有何分付、吳翰林道、不為別事、我有一個小女名喚無嬌、今年一十七歲、性頗聰慧、薄有姿色、不獨長於女紅、即詩賦之類。無不工習、是我老夫妻最所鍾愛者。雖有幾個官家來求、我想這些富貴人家的子侄、那有十分真才、前日因看花偶然見了新考案首的蘇友白、人才俊秀、詩思清新、我意欲指他東坦、昨日叫一個媒婆去說、他反推辭、不知何故我想此一定是這媒婆人微言輕不足取信因此欲煩賢契與我道達其意劉玉成道蘇蓮仙兄才貌果是衛家玉潤前日宗師撲案時大加贊賞老師畧去富貴而選斯人誠不減樂廣之氷清矣門生得爲斧柯不勝榮幸明早即往達台命想蘇生素仰老師山斗未有不願附喬者吳翰林道得如此是感大力因問道前日賢契考案定居前列劉玉成道門生不才蒙列二等吳翰林道賢契高才宜居一等怎

麼屈了明日會李念臺時還要與他講劉玉成道宗師考案甚公門生心服倘蒙垂青這又是老師薦拔之私恩矣二人說罷劉玉成遂告辭起身正是

相逢皆有托。有托便相知。
轉轉開門户　難分公與私

不知劉玉成去說親事如何且聽下回分解

十九

## 第五回

### 窮秀才辭婚富貴女

詩曰

閒探青史弔千秋，誰假誰真莫細求。
達者鬼談皆可喜，癡人夢說亦生愁。
事關賢聖偏多闕，話到齊東轉不休。
但得自留雙耳在，是非朗朗在心頭。

却說蘇友白自從考得一箇案首，又添上許多聲名，人家見他年少才高，人物俊秀，凡是有女之家，無不願他為婿、蘇友白常自歎道、人生有五倫、我不幸父母早亡、又無兄弟、五倫中先失了兩倫。君臣朋友間、遇合有時、若不娶一箇絕色佳人。為婦、則是我蘇友白為人在世一塲。空讀了許多詩書、就做一箇才子。也是枉然。叫我一腔情思、向何處去發泄、便死也不甘心、因此人家來說親的、訪知不美、便都辭去、人家見他推辭、也都罷了、只有吳翰林因受白太玄之托、恐失此佳婿、只得又央劉玉成來說、這劉玉成領了吴翰林之命、不敢怠慢、即来見蘇友白、将来意委ミ曲ミ、說了一遍、蘇友白道、此事前日已有一媒婆来講過、弟已力ミ辭了、如何又勞重仁兄、ミミ見教本不當違、但小弟愚意已定、萬ミ不能從命、劉玉成道、吴老師官居翰苑、富甲一城、愛惜此女、如珍如寳、郡中多少鄉紳子弟求他、ミ俱不肯、因慕兄才貌、反央人苦ミ来說、此乃萬分美事、兄何執意如此、蘇友白道、婚姻乃人生第一件大事、若才貌不相配、便是終身一累豈可輕易許人劉玉成笑道莫怪小弟説兄今日雖然考得利有些時名終不免是一箇窮秀才怎見得他一箇翰林之女便配兄不過且不要説他令愛如花似玉就是他的富貴吾兄去享用一享用也强似日〻守着這幾根黃虀蘇友白道這富貴二字兄到不消提起若論弟輩既已受業藝林諒非長貧賤之人但不知今生可有福消受一個佳人劉玉成道兄説的話一發好笑既不憂富貴天下那有富

貴中人求一個佳人不得的蘇友白咲道兄不要把富貴看得重佳人轉看輕了古今凡博金紫者無不是富貴而絕色佳人能有幾個有才無色算不得佳人有色無才算不得佳人即有才有色而與我蘇友白無一段脉脉相關之情亦算不得我蘇友白的佳人劉玉成大笑道兄癡了若要這等佳人只好娼妓人家去尋蘇友白道相如與文君始以琴心相挑終以白頭吟相守遂成千古佳話豈盡是娼妓人家劉

玉成道兄不要談那千古的虛美却誤了眼前實事蘇友白道兄只管放心小弟有誓在先若不遇絕色佳人情願終身不娶劉玉成遂大笑起身道既是這等便是朝廷招駙馬也是不成的了好個妙主意這樣妙主意只要兄拿得定不要錯過機會半路裏又追悔起來蘇友白道決不追悔劉玉成只得別了蘇友白來回復吳翰林〻〻〻聞知蘇友白執意不允便大怒罵道小畜生這等放肆他只倚着考了一箇

案首。便這等狂妄。看他這秀才做得成做不成。隨即寫書與宗師細道其詳。要他黜退蘇友白的前程。原来這學院姓李名懋學。與吳翰林同年同門。見吳翰林書来。欲要聽了。却憐蘇友白才情。又無罪過。欲待不聽。又撇吳翰林面情不過。只得晴晴叫學官傳語蘇友白。微道其意。叫他委曲從来吳翰林婚姻。免得於前程有礙。學官奉命。遂請了蘇友白到衙中。將前情細說一遍。蘇友白道。感宗師美情。老師台命。門生本該聽從、只是門生別有一段隱衷、一時在老師面前說不出、只求老師在宗師處委曲方便一辭○、便感恩無盡○、學官道、賢契差矣、賢契今年青春已是二十、正當授室之時、吳公雅意相扳、論起来也是一樁美事、若說吳公富貴、以賢契高才自然不屑、況聞他令愛十分才美○、便勉強應承○、也不見有甚喫虧○、為何這般苦辭○、蘇友白道、不瞞老師說、他令愛門生已細〻訪過、這是斷然不敢奉命、學官道、賢契既不情願這也難强只是吳公與宗師同年同門未免有幾分情面這事不成恐怕於賢契的前程有些不妙蘇友白微笑道門生這一領青衿算得甚麽前程豈肯戀此而誤終身大事但聽宗師裁處罷了遂起身辭出學官見事不成隨即報知宗師宗師聽了也不喜道這生胡狂至此便要黜退他却又回想道這一樁美事若在別一個窮秀才便是夢見也快活不了他却抵死不允也是個有志之士又有幾分憐他尚不忍便

行。正躊躇間、忽一聲梆響、門上傳進一本報來、李學院將報一看、只見一本敘功事、原任太常正卿、新加工部侍郎銜白玄、出使虜營、迎請上皇、不辱君命、還朝有功、着寔授工部侍郎、又告病懇切、准着馳驛還鄉、調理痊可、不時召用、又一本敘功事、御史楊廷詔薦舉得人、加陞光祿寺少卿、又一本翰林院乏人事、目今經筵舉行、兼鄉會在邇、乞召在告諸臣吳珪等、入朝侯用、俱奉聖旨是、李學院見吳翰林起陞入朝

又見白玄是他親眷正在興頭時節便顧不得蘇友白隨即行一面牌到學中來上寫道

提學察院李訪得生員蘇友白素性狂妄恃才倚氣凌傲鄉紳不堪作養本當拿究姑念少年仰學即時除名不許赴考特示

牌行到學中滿學秀才聞知此事俱紛紛揚揚當一段新聞傳講也有笑蘇友白獃的也有羨蘇友白高的又有一班與蘇友白相好的憤憤不平道婚姻事

要人情頻。那有為辭了鄉官親事。便黜退秀才的道理。便要動一張公呈到宗師處去講。到是蘇友白再三攔阻道。只為考了一個案首。惹出這塲事來。今日去了這頂頭巾。落得耳根清淨。豈不快活。諸兄萬萬不消介意。衆人見蘇友白如此。只得罷了。正是

三分氣骨七分癡。釀就才人一種思。
說向世人都不解。不言惟有玉人知。

按下蘇友白不題。却說吳翰林見黜退了蘇友白。前

程雖出了一時之氣，然心下也有三分不過意，還要過幾日仍舊替他挽回。只因聞了白公榮歸之信，與自家欽召還翰之報，與無嬌小姐說知，大家歡喜，便將蘇友白之事忘懷了。吳翰林奉詔即當進京，因要會白公交還無嬌小姐，只得在家等候，一面差人迎接。此時白公實授了工部侍郎之職，奉旨馳驛還鄉，一路上好不興頭。不月餘，到了金陵，竟到吳翰林家來。吳翰林接着，不勝歡喜。白公向吳翰林致謝，吳翰林向白公稱賀二人交拜過即邀入後堂隨即喚無嬌小姐出来拜見父親大家歡喜無盡此時吳翰林已備下酒席就一面把盞與白公洗塵二人對酌吳翰林因問出使之事白公歎一口氣道朝廷之事萬不可為前日小弟奉命是迎請上皇而勅書上單言候問并送進衣物絕無一字及於迎請上皇聞知深為不樂也先見了甚加詰問叫小弟無以措詞只得說迎請自是本朝之意然不知貴國允否故不敢見

之勑書只面諭使臣懇求太師耳也先方回嗔作喜允了和議說道雖是面諭然勑書既不迎請我如何好送還若竟自送還也使中國看輕了須另着人来我再無改移弟輩昨日復命朝議不得已只得又遣楊善去了吳翰林道不知也先許諾送還果是實意否白公道以弟看来自是實意楊善此去上皇决定還朝但恐上皇回来朝廷尚有許多不妥故小弟忙忙告病回来以避是非不敢自愛然事勢至此决非

一人所能挽回也吳翰林道吾兄歷此一番風霜勞苦固所不免然成此大功可謂完名全節矣但小弟奉欽命進京未免又打入此網却是奈何白公道吾兄翰苑可以養高又兼鄉試在邇早晚奉差何足慮也吳翰林道頗有此耳但不知後來老楊可曾相會白公笑道有這樣無氣骨之人小弟一回京時即来再三謝罪後因旨意說他薦舉有功陞了光祿愈加親厚請了又請小弟出京時公餞了又私餞小弟見

他如此，到不好形之顏色，只得照舊歡飲，惟以不言愧之而已。吳翰林咲道：「只不言愧之，勝於撻辱多矣。」二人歡飲了半日，方住。吳翰林就留白公宿了。到次日，白公就要起身，說道：「小弟告病回家，不敢在京久停，恐生議論。」吳翰林道：「雖然如此，就暫留兩三日也不妨，况此別又不知後會何日。」白公道：「既如此，只好再留一日，明日准要行了。」吳翰林因說道：「前日還有一件好笑的事，未曾對吾兄說。」白公道：「甚麼事？」吳翰林道前日小弟因在靈谷寺看梅，遇見一少年秀才，叫做蘇友白，人物聰俊，詩思清新，甚覺可人。隨着人訪問，恰恰李念臺又考他作案首，小弟意欲將甥女許他，因遣媒并友人再三去說，不知何故他反抵死不允。小弟無法，只得寫書與李念臺，要他周旋。李念臺隨諭意學宮傳語蘇生，叫他成就此事。誰想那狂生執意不從，激惱李念臺，無以復弟，因把他前程黜了，他也竟自不悔。你道有這等好笑的事麼。白公驚許道有這等事此生不獨才貌其操行愈可欽矣士各有志不必相强吾兄明日見李念臺還該替他復了前程纔是吳翰林道這也是一時之氣他的前程自然要與他復二人說些時務又過了一日到第三日白公決意要行遂領了紅玉小姐謝了吳翰林竟回錦石村去吳翰林亦打點進京不題正是

只道流離碎　翻成畫錦衣

前程暗如漆　誰識是耶非

却說蘇友白、自從黜退秀才、每日在家只是飲酒賦詩尋花問柳、雖不以功名貧賤動心、每遇着好景關情自恨不能覓一佳偶往往獨自感傷至於墮淚人家曉得他要求美色、自知女兒平常、便都不來與他講親他又諒郡中必無絕色、更不提起、一日春光明媚正要早到郊外行吟取樂、纔走出門前、忽見幾個人青衣大帽、都騎着驛馬、一路問將來道此間有一個蘇相公家住在那裏、有人指道、那門前立的不是、那幾個人慌忙下馬、走到面前問道、敢請問相公不知可就是蘇浩老相公的大相公、蘇友白驚答道、正是、但不知列位何來、衆人道、我們乃河南蘇御史老爺差來的、蘇友白道、這等想是我叔父了、衆人道正是、蘇友白道、既如此、請到裏面說話、衆人隨蘇友白進到堂中、便要下禮相見、蘇友白問道、且住、列位還是老爺家中人、却是衙門執事、衆人答道、小人等皆是承差、蘇友白道、既是公差、那有行禮之事、只是長揖、相見過、又讓衆人坐了、問道、老爺如今何在、衆人道、老爺巡按湖廣回來、進京復命、如今座船現在江口、要請大相公同往上京、故差小的們持書迎接、遂取出書來、遞與蘇友白、蘇友白拆開一看、只見上寫着、

劣叔淵頓首書付

賢姪覽、叔因王事驅馳、東西奔走、以致骨肉睽離、恩之心惻、前聞　嫂亦辭世、不勝悲悼。近聞汝年

學俱成，又是悲中一喜。但並今年六十有三，景入桑榆，朝不保夕，而下無子息；汝雖能繼書香，而父母皆亡，終成孤立。何不移來一就，庶幾同父猶子之情，兩相慰藉耳。此事並慮之最詳，雖告 先兄先嫂於地下，亦必首肯。侄愼勿疑。差人到，可即發行裝同來，立候發舟。餘不盡。

蘇友白看完了書，心下暗想道：家中已是貧乏，一個秀才又黜退了，親事又都回絕，只管住在此處亦覺無味莫若随了叔父上京一遊雖不貪他的富貴倘或因此訪得一個佳人也可完我心願主意已定随對衆人說道既是老爺来接至親骨肉豈可不去但此處到江口路甚遥遠恐怕今日到不得了衆人道老爺性急立候開船這裏到江口止有六十里路有馬在此若肯就行到那裡還甚早蘇友白道既如此列位可先去回復老爺我一面打發行李一面随後就来随即封了一兩銀子送與衆人道匆匆起程不

及留飲權代一飯衆人推辭道大相公是老爺一家人怎敢受賞、蘇友白道、到從直些、不要躭閣工夫、衆人受了先去、因留下一疋好馬、蘇友白隨即分付一個老家人叫做蘇壽、留他在家看守房屋、又打點些衣服鋪陳之類、結来做兩担、叫人挑了、先着一個家人送到江口、自家止带一個小廝、叫做小喜、當下分付停當、隨即上馬要行、爭奈那匹馬、最是狡滑、見蘇友白不是久慣騎馬的、又無鞭子打他、便立定不走。

蘇友白忙忙將韁繩亂扯那馬往前走不得一步把屁股一掀到往後退了兩步蘇友白心中焦躁似這般走幾時得到家人蘇壽說道馬不打如何肯走舊時老相公有一條珊瑚鞭何不取了帶去便不怕他不走了蘇友白道正是我到忘了隨叫人取出拿在手裏照馬屁股儘力連打了幾下那馬負痛只得前行蘇友白咲道這畜生不打便不肯走可見人生處世何可一日無權此時春風正暖一路上柳明花媚

蘇友白在馬上觀之不盡因自想道吳家這頭親事早是有主意辭脫了若是沾了手那得便容你自由自在到京中去尋訪又自想道若有分撞得一個便好若是撞不着可不辜負我一片念頭又想道若是京中沒有便辭了叔子出來隨你天涯海角定要尋他一個終罷心中自言自語不覺來到一個十字路口忽岔路裏跑出一個人來將蘇友白上下一看口裏道一聲果然有了便雙手把繮繩扯住蘇友白因

心下胡思乱想不曾防備猛可裏喫了一驚忙將那人一看只見那人頭戴一頂破尖毡帽歪在半邊身穿一領短青布夾襖懷都開了脚穿一雙綁腿鞝鞋走得塵土亂迸滿身上汗如雨濕慌忙問道你是甚麽人為何扯住我的韁繩那人跑得氣吁吁一時荅應不清只道好了有下落了蘇友白見那人說話胡塗便扯起鞭子要打那人慌叫道相公不要打小人的妻子不見了都在相公身上蘇友白大怒道你這

人好胡說你的妻子不見了於我何干我與你素無相識難道我拐了你的那人道不說是相公拐我妻子只是我的妻子要在相公身上見箇明白蘇友白道你這人一發胡說我是過路人你的妻子如何在我身上見明白你敢是短路小人怎敢青天白日攔住我的去路我是蘇巡按老爺的公子你不要錯尋了對頭提起鞭子夾頭夾臉亂打小喜趕上氣不過也來亂打那人被打慌了一發說不清只是亂叫道

相公住手可憐我有苦情我實不是小人口裏雖然叫苦却兩手扯住繮绳死也不放此時過路的及村中住的人見他二人有些古怪不知為何便都圍上来看蘇友白亂嚷道天下有這等奇事你不見了妻子如何賴我過路人那人道小人怎敢圖賴相公只求相公把這根鞭子賞了小人小人的妻子就養了看的人聽見都一齊笑起来道這人敢是個風子如何不見妻子一根馬鞭便有蘇友白說道我這根馬

鞭子是珊瑚的值幾兩銀子如何與你氣不過提起鞭子又要打那人叫起来道相公慢打容小人說個明白衆人勸道相公且息怒待問箇明白再打不遲便問那人道你是那裡人有甚緣故可細々說明那人道小人是丹陽縣楊家村人小人叫做楊科數日前曾叫妻子到城中太贖當不知路上被甚人拐去日々追尋並無消息今日清晨在向容鎮上遇着箇起課先生小人求他起了一課他許我只在今日申

時三刻便見。小人又問。也該向那一方去尋他。說向東北方。四十里上十字路口。有一位少年官人。身穿柳黃衣服。騎一匹點子馬来。你只扯着他。求了他手中那條馬鞭子。你妻子便有了。只要快赶。若赶遲了一步。放他過去。便再不能勾見了。小人聽了。一口氣赶来。連飯也不敢喫一碗。直赶了四十里路。到此十字路。恰恰遇着相公騎馬而過。衣服顏色相對。豈不是實。只求相公開仁心。把這馬鞭子賞了小人。使小人夫妻重見便是相公萬代陰德蘇友白咲道你這人一味胡說世間那有這樣靈先生你分明看見我衣馬顏色希圖騙我鞭子便駕此一篇謊說如何信得楊科道小人怎敢小人也自知說来不信只因那先生件〻說着不由人不信他還說相公此行是為求婚姻的不知是也不是相公心下便明白了蘇友白聽見說出求婚姻三字便呆了半晌心下暗思道這件事乃我肺腑隱情便是鬼神亦未必能知他如

何曉得便有幾分信他因說道便把這鞭子與你也是小事只是我今日還要赶到江口若沒鞭子這馬决不肯行却如何處旁看的人見說得有些奇異都要看拿了鞭子如何尋妻子又見蘇友白口鬆有箇肯與他的意思便替你攛掇道既是這位相公肯賞你鞭子何不快去折一柳條來與相公權用楊科欲待去折柳條又恐怕蘇友白去了猶扯住不肯放手蘇友白曉得他的意思便將鞭子先遞與他說道既

許了你豈肯失信可快折一枝柳條来我好趕路楊科接了鞭子千恩萬謝道多謝相公若尋着妻子定然送還便立起身来東張西望去尋柳條此時是二月中旬道旁小柳樹都是柔弱枝條折来打馬不動只東南角上一條冷巷中一所破廟傍邊有三四株大柳樹高出墻頭楊科看見慌忙扒將上去扒到樹上纔要折柳忽聽得廟中有人啼哭他分開柳葉往内一張只見有三個男子將他妻子圍在中間要逼

勒行淫妻子不從故此啼哭楊科看見了便忍不住叫起来道好賊奴拐人妻子却躲在這裏慌忙跳下樹来竟撲廟門看的人聽見叫在這裏便一齊擁了来看楊科赶到廟前廟門已被頂倒楊科也不顧好歹一頓脚將轉軸登折擠了進去忙跑到庙後時那三箇拐子已往墻闕裏逃去多時止剩下妻子一人兩人相見不勝大喜轉扯着哭將起来衆人着見都各歎駭方信楊科説的俱是真情此時蘇爻白聽見

尋着妻子甚是驚訝也下了馬叫小喜看着自步進廟中來看楊科看見蘇友白進來便對他妻子說道若不得這位相公這條鞭子去折柳條便今生也不能見了隨將鞭子送還蘇友白道多謝相公不要了蘇友白道天下有這等奇事險些兒錯怪了你我且問你那起課的先生叫甚姓名楊科道人都不知他的姓名只因他挂着一面牌上寫賽神仙三字人就順口叫他做賽神仙說罷便再三謝了蘇友白并衆

人、領着妻子、原從舊路上、揚揚去了、蘇友白走出廟来、上了馬、一頭走、一頭想道、我蘇友白聰明一世、懵懂一時、我此行雖因叔命原為尋訪佳人、這賽神仙他既曉得我為婚姻出門、必然曉得我婚姻在何處、我放着現消息不去訪問、却向無踪無影處去尋覔、何其愚也、今天色尚早、不如赶到向容鎮上、見了賽神仙、問明婚姻、再到叔父船上、未為遲也、主意定了、遂勒轉馬頭、向西南楊科去的路上赶来、只因此一

去有分教是非堆裏博出個佳人生死場中拾回個才子正是

樹頭風絮亂依依　空裏遊絲無定飛
不是多情愛狂蕩　因春無賴聽春吹

蘇友白去見賽神仙問婚姻不知如何且聽下回分解

## 第六回

### 醜郎君强作詞賦人

詩曰

途名餙行盡黄金　獨有文章不許侵
一字源流千古遠　幾行辛苦十年深
百篇價重應仙骨　八斗才高自錦心
寄語膏粱村口腹　莫將佳句等閑吟

話說蘇友白因要尋賽神僊起課，便不顧失了叔子蘇御史之約，竟策馬望句容鎮上而来。行不上十四五里，不料向西的日色最易落去，此時只好有丈餘在天上、又趕行了三五里、便漸〻昏黑起來、蘇友白樓頭一望、前面並不見有人家、心下便有幾分着忙、到是小喜眼尖說道、相公且不要慌、你看向西那條岔路裏、一帶樹林、豈不是一村人家、蘇友白道、你怎曉得、小喜用手指道、那樹林裏高起來的、不是一個寶塔、既有塔、必有寺、有寺、一定便有人家了、蘇友白看了道、果然是塔、就無人家、寺裏也好借宿、便忙〻策馬望岔路上趕來、到得樹林中、果然是一個村落、雖止有一二百人家、却不住在一處、或三家或五家、或東或西、都四散分開、此時天已晚了、家家閉戶、你好去敲、幸得是十二三之夜、正該有月、天便不黑、因望着塔影来尋寺、又轉了一個湾、忽一聲鐘響、蘇友白道、好了。今夜不愁無宿處矣。再行幾步、便到了寺門、蘇友白忙下馬来、叫小喜牽着、竟進寺来、這寺雖不甚大、却到齊整潔淨、山門旁種着兩帶杉樹、儘踈落有致、蘇友白此時也無心觀看、將到大殿上、正有兩三個和尚、在那裡做晚功課、看見有人進來、內中一個年老的便忙迎將出來問道、相公何來、蘇友白道、學生自城中來、要往句容鎮上去、不期天色晚了、趕不到、欲在寶剎借宿一宵、萬望見留、那和尚道、這個使得、遂一面叫人替小喜牽了馬、後邊去、就一面叫人掌燈、遂將蘇友白請到方丈裏、二人見了禮、坐下、那和尚道、敢問相公高姓、蘇友白道、學生姓蘇、和尚道、這等是蘇相公了、不知要到句容鎮上有何貴幹、蘇友白咲道、學生因家叔上京復命、船在江口、差人来接學生同去、學生到了半路上、偶聞得句容鎮上、有個賽神仙起課甚靈、欲要求他起一課、故偶然至此、和尚道、令姪榮任何處、蘇友白道、家叔是巡按湖廣、回来復命、和尚道、這等蘇相公是大貴人了、失敬〻〻、遂叫道人收拾晚齋、蘇友白問道、老師大號、和尚道、小僧賤號靜心、蘇友白又問道、寶刹這等精潔、必定是一村香火了、但不知還是古跡還是新建、靜心道、這寺叫做觀音寺也不是古跡、也不是一村香火、乃是前邊錦石村白侍郎的香火、緣造得十八九年、蘇友白道、白侍郎為何造於此處、靜心道、白老爺只因無子、與他夫人、極是信心好佛、發心造這一座寺、供奉白衣觀音、要求子嗣、連買田地、也費過有一二千金、蘇友白道、如今有了兒子麼、靜心道、兒子雖沒有、他頭一年造寺、第二年就生一位小姐、蘇友白笑道、莫說生一位小姐、便生十位小姐、卻也算不得一個兒子靜心道蘇相公不是這般說若是白老爺這位小姐便是十個兒子却也比他不得蘇友白道却是為何靜心道這位小姐生得有沉魚落雁之容閉月羞花之貌自不必說就是描鸞刺綉樣樣精工還不算他長處最妙是古今書史無所不通做来的詩詞歌賦直欲壓倒古人就是白老爺做的文章往往要他刪改蘇相公你道世上人家有這等一個兒子麼蘇友白聽見說出許多美處不覺身酥蘇

蕩神魂都把捉不定忙問道這位小姐曾嫁人否靜心道那裏有個人嫁蘇友白道這邊郡縣富貴人家不少難道就沒個門當户對的為何便沒人嫁靜心道若要富貴人家便容易了白老爺却不論富貴只要人物風流才學出衆蘇友白道這個也還容易靜心道蘇相公還有個難題目但是来求親的或詩或文定要做一篇只等白老爺與小姐看中了意方纔肯許偏生小姐的眼睛又高做来的詩文再無一個

中意、所以躭閣至今一十七歲了、尚未曾輕許人家、蘇友白道、原来如此、心下却暗暗喜道、這段姻緣却在此處、不一時道人排上齋来、二人喫了、靜心道、蘇相公今日出路辛苦、只怕要安寢了、便拿了燈送蘇友白到一間潔净客房裏、又燒了一爐好香、又泡了一壺苦茶、放在案上、只看蘇友白睡了、方纔别去、蘇友白因聽這一篇話、要見白小姐、一面只管思量、便翻来覆去、再睡不着、只得依舊穿了衣服、起来推窓一看只見月色當空皎潔如畫因叫醒了小喜跟出寺門前来閒步一来月色甚佳二来心有所思不覺沿着一帶杉影便走離寺門有一箭多遠忽聽得有人笑語蘇友白仔細一看却是人家一所莊院又見内中桃柳芳霏便信着步走將進来走到庭子邊往裏一張只見有兩個人在那裡一邊喫酒一邊做詩蘇友白便立住脚躲在窓外聽他只見一個穿白的說道老張這個枝字韵虧你押那個穿綠的說道枝

字韻還不打緊只這思字是個險韻費了心了除了我老張再有那個押得來穿白的道果然押得妙當今才子不得不推老兄獨做完了這兩句那親事便穩〻有幾分指望穿綠的便歪着頭想了又想哼了又哼只哼唧了半晌忽大叫道有了有了妙得緊妙得緊慌忙拿筆寫在紙上遞與穿白的看穿白的看了便拍手打掌笑將起來道妙〻真個字〻俱學老杜不獨韻押得穩當且結得有許多感慨兄之高才

弟所深服者也穿綠的道小弟詩已成佳人七八到手兄雖道就甘心罷了穿白的道小弟往日詩興頗豪今夜被兄壓倒再做不出且喫幾杯酒睡一覺養養精神却苦吟一首與兄爭衡穿綠的道兄既要喫酒待小弟再把這詩高吟一遍與兄聽了下酒何如穿白的道有趣有趣穿綠的遂高吟道

楊柳遇了春之時　生出一枝　一枝

好似綠州楙上挂　恰如金線條上垂

穿白的也不待吟完便乱叫起来道妙得甚妙得甚且賀一杯再吟遂斟一杯遞與穿綠的喫穿綠的歡喜不過接到手一飲而乾又續吟道

穿魚正好漁翁喜　打馬不動奴僕思

有朝一日乾枯了　一担柴挑幾萬絲

穿綠的吟罷穿白的稱羨不已蘇友白在窗外聽了恐不住失聲哄将起来二人聽見忙赶出窓外来看見了蘇友白便問道你是何人却躲在此處笑我們

蘇友白荅道學生偶爾看月到此因聞佳句清妙不覺手舞足蹈失聲唐突多得罪了二人看見蘇友白一表人物説話又湊趣穿白的道兄原来是個知音有趣的朋友穿绿的道既是個妙人便同坐一坐何如便一手將蘇友白扯了同進庭子中来蘇友白道小弟怎好相擾穿绿的道四海皆兄弟這箇何妨遂讓蘇友白坐下叫小的斟上酒来因問道兄尊姓大號蘇友白道小弟賤姓蘇表字蓮仙敢問二位長兄

高姓大號穿白的道小弟姓王賤號個文章之文卿相之鄉因指着穿緑的道此兄姓張尊號是軌如乃是敝鎮第一個財主而兼才子者也這個花園便是軌如兄讀書的所在蘇友白道這等失敬了因問道適聞佳句想是詠新柳的了張軌如道蓮仙兄這等耳聰隔着牕子便聽見了咏便是咏新柳只是有許多難處蘇友白道有甚難處張軌如道最難是要和韻因此小弟費盡心力方得成篇蘇友白道首唱是

誰人要兄如此費心張軌如道若不是個妙人兒小第爲肯費心蘇友白道既承二兄相愛何不一發見教王文卿道這個話兒甚有趣容易說不得的兄要聽可喫三大杯便說與兄聽張軌如道有理有理遂叫人斟上酒來蘇友白道小弟量淺喫不得許多王文卿道要聽這趣話兒只得勉强喫蘇友白當真喫了三大杯張軌如道蘇兄是個妙人說與你聽罷這首原唱乃是前村一個鄉官的小姐做的那小姐生

得賽西施勝毛嬙十分美貌有誓不嫁俗子只要是個才子詩詞歌賦敵得他過方纔肯嫁前日同到寺裏燒香見新柳動情遂題了一首新柳詩暗暗在佛前禱祝道若有人和得他的韻來便情願嫁他因此小弟與老王在此拚着性命苦吟小弟幸得和成這婚姻已有幾分想頭蘇兄你道好麼蘇友白聽了明知就是白侍郎女兒却不說破只說道原來如此敢求原韻一觀張軌如道兄要看詩再喫三杯蘇友白

道。待小弟看了㖿罷。張軌如道。也罷〻〻。只是看了要喫。便去拜匣裏拿將出來。遞與蘇友白。蘇友白展開一看。却是抄過的一箇草稿兒。上面寫着新柳詩一首道。

綠淺黃深二月時。傍簷臨水一枝〻。
舞風無力纖〻挂。待月多情細〻垂。
嫋娜未堪持贈別。參差已是好相思。
東皇若識儂着眼。不負春添幾尺絲。

蘇友白看完了驚訝道天下怎有這般高才女子可不令世上男人羞死便看了又看念了又念不忍釋手張軌如道蘇兄也看殺了這三杯酒難道不值還要推辭蘇友白道若論這首詩便是三百杯也該喫只是小弟量窄奈何王文卿道我看蘇兄玩之有味必長於此若和得一首出便免了這三杯罷張軌如笑道三杯酒不喫到忝做一首詩蘇兄難道這等獃了蘇友白道小弟實是喫不得如不得已到情願扯

撰幾句請教衆。王文卿笑道。何如。我看蓮仙兄有幾分詩興。裝作了。遂將筆硯移到蘇友白面前。蘇友白提起筆。醮了墨。就在原稿上和韻一首。道

風最輕柔雨最時。根芽長就六朝枝。
畫橋煙淺詩魂瘦。隋苑春憐舞影垂。
拖地黃金應自惜。漫天白雪為誰思。
流鶯若問情長短。請驗青青一樹絲。

蘇友白寫完了。便遞與二人道。勉強應教。二兄休得

見笑二人看見蘇友白筆也不停想也不想便信手頃刻做完了一首詩甚是驚駭拿起讀了兩遍雖不深知其味念来却十分順口不似自家的七扭八拗因稱贊道蘇兄原来也是一個才子可敬可敬蘇友白道小弟菲才獻醜怎如得張兄金玉張軌如道蘇兄不要太謙小弟也是從来不肯輕易稱賛人的這首詩果然和得敏捷而妙蘇友白道張兄佳作已領教過王兄妙句還要求教王文卿笑道小弟今日詩

興不淺只待明日見小姐方做哩蘇友白道王兄原来這等有深意但不知這小姐等閒得見一面麽王文卿道兄要想他一見也不難只是那小姐才甚高只怕兄這一首詩還打他不動兄若有興再和得一首小弟與張兄便同去見蘇友白道王兄不要失言張軌如道王兄最是至誠君子小弟可以保得只要兄做得出蘇友此時也有幾分酒興又一心思想白小姐便不禁詩思勃勃擬起筆来又展開一幅箋紙

任意揮灑不消半刻早又和成一首新柳詩遞與二人看二人看見這等快當都嚇呆了口中不言心下都暗想道這纔是真正才子细〻展開一看只見上寫着

綠裹黃衣得正時　天溪羞殺杏桃枝
已添深恨猶閒挂　拚斷柔魂不亂垂
嫩色陌頭應有悔　画眉窗下豈無思
如何不待春蠶死　葉〻枝〻自吐絲

二人讀完了、便一齊拍案道、好詩好詩、真做得妙、蘇友白道醉後放狂、何足挂齒、那小姐若有可見之路、還要仗二兄挈帶、王文卿道、這箇一定、到不曾請教的、看兄不似這村裏人、貴卿何處、因甚到此。今寓在何處、蘇友白道、小弟就是金陵人、欲往句容鎮、有些勾當、因天色晚了、借寓在前面觀音寺裏、偶因步月、幸遇二兄、張軌如道、原来就是金陵人、隔不的數十里之遥、原是同鄉、今年鄉試還做得同年着哩、因問

道貴城中吳翰林諱珪的兄相認麽蘇友白道是吳
瑞庵了兄問他怎的張軏如道小弟久慕他高名意
欲拜在他門下故此問及蘇友白道認是認得的只
是與小弟有些不睦張軏如道卻是為何蘇友白道
他有個令愛要招小弟為婿小弟因見他人物中下
不肯應承故此不悅張軏如道原來如此王文卿道
我就說兄是京城人物若是別方小郡縣那有這等
高才兄既寓在觀音寺一發妙了明日好去同見小

姐、蘇友白本待要明早到句容鎮上、起了課還赶到朴子船上去、回聽說白小姐能敎一見便把太的念頭丢在一邊、只管小姐長小姐短在二人面前叮囑、二人也一心想着小姐、便也不覺厭煩、你一句我一句到說得有興、又移了酒到月下來喫、直喫得大家酩酊、方纔起身、王張二人直送出園門、蘇友白臨行又囑付道、明日之約、千萬不可忘了、二人笑道、記得記得、三人別了、此時有三更時候、月色轉西、蘇友白照舊路回到寺中去睡、心下暗想道、我只道佳人難得、尋遍天涯未必能有、不料纔走出門便訪有下落、可謂三生有幸矣。又想道訪便訪着、只恐明日未必能見、弄成一個虛相思、却將奈何、又想道既有了人、便蹈湯赴火宛在這裏也要尋他一見、左思右想、直捱到五更時候、方纔睡去、正是

情如野馬下長川　羨色無端又着鞭

若要絲繮收得定　除非花裏遇嬋娟

按下蘇友白不題、却說蘇御史見承差来回復說蘇友白随後就来、滿心歡喜、不多時又見行李来了、随分付家人道、晚飯且不要拿来、候大相公来了、一同喫罷、直等到點燈也不見来、又等了一會譙樓戍鼓已是一更、蘇御史想道、此時不来想是家中事務未曾完淂、一定明日早来、遂自家喫了夜飯去睡、到次早又不見来、只得仍叫承差飛馬去接、承差去了一日、回来禀道、小的到大相公家裏、他家一個老管家說道昨日一邊行李出門、一邊就騎馬來了、不知爲何不到蘇御史聽了大驚、因想道莫不是到娼妓人家去了、因叫昨日送行李的家人來問道、你相公閒時在家與甚人往來、莫非好嫖賭麼、家人稟道、相公從來不嫖不賭、閒時只愛的是讀書、逢着花朝月夕。做些詩詞歌賦。喫幾杯酒。便是他取樂的事了。舊年還與兩個朋友往來、近因黜退了秀才、連朋友往來的也稀踈、蘇御史道、你相公既肯讀書、又不嫖賭、爲何到把秀才點還家人道只為前日學院來考了一個案首有一個鄉官家愛相公的才學便要招相公為婿相公不知何故抵死不從那鄉官惱了竟與學院說知不期那學院與鄉官恰是同年同門連學院也惱起來因此就把一個秀才白白的吊了蘇御史聽了更嗟呀不已又差人分頭各處找尋直找尋了三四日竟無踪跡沒奈何只得悵悵開船而去正是

亡羊今古歎多岐○　失馬從來不易知○

誰道貪花蜂與蝶、已隨春色到高枝。

不知蘇友白畢竟如何、且聽下回分解

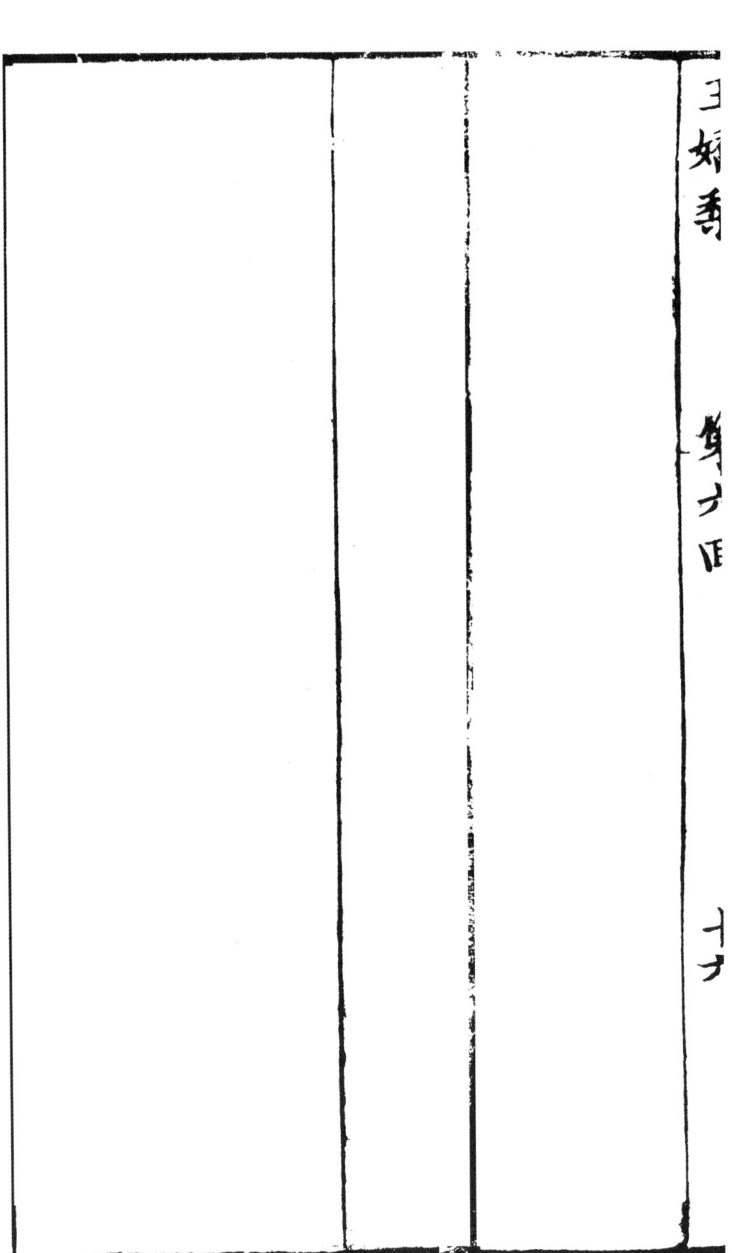

# 第七回

## 暗更名才子遺珠

詩曰、一段姻緣一段魔。豈能容易便諧和。好花究竟開時少、明月終須缺處多。色膽才情偏眷戀、妬心讒口最風波。緬思不獨人生忌、天意如斯且奈何。

話說張軌如因一時醉後高興。便沒心把白小姐的事情都對蘇友白說了。後見蘇友白再三留意。又見和詩清新，到第二日起來，思想轉來，到有幾分不快，因走到亭子裏來與王文卿商議，只見王文卿蓬着頭背剪着手，在亭中走來走去，像有心事的。張軌如見了道，老王，你想甚麼，王文卿也不荅應。張軌如走到面前，王文卿惱着臉道，我兩個聰明人，為何做出這糊塗事來，張軌如道，卻是為何，王文卿道，昨夜那個姓蘇的，又非親，又非故，不過一時乍會，為何把真心話都對他說了，況他年又少，人物又生得俊秀，詩又做得好，若同他忝，却不是我們轉替他做墊頭了，張軌如道，小弟正在這裏拗悔，来與你商議，如今却怎生區處，王文卿道，說已說出了，沒甚計較挽回，張軌如道，昨夜我也醉了，不知他的詩，畢竟與小弟的何如，可拿来再細看一看，王文卿遂在書架上取下来，二人同看，真個愈看愈有滋味，二人看了一回，面面相覷，張軌如道，這詩反覆看来，到轉像是比我的好些，我與你莫若竊了他的，一家一首，拿去風光一風光燥皮一燥皮有何不可小蘇来尋時只叫小廝回他不在便了王文卿道小弟昨夜要他做第二首便已有心了今仔細思量還有幾分不妥張軌如道有甚不妥王文卿道我看那蘇蓮仙年紀小〻也像個色中餓鬼你我不同他去他既曉得踪跡難道就肯罷了畢竟要尋訪將來他若自去這兩首詩豈不弄重了一對出來那時便有許多不妙張軌如道兄所慮亦是却又有一計在此何不去央〻董老官但

是蘇蓮仙来，便叫他一力辭去，不容相見，不與他傳詩。雖道怕他飛了進去不成。王文卿道，此計雖妙，但只是詩不傳進去裏邊，不回絶他，蘇蓮仙終不心死。到不如轉邀他去，明做一做罷。張軌如道，怎生明做。王文卿道，只消將這兩首詩，留起一首與我，將一首寫了你的名字，却把昨日兄做的，轉寫了蘇蓮仙名字，先暗暗送與董老官，與他約通了，叫他只回白老不在家，一槩收訖，然後約了蘇蓮仙，當面各自寫了同送去、董老官囬他不在、自肰收下、却暗暗換了送進去、等裏面與他一個掃興、他別處人、自肰沒趣去了、那時却等小弟寫了那一首送去、却不是與兄平分天下了、張軌如聽了滿心歡喜道、好筭記、好筭記、畢竟兄有主意、只是要速速為之、老董那裏、却叫那個去好、王文卿道、這個机密事、如何叫淂別人、須是小弟自去、只是董老官是個利徒、須要破些鈔方纔淂妥、張軌如道、謀大事、如何惜淂小費、稱二兩頭與他許他事成再謝王文卿道二兩也不少了這是那老奴才眼睛大看不在心上事到如今也說不得了率性與他三兩做個妥帖或者後邊還用得他着張執如無法只得忍着痛称了三兩銀子用封筒封了就將蘇友白的頭一首詩用上好花箋細細寫了却落自家名字轉將自家的詩叫王文卿寫了作蘇友白的却不曉得蘇友白的名字只寫個蘇蓮仙題寫完了王文卿并銀子同放在袖中逕往錦石村來正

是

損人偏有千般巧　利己仍多百樣奸

誰識老天張主定。　千奸百巧揔徒然。

原来這董老官，却是白侍郎家一個老家人，名字叫做董榮，號叫做董小泉，為人喜的是銀子。愛的是酒杯。但見了銀子，連性命也不顧。倘若拿着酒杯，便頭也割得下来，凡有事尋他，只消買一壺酒，一個紙包，府中匙大碗小的事情，都說出来就是這新柳詩也是他抄與王文卿的這日王文卿来尋他恰好遇着他在府門前背着身子數銅錢叫小的去買酒王文卿走到背後將扇兒在他肩頭上輕〻的敲了兩下道小老好興頭董老官忙回身来看見是王文卿便笑道原来是王相公〻〻〻来下顧自然就興頭了王文卿道要興頭也要在小老身上董老官見口声是生意上門便打發了小的隨同王文卿走到轉灣巷裏一個小庵来借坐因問道王相公此来不

知有何見諭。王文卿道。就是前日的新柳詩和成了。要勞你用情一二。董老官道。這不打緊。既是詩和成了。若要面見老爺。只消畧坐一坐。老爺今日就要出門。只待臨出門時。我與你通報一声。便好過去相見。王文卿道。到不消見得老爺。只勞小老傳遞一傳遞就好了。董老官道。這個[illegible][illegible]容易。王文卿道。果肰容易。只是畧畧有些委曲。要小老周旋。董老官道有甚委曲。只要在下做的来。再無不周旋的。王文卿遂在袖子裏摸出那兩幅花箋来說道這便是和的兩首詩一首是敝相知張兄的一首是個蘇朋友的小老可收在袖裏過一會待他二人親来送詩煩小老曲一殺老爺出門了一槩收詩待他拿出詩来再煩小老将他送来的詩藏下却将這二詩傳進與老爺小姐看便是小老用情了董老官咲道這等說起来想是個棹綿包的意思了既是王相公来分付怎好推辭作难只憑王相公罷了王文卿来時在路上已将

三兩數內稱去一兩，隨將二兩頭拿出來、遞與董老官道、這是張敝友的一個小東、你可收下。所說之事、只要小老做得乾淨巧妙、倘或有幾分僥倖、還有一大塊在後面哩。董老官接着包兒、便立起身來說道、既承貴友盛情、我便同王相公到前面一個新開的酒樓上去領了他的何如。王文卿道、本該相陪、只是張敝友在家候信、還要同來、工夫耽閣不得了、容改日待小弟再相請罷。董老官道、既是今日就要來、連我也不敢喫酒了、莫要飲酒誤他的事情、王文卿道如此更感雅愛、遂别了董老官、忙忙來回復張執如、此時張執如已等得不耐煩、看見王文卿來了便迎着園門問道、曾見那人麽、王文卿道、剛剛湊巧、一到就撞見、已與他說通了、怎麽小蘇這時候還不見來、正說不了、只見蘇友白已帶着小喜、走將來、原來蘇友白只因昨夜思量過度、再睡不着、到天亮轉沉沉睡去、所以起來遲了、梳洗畢、喫了飯、隨即到張家園來恰好相遇三人相見過張軌如道蓮仙兄為何此時纔來蘇友白道因昨夜承二兄厚愛多飲了幾杯因此來遲得罪王文卿笑道想是不要見白小姐了蘇友白笑道若是二兄不要見小弟也就不要見了張軌如道既要來也是時候了不要說閒話誤了正事王文卿道小弟詩未和已是無分只要二兄快快寫了詩同去倘那一個討得好消息回來好打點酒餚賀喜遂同到亭子上張軌如與蘇友白各寫了昨

夜的詩句、籠在袖内、張軏如又換了一件時新的色衣、叫小厮俻了三匹馬一同出園門竟望錦石村來、

正是

遊蜂繞樹非無意　螻蟻拖花亦有心
擾擾紛紛眷春色　不知春色許誰侵

原來白石村到錦石村止隔有三四里路、不多時便到了村裏、將到白侍郎府門前、三人便下了馬、步行過來、此時董老官已有心正坐在門樓下等、忽見三

人走到面前便立起身來佯問道三位相公何来王文卿便走上前指着張蘇二人說道這兩位相公一位姓張一位姓蘇特來求見老爺董老官道二位相公早來一刻便好方纔出門赴席去了有甚話說分付下罷張軌如道也無甚說話因聞得老爺要和新柳詩我二人各和成一首特來請教董老官道二位相公既是送詩的只消留下待老爺回来看過再請相會張軌如回頭與蘇友白商議道是留下詩還是

等一等面見蘇友白道、面見固好、但不知可就得回、董老官道、今日辦酒只怕回来遅、見不成了、王文卿道、留下詩也是一樣、何必面見、二人遂各自將詩稿遞與董老官道、老爺回来就煩稟一聲、董老官道這個自然、不消分付、但是二位相公寓所要說明白了、恐怕老爺看了詩要来相請、王文卿道、這位張相公是丹陽城中人、讀書的花園就在前邊白石村裏、這位蘇相公、也就在白石村觀音寺裏作寓、董老官道

既在白石村不多遠，曉得了三位相公請回罷，三人又吖囑了一回，方纔離了白侍郎府前，依舊上馬回白石村去不題。正是

弄奸小輩欺朋友，貪利庸奴誤主人。
不是老天張主定，被他竊去好姻親。

却說董老官見三人去了，隨即走到門房裏，將纔来的二詩藏在一本舊門簿內，却將早間王文卿的二詩拿在手中，竟送進来與白公看。原来白公自從告

病回家、一個鄉村中無處擇婿、偶因紅玉小姐題得一首新柳詩、遂開一個和詩之門、以為擇婿之端、又一遠族、送了一箇姪兒、要他收留作子、這侄兒纔一十五歲、名喚繼祖、小名叫做顏郎、生得頑劣異常、好的是嬉遊頑耍、若提起讀書、便頭腦皆痛、終日害病、白公撇不過族中情面、只得留下、其實雖有如無、不在白公心下、正是

生男只喜貪梨栗。　養女偏能讀父書。

個中天意有乘除、
莫笑陰陽顛倒用、

這日白公正在夢艸軒看花閒坐、忽見董榮送進兩首和韵新柳詩来、隨即展開一首来看、〻了一遍、不覺大笑起来道、天下有這等狂妄的人、這樣胡說也、送了来看、再看名字、却寫着蘇蓮仙題、便放開一邊、又將這一首展開来看、纔看得頭一聯、便驚訝道、此詩清新可愛、再看後聯結句、便拍案道、此異才也、吾目中不見久矣、却從何處得来、忙看名字却寫着丹陽張五車題白公更驚訝道丹陽近縣為何還埋沒着這等異才。隨叫侍婢去請小姐來小姐聞父命慌到軒中來白公一見小姐便笑說道我兒我今日替你選一個佳婿了。小姐道卻是何人。爹爹從何處得來白公道方纔有兩個秀才送和的新柳詩來一個甚是胡說這一個卻是個風流才子。隨將張五車的遞與小姐看小姐接在手中看了兩遍道這首詩果然和得儷儷有致自是一箇出色才人但不知爹爹曾見其人否白公道我雖不曾見他然看此詩自不是箇俗子了小姐又將詩看了一遍道孩兒細觀此詩其人當是李太白一派人物但寫得濁穢鄙俗者出兩手只恐有抄襲之弊爹爹還須要細加詳察白公道我見所論亦是只消明日請他來面試一首便真偽立辨了小姐道如此甚好白公隨又叫董榮進來分付道明日清晨可拿我一箇侍生的帖子去請今日送詩的那一位張相公來說我要會他一會董

荣道那一個蘇相公可要請麼白公咲將起来道這樣胡說的人還要請他這等多講董荣慌忙去了白公又将蘇蓮仙這首詩遞與小姐道我兒你看好笑麼小姐看了亦笑起来父女二人看詩賞笑不題且說蘇友白自送了詩回去張軌如又留在園中喫了半日酒只到傍晚方纔回到寺中靜心道蘇相公那裏飲宴回来蘇友白道學生今早即急急要回去只因昨晚看月遇着前面園中張相公王相公留下同

做和白小姐的新柳詩、今日同送去看、不覺又躭閣了一日靜心道、蘇相公這等少年風流、却又高才、白小姐得配了相公、也不負白老爺擇壻一塲、蘇友白道、事躰不知如何、只是在老師處攪擾、殊覺不安、靜心道、蘇相公說、那裏話、就住一年也不妨、只是寒薄簡褻、有罪、蘇友白道、承老師厚情、感謝不盡、後來倘得寸進、自當圖報、靜心道、蘇相公明日與白老爺結成親、便是一家了、何必說客話、且去喫夜飯、蘇友白道飯是不喫了只求一杯茶就要睡了靜心又叫人泡茶與蘇友白喫了方別了去睡到次日蘇友白起来滿心上想着新柳詩的消息梳洗完正要到張軌如園裏来訪問忽見靜心領着張軌如與王文卿走進来道蘇相公在這一間房裏蘇友白聽見慌忙出来相見張軌如便笑說道蘇兄今日滿面喜氣一定是新柳詩看中意了蘇友白道小弟如何有此等福分自然還是張兄王文卿笑道二兄口裡雖肰太謙

不知心裏如何指望哩二人都笑将起来正說笑間
只見張家一個家人跑将来說道錦石村白老爺差
人在園裏要請相公去說話張軌如聽了就像金殿
傳臚報他中狀元一般滿心歡喜因問道莫非是請
蘇相公你這狗才錯聽了家人道他明明說是請張
相公張軌如又問道想是請我二人同去家人道不
曾說請蘇相公蘇友白聽見轉驚呆了半晌心下暗
想道為何轉請他有這等奇事又不好說出只得勉

孫說道自肰是請張兄若請小弟一定到寺裡来了王文卿道二兄不必猜疑只消同到園中一見便知三人遂忙忙同到園裡来只見董老官已坐在亭子上三人進来相見過董老官便對着張軌如說道昨日承相公之命老爺喫酒回来小的即將詩箋送上老爺接了進去在夢草軒與小姐再三評賞說張相公高才天下少有今日要請過太會一會就在袖中取出一個名帖来遞與張軌如張軌如接了一看只

見上寫着眷侍生白玄頓首拜八箇大字張軌如看了是真喜得眉歡眼笑即忙吽家人去備飯王文卿假意問道昨日這位蘇相公的詩不知老爺曾看麼董老官道送進去便先看怎麼不看王文卿道老爺看了怎麼說董老官道老爺看了想是歡喜的緊不覺大笑起來王文卿道既是這等歡喜為何不請蘇相公一會董老官道在下也曾問過可請蘇相公到被老爺罵了幾句不知為甚或者另一日又請也不

見得張執如連連催飯董老官道飯到不敢領了老爺性急恐怕候久張相公到是速速同太為妙張執如道是便是這等說只是小老初次来再淺個白去的道理董老官道相公恭喜在下少不得時常要来取擾豈在今一日王文卿道董小老也說得是張相公到老實些折飯罷張執如忙忙進去封了一両頭送與董老官道因時候不待只得從權了董老官又假推辭方纔收下蘇友白便要起身出来張執如留

下道蘇兄不要去小弟不過一見便回料無躭閣白老先生或者要小弟與兄作伐亦未可知不要這等性急王文卿道說得有理待小弟陪着蘇兄在此頑要兄速來便来蘇友白也就住下張軌如又換了一件上色的新衣又備了許多禮物以為贄見之資又分付備了兩馬自騎一匹却將一匹與董老官騎了別過二人揚揚得意竟望錦石村来張軌如這一番到錦石村来不知比昨晚添了許多的興頭正是

世間多少沐猴冠　久假欣欣不赧顔。
只恐當場有明眼。一朝窺破好羞慚。

不知張軌如來見白侍郎、畢竟有何話說、且聽下回分解。

# 第八回

## 悄窺郎侍兒識貨

詩曰：

謾言真假最難防，不是名花不異香。
良璧始能誇絕色，明珠方自發奇光。
衣冠莫掩村愚面，鄙陋難充錦綉腸。
到底佳人配才子，笑人何事苦奔忙。

話說張軌如同董榮竟往白侍郎府中來，不多時到了府前，下了馬，董榮便引張軌如到客所坐下，即忙

入去報知白公聽了慌忙走出廳来相見立在廳上
仔細將張軌如上下一看只見他生得
形神鄙陋骨相凡庸葢藏再四掩不盡奸狡行
蹤做作萬千裝不出詩書氣味一身中聳肩疊
肚全無坦坦之容滿臉上弄眼擠眉大有花花
之意
白公看了心下狐疑道此人却不像個才子既請来
只得走下来相見張軌如見白公出来慌忙施礼礼

畢、張軌如又將贄見呈上、白公當面就分付收了兩樣、隨即看坐、張軌如又謙遜了一會、方分賓主坐下、白公說道、昨承佳句見投、真是字字金玉、玩之不忍釋手、張軌如道、晚生末學菲才、偶爾續貂、又斗膽獻醜、不勝惶恐、白公道、昨見尊作上寫丹陽、既是近縣、又這般高才、為何許久到不曾聞得大名、張軌如道、晚生寒舍、雖在郡中、卻有一個小園、在前面白石村中、晚生因在此避跡讀書、到在城中住的時少、又癖性不

喜妾交朋友所以賤名不能上達白公道這等看來
到是一個潛修之士了難得難得說不了左右送上
茶来二人茶罷白公因說道老夫今日請賢契来不
為別事因愛賢契詩思清新尚恨不能多得意欲當
面請教一二幸不吝珠玉以慰老懷随叫左右取紙
筆來張軌如正信口兒高談濶論無限燥皮忽聽見
白侍郎說出還要當面請教六個字来真是青天上
一箇霹靂嚇得䰟都不在身上半晌開口不得正要

推辭，左右已檯了一張書桌放在面前，上面紙墨筆硯端端正正。張軌如呆了一歇，只得勉强推辭道：「晚生小子，怎敢在老先生面前放肆，况才非七步，未免一時遺笑大方。」白公道：「對客揮毫寵是文人佳話，老夫渴親見構思，興復不淺，賢契休得太謙。」張軌如見推辭不得，急得滿臉如火，心中不住亂跳，沒奈何只得連連打恭，口中糊糊塗塗說道：「晚生大膽，求老先生賜題，容晚生帶回去做成來請教。」白公想一想道，不必別尋題目昨日新柳詩和得十分清新俊逸賢契既不見拒到還是新柳之韻再求和一首見教罷張軌如聽見再和新柳因肚裏記得蘇友白第二首便喜得心窩中都是癢的定了定神便裝出許多文人態度又故意推辭道庸碌小巫怎敢在班門調斧肰老先生台命又不敢違卻將奈何白公道大人情興所至何暇多讓張軌如忙打一恭道如此大胆了遂拱了拱筆展開一幅錦箋把眉皺着虛想一

想又將頭暗點了幾點遂一直寫去寫完了便親自起身雙手拿着打一恭送與白侍郎白公接了細細一看見字字風騷比前一首更加雋永又見全不經想立刻便成其先見張軌如人物鄙瑣還有幾分疑心及親見如此便一天狐疑都解散了不覺連声稱賛道好美才美才美才不惟搆思風雅又敏捷如此我老夫遍天下尋訪却在咫尺之間幾乎失了賢契又看了一遍遂暗叫人傳進與小姐看隨分付擺飯在

後園，留張相公小酌三杯，一邊分付，便一邊立起身，邀張軌如進來。張軌如辭謝道：晚生蒙老先生台愛，得賜登龍，已出望外，何敢更叨盛款。白公道：便酌聊以敘情，勿得過讓。遂一隻手攙了張軌如，竟望後園中來。正是：

雅意求真才，偏偏遇假鈔。
非關人事奇，自是天心妙。

張軌如隨白公進後園來，心中一則以喜，一則以懼，喜得是婚姻有幾分指望、懼的是到園中恐怕觸着情景、又出一題要做詩却不將前功盡棄滿肚皮懷着鬼胎不多時、到了後園、仔細一看、果然千紅萬紫、好一個所在怎見得、

桃開紅錦柳拖金、　白玉鋪成郁李陰、
更有牡丹分不得、　珠璣錯落綴花心

又

鶯聲添麗燕飛忙、　蜂蝶紛紛上下狂、

況是陽春二三月、風来花裏忽生香、

二人到了園中、白公領着張軌如各處賞玩、就像做成了親女婿一般、十分愛重、又攀談了一會閒話、左右擺上酒来、二人在巷下快飲、不題、且說紅玉小姐、這日曉得父親面試張軌如、却叫一個心腹侍兒、暗々到厛後来偷看、這侍兒叫做嫣素、自小服侍小姐、生得千伶百俐、纔一十五歲、這日領了小姐之命、忙到厛後来將張軌如細々偷看、只等張軌如做過詩、同白公到花園中奈喫酒，方拿了詩回來，對小姐說道：那人生得粗俗醜陋，如何配得小姐〻〻千萬不可錯了主意。小姐問道：老爺可曾要他做詩？嫣素道：詩到一筆就做成了，在此。隨即拿出來遞與小姐。小姐接詩細看一遍，道：此詩詞意俱美，若非一個風雅文人，決做不出。為何此人形像說來卻又不對？嫣素道：此事若據嫣素看來，只怕其中還有假處。小姐道：詩既是當面做的，彀口又與昨日的一般，如何假得？

嫣素道肚皮中的事情那料得定只是這一副面孔是再不能彀更改的了若說這樣才子莫說小姐便叫嫣素嫁他也是不情願的小姐道你聽見老爺看了詩說甚麼嫣素道老爺是只看詩不看人的見了詩便只是稱好些事乃小姐終身大事還要自家做主小姐因見字跡寫的惡俗已有幾分不喜又被嫣素這一席話說得冰冷不覺長歎一聲對嫣素說道我好命薄自幼兒老爺就為我擇婿直擇到如今並無

一個可意才郎、昨日見了此詩、已萬分滿願、誰知又非佳婿、嫣素箋道、小姐何須着惱、自古說女子遲歸終吉、天既生小姐這般才貌、自然生一個才貌相配的作對。難道就是這等罷了。小姐又不老。何須這等着急。正說不了、只見白公已送了張軌如出去、便走進來與小姐商議、小姐看見慌忙接住、白公道、方纔張郎做的詩、我兒想是看見了、小姐道、孩兒看見了、白公道、我昨日還疑他有弊、今日當面試他、他全不思索、便一筆揮成、真是一個才子、小姐道、論此人之才、自不消說、但不知其人與其才相配否、白公道、却又作怪、其人實是不及其才、小姐聽了、便抵頭不語、白公見小姐不言、便說道、我見既不歡喜、也難相强、但只怕失了這等一個才人、却又難尋、小姐只不做聲、白公又想了一會、說道、我見既狐疑不決、我有一個主意、莫若且請他來權作一個西賓、只說要教穎郎、却慢慢擇他、便知端的、小姐道、如此甚好、白公見小姐回嗔作喜、便又叫董荣進来分付道。你明日可叫書房寫一個閑書、俻一副聘礼去請方繼的張相公、只說要請他来教公子讀書、董荣領了白公之命、出来打點閑書聘禮不題、却說張軌如見白公留他酒飯、又意思十分殷勤、滿心歡喜、回到家已是黃昏、時候、只見蘇友白與王文卿還在亭中說閑話等信。他便揚揚走進来把手拱一拱說道、今日有偏二兄。多得罪了、蘇友白與王文卿齊應道、這個當得、因又問道白太玄今日接兄去一定有婚姻之約了張軏如喜孜〻笑欣〻將白公如何待他如何留飯只不提起做詩其餘都細〻說了一遍道婚姻事雖未曾明〻見許恰似有幾分錯愛之意王文卿笑道這等說來這婚姻已有十二分穩了只有蘇友白心下再不肯信暗想道若是這等一首詩便看中了意這小姐便算不得一個佳人了為何能做那樣好詩又何消擇婿至今曰見張軏如十分快暢得意全不周旋

便沒情沒趣的辭了出來、張軌如也不相留、直送了蘇友白出門、却回來與王文卿咲說道、今日幾乎弄決裂了、却將白侍郎如何要面試他、恰恰湊巧的話、又說了一遍、王文卿便拱他道、兄真是個福人、有造化、這也是婚姻有分。故此十分湊巧。又早是小弟留下一首、張軌如道、今日可謂僥天之幸、只愁那老兒不放心、還要來考一考、這便是活疤、王文卿道、今日既面試過以後便好推托了、張軌如道、推托只好一時、畢竟將何物應他、王文卿道、這個不難、只消在小蘇面上用些情、留了他在此、尚或有甚疑難題目、那時央他代做、却不是一個絕妙解手、張軌如聽了、滿心歡喜道、兄此論有理之極、明日就接他到園中来住、到次日清晨起来、恐怕蘇友白見親事不成、三不知去了、便忙忙梳洗了、親到寺中来請他、此時蘇友白尚未起身、見張軌如来只得扒起来說道、張兄為何這等早、張軌如道、小弟昨日回来、因喫了幾杯酒、身子倦怠不曾留兄一酌甚是慢兄恐兄見怪只說小弟為婚姻淂意便忘了朋友因此特来請罪蘇友白道小弟偶爾識荊便承雅愛十分銘感怎麽說個怪字張執如道兄若不怪小弟可搬到小弟園中再盤桓幾日也不枉朋友相處一場便是厚情蘇友白因此事胡塗未曾見個明白也未肯就去聽見張軌如々此說便將計就計說道小弟蒙兄盛情敢々不啻飲醇也未必便褭然而去只恐在尊園打攪不便

張軌如道、既念朋友之情、再不要說這些酸話、遂叫小喜道、小管家可快快收拾了行李過去、蘇友白道、小弟偶爾到此、止有馬一匹在後面、並不曾帶得行李、張軌如這等一發妙了、便立等蘇友白梳洗了同來、蘇友白只得辭謝了靜心、叫小喜牽了馬、同到張軌如園中來作寓、張軌如茶飯比先更殷勤了幾分、正是、

有心人遇有心人、　彼此虛生滿面春、

誰料一腔貪色念。　其中各自費精神。

三人正在書房中閒談、忽家人報道、前日白老爺家的那一位老管家又來了、張軌如聽了、喜不自勝、便獨迎出亭子來、只見董老官也進來、相見過董老官便說道、老爺拜上相公、昨日多有簡慢張軌如道昨日深叨厚款、今日正要來拜謝、不知為何又承小老下顧、董榮道、老爺有一位公子、今年一十五歲、老爺因慕相公大才飽學、欲屈相公教訓一年、已備有關書聘礼在此求相公萬勿見拒張軌如聽了模不着頭路又不好推辭又不好應承只得拿了関書與聘礼轉走進来與王文卿蘇友白商議道此意却是為何蘇友白道此無他說不過是慕兄高才要親近兄的意思張軌如道先生與女婿大不相同莫非此老有個老夫人変卦之意王文卿笑道兄特想遠了此乃是他愛惜女兒恐怕一時選擇不到還要細細窺探故請兄去以西賓為名却看兄有坐性沒坐性肯

讀書、不肯讀書、此乃漸入佳境、絶妙好機會、兄為何還要遲疑。張軌如聽了方大喜、從走出来對董荣説道、我學生從来不輕易到人家處舘、既承老爺見愛、却又推辭不得、只得應允了、但有一件事要煩小泉禀過老爺、須得一間僻静書室、不許閒人攪擾、真讀得書方妙、董荣道、這個容易、遂起身辭了、竟来回復白公、〻〻見張軌如允了、滿心歡喜、又聽見説要僻静書房好讀書、更加欢喜、遂叫人將後園書房收拾潔淨又揀了一個吉日請張軌如赴館張軌如到了館中便裝出許多假老成肯讀書的模樣起坐只拿着一本書在手裏但看見人来便哼哼唧唧讀將起来又喜得學生頗郎與先生一般心性彼此到也相合家中人雖有一二看得破的但是張軌如這個先生與別個先生不同原意不在書又肯使兩個賠錢又一團和氣肯奉承人因此大大小小都與他講得来雖有些露馬脚的所在轉都替他遮蓋過了這正

是

工夫只到讀書淺○　學問偏於人事深○

既肯下情仍肯費○　何愁奴僕不同心○

一日白公因夢艸軒一株紅梨花開得茂盛異常、偶對小姐說、明日收拾一個盒兒、請張郎來賞紅梨、卷就要他製一套時曲、叫人唱〻、一來可以觀其才、二來可以消遣娛情、白公話纔說出、早有人來報與張軌如、張軌如聽了、這一驚不小、只得寫了個帖兒、飛星着人来約蘇友白到舘中一會、蘇友白正獨坐無聊、要来擬一箇消息、却又沒有頭路、恰ゝ張軌如拿帖子来約他、正中其意、這日要来、却奈天色已晚、只得寫個帖子、回復張軌如說道、明早准来、張軌如恐怕遲了誤事、急得一夜不曾合眼、到得天一亮、便又着人来催、自家站在後園門口擬望、喜得蘇友白各有心事、不待人催、已自来了、張軌如看見、便如天上吊下来的、慌忙迎着、作了一個揖、便以手挽着手兒同走到書房中来說道、小弟自旋進舘来無一刻不想念仁兄、蘇友白道、小弟也是如此、幾番要来看兄、又恐此處出入不便、張軌如道、他既請小弟来、小弟就是主人了、有甚不便、正說話、只見顏郎来讀書、張軌如道、今日有客在此、放一日學罷、顏郎見放學、歡喜去了、張軌如道、許久不會、兄在小園、題咏一定多了、蘇友白道、吾兄不在、小弟獨處其中、沒甚情興、兄在此佳人咫尺、自然多得佳句、張軌如道、小弟日日在此、被學生纏住、那裡還有心想及此、昨日偶然到亭邊一望、望見內中一樹紅梨花開得十分茂盛、意欲要做詩賞之、又怕費心、只打點將就做一隻小曲兒時常唱唱、只因久不捉筆、一時再做不出、蘇友白道、兄不要將詞曲看容易了、作詩到只消用平仄兩韵、凡做詞曲、連平上去入四韵、皆要用得清白、又要分陰陽清濁、若是差一字一韵、便不能協入音律、取識者之誚、所以謂之塡詞、到由人馳騁不得、張軌如道原来如此繁难到是小弟不曾胡乱做出来恁人笑話兄如不吝金玉即求小〻做一套待小弟步韵和将去便無差失了不知仁兄可肯見敎蘇友白道做詞賦乃文人的家常茶飯要做就做有甚麼肯不肯但不知這一株红梨花在何處得能彀與小弟看一看便覺有興了張軏如道這株梨花是他夢艸軒中的若要看只消到百花亭上一望便望得見了二人同携着手走過園来到了百花亭上隔着墙往内

一望只見一株紅梨花樹高出墻頭開花如紅血染成十分可愛蘇友白看了贊賞不已回說道果然好花果該題咏只可惜隔着墻看得不十分快暢怎能得到軒子中一看便有趣了張軌如道去不淂了這夢艸軒是白太老的內書房內中直接着小姐的綉閣豈肯容閑人進去蘇友白道原來與小姐閨閣相通自然去不得了二人又在百花亭望了一會方纔回到館中坐下張軌如一心只要蘇友白做曲子又

恐怕遲了蘇友白一時做不完又恐怕做完了倉卒中一時讀不歎便只管來催蘇友白亦心中想着小姐無以寄情遂拈起筆來任情揮灑只因這一套曲子有分教悄佳人私開了香閣醜郎君坐不穩東床這正是

從來黃雀與螳螂　得失機關苦暗藏
漫喜竊他雲雨賦　已將宋玉到東墻

不知蘇友白果然做曲子否且聽下回分解

## 第九回　百花亭撇李尋桃

詩曰冷暖酸甜一片心箇中别是有知音樽前聽曲千行落花底窺郎半面淚白璧豈容輕點染明珠安肯亂浮沉拙鳩費盡爭巢力都爲鴛鴦下綉針

話說蘇友白被張軌如催逼要做曲子也因思想小姐便借題遣興信筆填詞只見楮硯中筆墨淋漓不

消数刻工夫早已做成一套時曲適與張軌如道艸
草應教吾兄休笑張軌如接了細〻一看只見上寫
着〻

步〻嬌　詠紅梨花

素影從来宜清夜愛友溶〻月誰知春太奢却将
滿樹瓊姿染成红皣休猜杏也與桃耶班〻疑是
相思血

沉醉東風

擬霜林嬌紅自別蓋半片御溝流葉儼絳雪戕枝斜美人亭榭忽裁成綃衣千疊明霞淡些凝脂艷些恰可是杜鵑枝叫舌

好姐姐

多時雲魂瘦撤因何事汗透香頰想甘心殉春拚紅雨濺香雪斷不許癡蜂蝶作殘紅浪竊

月上海棠

痕拖纈春工細剪春心裂遍水邊林下錦沓香車

掩朱簾醉臉微侵，燒銀燭新妝淺射，銷魂者定是憐才嘔心相謝。

五供養

紅哥絳姐，便叢叢淺色別樣豪奢，雨晴肥瘦麗紅向主賓遙嗔嬌，態冶似不怕東風無藉，想人靜黃昏後月光斜，恍疑是玉人悄立絳紗遮。

玉胞肚

芳心難藏，任如堆穠艷，猶存淡潔，傷素心薄事鉛

華逗紅淚深思鑽穴祇知淡不與濃棲不信東皇多轉折

水紅花

紅兒眉壓雪見睫換春牒花神扭捏丰姿元與冷相協為情竭嫣然脫卸因甚當年貞守今日忽鮮襴想干歸綉裙揭也囉

雙聲子

改收聊自悅吊影忽悲咽十二重門深〻設是誰

遣紅線紅綃來盜妾、

尾聲

啣杯細究花枝節、又添得詩人一絶、真不負紅梨知己也、

張軌如看完了、滿心歡喜、不住口的稱贊道、兄真仙才、小弟敬服、蘇友白道、一時遣興之詞、何足挂齒、張軌如拿着、看了又看、念了又念、蘇友白只道他細看其中滋味、不知他是要讀熟了、因說道、遊戲之作、只

嘗看他怎的、兄原許步韻、何不賜教、張軌如道、小弟凡做詩文、必要苦吟思索、方能得就、不似兄這般敏捷、容小弟夜間睡不着、和了請教罷、遂將曲稿、又看了一遍、就折一折、籠在袖中、又將些閒話與蘇友白講講、不多時、忽一個童子走將來說道、老爺在夢州軒請張相公去說話、張軌如道、有客在這裡、怎麼好、蘇友白道、既是東翁請兄、小弟別過罷、遂要辭出、張軌如欲要放蘇友白去了、又恐怕一時間有甚難題目沒有救兵只得留蘇友白道兄回去也無甚事何不在此寬坐一會小弟畧去見見主人就來奉陪況此間甚是幽靜再無人來兄儘可遊覽蘇友白本要尋訪消息見張軌如留他便止住道既這等說兄請自便小弟自在此閒耍張軌如說一聲得罪了遂同童子竟往夢草軒来到了軒子上白公接着說道又有幾日不會先生頓覺鄙吝復生今見紅梨盛開敢屈先生来賞玩片時張軌如道晚生日日叨陪令郎

讀書也不知春色是這等爛熳了蒙老先生垂愛得覩芳菲不勝厚幸白公道讀書人也不要十分用工太急傷損精神遇着花晨月夕還要閑散散為妙隨叫左右在紅梨花下擺開一個攢盒兒同張軏如看花小飲飲了數杯白公說道先生在舘中讀書之暇一定多得佳句幸賜教一二張軏如道晚生自到潭府因愛花園清幽貪讀了幾句死書一應詩詞並不曾做得白公道今日花下却不可虛度張軏如見白

公說的話與俺来消息相近料定是這個題目又因袖中有物膽便大了遂說道老先生尚不嫌俚俗晚生即當献笑白公道先生既精於詩賦這歌曲一定也是妙的了前日因吳中一個敝年家送了兩個歌童音齒也還清亮只是這些舊曲唱来未免厭聽先生既有高興就以此紅梨為題到請教一套時曲叫歌童唱出得時聆珠玉豈不有趣不知先生以為何如張軌如聽見字字打到心窩便欣然答應道老先

生台命焉敢有違但恐巴人下里不堪入鍾期之聽白公大喜隨叫左右取過紙筆鋪在案上又叫奉張相公一杯酒張軏如喫乾了便昂昂然提起筆來竟寫不期幾寫得前面三四個後邊的却忘記想了半晌再想不起只得推净手起身走到個僻静花架背後暗暗將袖中原稿拿出又看了幾遍願記在心忙忙回到席上寫完了送與白公看白公細細看了大加歎賞道此曲用意深婉吐辭香儁先生自是翰苑

之才、異日富貴當在老夫之上。張軌如道、草茅下士、焉敢上比雲霄、言之惶愧。二人一問一答、在花下痛飲不題、且說紅玉小姐、自從得了兩首和韻的新柳詩、因嫌他寫得俚俗、遂將錦箋自家精精緻緻、并原唱重寫在一處、做一個錦囊盛了、便日日夕夕吟諷不離、以為配得這等一個才子、可謂滿心滿願、但聞此生有才無貌、未免是美中不足。因此時時心下有幾分不快、每日沒精沒神、只是悶悶不語。這一日午妝罷、忽思量道、前日嫣素說得此生十分醜陋、我想他既有才如此、縱然醜陋。必有一種清奇之處今日嫣素幸得不在面前、莫若私自去偷看此生、端的如何、若果非佳偶。率性絕了一個念頭。省得只管牽腸桂肚。主意定了、遂悄悄的開了西角門、轉到後園中來、忽聽得百花亭上有人咳嗽。便潛身躲在一架花屏風後。定睛偷看只見一個俊俏書生在亭子上閒步怎生模樣、書生之態，弱冠之年。
神凝秋水，衣剪春烟。
瓊姿皎皎，玉影翩翩。
春情吐面，詩思壓肩。
性耽色鬼，骨帶文顛。
問誰得似，青蓮謫僊。

紅玉小姐看了，只認做張軌如，心下驚喜不定，道：這般一個風流人物，如何嫣素說是醜陋？那曉得是蘇友白在書房中坐得無聊故到亭子上閒步小姐偷看了半晌恐怕被人瞧見便依舊悄悄的走了回來只見嫣素迎着說道飯有了小姐却獨自一個那裡去來我四下裏尋小姐再尋不見小姐含怒不應嫣素又道小姐為何着惱小姐罵道你這個賤丫頭我何等待你你却說謊哄我幾乎誤我終身嫣素道小姐說得好笑嫣素自幼服侍小姐從不曉得說謊幾時曾哄小姐小姐道既不哄我你且說張郎如何醜

陋嬌素笑道原来小姐為此罵我莫說是罵小姐就是打死嬌素也雖昧心說出一個好字来小姐又罵道你這賤丫頭還要嘴强我已親看見来了嬌素道小姐看了来却是如何小姐道我看此生風流俊惟國士無雙你為何這等毀謗他嬌素道又来作怪小姐的眼睛平日甚高今日為何這樣低了莫要錯認劉郎作阮郎小姐道後園百花亭上除了他再有誰人到此嬌素道我決不信那副嘴臉風流的待我也

去看〻遂慌忙到花園裡来此時蘇友白已走下亭子到各處去看花嫣素到了亭中上不見有人便東張西望蘇友白看見有個侍妾来到躲入花叢中去偷看只見那侍妾生得

梨影拖肩柳折腰。　綠羅裙子繫红消。

雖然不比嬋娟貴　亦有婀娜一種嬌

蘇友白看了半晌恐怕走出来驚了他進去到讓他走下亭子来却悄〻的轉到他身後低〻叫一聲小

娘子尋那一個這般撰望嫣素急回頭一看〻見了蘇友白是個年少書生心下又驚又喜道你是甚麽人為何躲在此處蘇友白道小生是和新柳詩不第的舉子蘇友白流落在此望小娘子可憐嫣素道我看郎君人物風流不像個無才之人為何到被遺了蘇友白道小生荒疏之句自不能邀小姐見賞只是小姐何等高才明眼所賞之人却又可笑嫣素道郎君到不要輕薄那張家郎君人物雖萬分不如郎君

肰其詩思清新其實可爱小姐只見詩不見人所以
取他蘇友白笑道倘因人物取他猶可若說因詩句
取他一發奇了嫣素道妾聞詩有別才或者各人喜
好不同蘇友白回歎一口氣道我蘇友白平生一點
爱才慕色的癡念頭也不知歷多少凄風苦雨今日
方纔盼望着一個有才有色的小姐想小姐十年待
字何等憐才偏遺落我多情多恨的蘇友白又歎
一口氣道揔是寒儒無福說也徒肰嫣素看見蘇友

白說到傷情處悽々惻々將欲吊下淚来甚覺動情因安慰他道我聽郎君之言憤惱不平似怨小姐錯看了郎君的詩句我小姐這一片愛才心腸可質鬼神一雙識才俊眼猶如犀火既郎君不服何不把原詩寫出待妾送與小姐再看倘遺珠重收也不見得蘇友白聽了慌忙深々一揖說道若得小娘子如此用情真死生不忘嫣素道郎君不要躭遲快寫了来妾要進去蘇友白急々走到書房中尋了一幅花箋

寫了二詩疊成一個方勝兒忙走出來遞與嬌素道
煩小娘子傳與小姐求小姐千萬細心一看便不負
我蘇友白一段苦心嬌素道決不負郎君所托蘇友
白還要纏他說話忽聽得張軌如喫完了酒一路叫
將來道蓮仙兄在那裡嬌素聽見慌忙往亭子後躲
了進去蘇友白轉迎出來道小弟在此閒步張軌如
道小弟失陪多得罪了蘇友白道當得張軌如道白
太老還要留小弟談講是小弟說兄在這裡他就要

接兄同去一坐、又見席殘了。恐怕褻瀆、纔肯放小弟出來、又送了一個盒兒在此、我們畧去坐坐、遂一把手攙了蘇友白、到書館中去喫酒、二人說說笑笑、直喫到日色啣山。纔叫人送蘇友白回花園去不題。且說嫣素袖了詩稿、忙走回來笑對小姐說道、我就說是小姐錯看了、小姐道、怎麽錯看、嫣素道、張相公若是這等一個人物到好了、小姐道、既不是張郎、却是何人、嫣素道、他是張相公的朋友、姓蘇、小姐道、他為何在此嫣素道他說為和新柳詩而来只因不中小姐之意故派落在此小姐聽了不覺柳眉低蹙杏臉生愁忽長嘆一聲道似張郎這等有才却又無貌似此生有貌却又無才何妾緣之慳而命之薄也嫣素道若論那生人品便是不會做這幾句詩也配得過小姐了小姐道我非不愛此生之貌但可惜他這等一個人為何不學嫣素道我也是這等說他〻到不說自家詩不好轉埋怨小姐看錯他的小姐道我與

老爺愛才如性命雖一字之佳必拈出賞玩安能錯看嫣素道我初時也不信他因見他行藏文雅舉止風騷說的話字字關心像一個多情才子故叫他將原詩寫了來與小姐再看不要埋沒了人遂在袖中取出遞與小姐小姐展開一看大驚道為何與張郎的一字不差嫣素聽說也驚訝道這等一定是做不出盜竊來的了小姐細想了一想又將詩看了一遍道這詩乃張郎盜竊此生的嫣素道小姐怎麼看得

出小姐道張郎因此二詩已為入幕之賓誰不曉得此生既與他為友必知其詳爲肯又抄寫来自貽其羞况張郎寫得字跡鄙俗可憎此生雖匆匆潦草却不衫不履筆筆龍蛇豈不是張郎盜竊嫣素道小姐這一想十分有理何不速與老爺說明把張相公搶白一場打發了去早早嫁了此生豈不是一對有才有貌的好夫妻小姐道想便是這等想如何便對老爺說得嫣素道怎麽說不得小姐道今日傳此二詩

乃是私事若對老爺說了倘老爺問此二詩從何得来却怎生應荅況此生之才未知真假若指實了他有才老爺必要面試倘面試時做不出来我們明明無私却不到有私了老爺豈不疑心正說未了忽一個侍妾拿了一幅稿兒遞與小姐道老爺說這是張相公方纔在夢草軒當面做的叫送與小姐看小姐接在手打發那侍妾去了却展開一看却是一套咏紅梨花的曲子小姐細細看了一遍稱羨不已心中

暗想道我的新柳詩久傳於外還說得個盜竊這曲子乃臨時因景命題雖道也是盜竊便只管沉吟嫣素見小姐沉吟便說道小姐不要沒主意辜負那生才貌小姐道我的心事你豈不知倘此生才不欵貌若嫁了他不獨辜負老爺數年擇婿之心就是我一腔才思也無處吐露豈可輕易許可嫣素道據此生說來百分才學甚是識笑張相公雖道一無所長敢這等輕薄小姐道我也曉得必無此事但終身大事

不敢苟且、除非面試一篇、方纔放心、嫣素道、這也不難、我看此生多情之甚、他既貪想小姐、必定還要來打探消息、待他來時、小姐出一個難題目、等我傳與他、叫他立刻就做一篇、有才無才、便曉得了、小姐道、如此甚好、只要做得隱密些、不要與人看見、方妙、嫣素道、這個自然、二人商量定了、方纔歡歡喜喜、正是

只爲憐才一念。化成百計千方。

分明訪賢東閣　已成待月西廂

二人只因算出這條計来便或早或晚時〻叫嫣素到後園来探望争奈蘇友白因是個侍郎人家不好只管常来就来兩遭或是張軌如陪着或是賴即同着嫣素只好張一張又躲了去那裡敢出頭說話所以往〻不得相遇忽一日白公在家有人来報道楊御史老爺由光禄卿新陞了浙江巡撫今来上任因過金陵特〻枉道來拜老爺先打發承差来報知楊老爺只在隨後就到了白公笑道城中到此有六七

十里此老特特而来可謂改過修好矣若是怠慢了他去到是我的器局小了因分付家人一面收拾書房留住一面打點酒席款待又叫了一班戲子俟候因想無人陪他欲要到村中請兩個鄉官又無大鄉宦又不相知反恐不便莫若只叫張郎来陪到是秀才家不妨打點停當到了午後楊巡撫方到白公與他相見過敘了寒溫就設席在大廳上做戲留他飲酒命張軌如相陪不題却說蘇友白打聽得有這個

空便悄々閃入後園来後園管門的見蘇友白時常進来也不盤問況此時前廳忙亂無一人到後園来故蘇友白放心大胆走到亭子上来四下觀望恰好嫣素有心正在那裏窺探劉々撞着蘇友白喜不自勝慌忙上前深々一揖說道小生自前日蒙小娘子錯愛之後朝夕在此盼望並無空隙能見小娘子之面忘飧廢寢苦不可言今日僥倖前所有客故得獨候於此多感小娘子見憐亦如有約而至誠萬幸也

但不知前日荼蘼之句、曾復蒙小姐一盼否、嫣素道詩到見了、只是郎君二詩與張郎二詩一字不差、不無盜竊之弊。小姐見了、不勝駭異、正要請教郎君此何意也、蘇友白驚訝道、原來如此。我說張軌如之詩。如何入得小姐之眼、煩小娘達知小姐、此二詩實小生所作、不意為張軌如盜竊。非小生不肖。嫣素道、誰假誰真、何以辨別、蘇友白道此易辨也、此二詩若果張生之作、已為老爺小姐所賞、小生復盜竊以献。將誰愚也。嫣素道、前日小姐亦作此想、又因面試張郎紅梨花曲、乃一時新題新製。與前二詩若出一手。豈復是盜竊郎君之作耶。蘇友白咲道、若說紅梨花曲、一發是盜竊小生之作了。嫣素驚訝道、那有此事。紅梨曲乃老爺見夢草軒紅梨盛開、一時高興、要張郎做的、此種梨花、別處甚少、郎君何以得知、便先做了與張郎盜竊。蘇友白道、此曲原非小生宿搆、就是遇小娘子的這一日、張軌如絕早着人請小生來、就引小生在此亭子上望着内中紅梨花勒逼要做小生因慕小姐見物感懷故信筆成此誰知又為張郎作嫁衣裳也殊可笑殊可恨小娘子若不肯信況張郎不死小生現在明日當面折對真假便見了嫣素笑道原來有許多委曲老爺與小姐如何得知不是這一番説明我落奸人之局矣郎君勿憂待我進去與小姐説知斷不有負郎君真才實貌也蘇友白又深深一揖道全仗小娘子扶持決當圖報嫣素去了一

會忙忙出来說道小姐說張郎踪跡固有可疑郎君之言亦未可深信今且勿論但問郎君既有真才今有一題欲煩郎君佳製不識郎君敢面試否蘇友白聽了笑容可掬歡喜無盡道我蘇友白若蒙小姐垂憐面試便三生有幸了萬望小娘子作成速速賜題嫣素笑道郎君且莫深喜小姐的題目也不甚容易因於袖中先取出花箋一幅并班管一枝遞與蘇友白隨又取出小小古硯一方并水壺黑墨放在一塊

后上道小姐說古才人有七步成詩者郎君既自負幸不吝一揮蘇友白接了花箋展開一看不慌不忙便欲下筆只因這一詩有分教佳人心折才子眉揚

正是

巧之勝拙　不遇一時
久而巧敗　拙者笑之

不知蘇友白可能做詩且聽下回分解

奎文萃珍

# 綉像玉嬌梨小傳

下册

[清] 荑秋散人 編

文物出版社

## 第十回　一片石送鴻迎雁

詩曰、從來人世美前程、不是尋常旦夕成、黼、黻、千、瑞、方、是、衮、盐、梅、百、偹、始、為、羹、大都樂自愁中出、畢竟甘從苦裡生。若盡一時僥倖得、人生何處見真情。

話說蘇友白接了花箋在手、展開一看、却是一幅白紙、並無題目在上、因問嫣素道、小姐既要面試小生、何不就將題目寫在箋上、嫣素道、小姐說閨中字跡、不敢輕傳題目、只叫妾口授、蘇友白道、原來如此慎重、願聞題目、嫣素道、題目一個是送鴻、一個是迎燕、送鴻以非字為韻、迎燕以棲字為韻、都要七言律詩一首、蘇友白聽了道、題目雖不難、小姐好深情也、好慧心也、嫣素道、郎君何以見得、蘇友白道、目今春夏之交、正是燕來鴻去之時、且喻意送鴻者、欲送張君也、迎燕者、欲迎小生也、送鴻以非字為韻、以張郎為非人也迎燕以栖字為韵意欲小生僂栖也非深情慧心安能辨此小生且無論妄想要親近小姐即今日得此一題已出萬分僥倖我蘇友白不虛生矣即研墨濡毫將苍箋斜横在一塊卧雲石上欲寫嫣素道郎君且謾謾歡喜還有難題目在後面哩蘇友白道又有何說嫣素道每句上還要以金石絲竹匏土草木八音冠首小姐說婚姻大事舉動必須禮樂今雖草艸不能備聊以此代之蘇友白連連點頭道有理有

理貞淋之風，愈使人景仰不盡矣。口裡說着，不覺情興勃勃，詩思泉湧，正要賣弄才學，提起筆來，如龍蛇飛舞，風雨驟至，不一時滿紙上珠璣亂落。

讀書破萬卷，下筆如有神。
謾道謙爲德，才高不讓人。

蘇友白須臾之間，即將二詩題就，半行半楷，寫滿卷箋，雙手遞與嫣素，道：「煩致小姐，幸不辱命。」嫣素見蘇友白筆不少停，倏成二詩，心下又驚又愛，道：「詩中深意賤妾不知然郎君敏捷至此足令青蓮減價真可敬也我小姐數年選才今日可謂得人矣蘇友白道荐燕之詞一時塞責恐不足以當小姐清賞萬望小娘子為小生周旋一二沒齒不敢負德嫣素道郎君佳作賤妾領去但此時日已暮矣恐不及復命郎君且請回明日前所客尚未去張郎自肰無暇請與郎君再會于此定有佳音相報蘇友白道日暮小生自應告退但不知秉此昏夜無人可能邀小姐半面否

嫣素道郎君此言差矣小姐乃英英閨秀動以礼法自持即今日之舉盖為百年大事迯木並非怨女懷春之比郎君若出此言便是有才無德轉令小姐看輕此事便不穩了蘇友白驚訝連連謝罪道小生失言矣小娘子高論自是金玉敢不謹從小生今且告退明日之會萬勿爽約嫣素道决不爽約蘇友白又深深一揖辭了嫣素閃出後園悄悄去了不題却說嫣素袖了詩箋收了筆硯笑嘻嘻來見小姐說道那

蘇家郎君真好聰明、小姐道、如何見得、嫣素道、我將題目與他、他他一見了便將小姐命題微意、一一說破、連稱小姐慧心不已、若非二十分聰明、那裡就領畧得來、小姐道、小小聰明、人或有之。但不知真才何如、此二詩、恐上下限韵、一時難於措手、你為何就進来了、莫非他以天晚不能完篇、帶回去做了、嫣素笑道、他若不能完篇、帶了回去。莫說小姐。就是嫣素也不重他了。小姐道、既不帶去、怎生不做、嫣素道、怎麼不做他展開花箋提起筆来想也不想一想就信筆而寫嫣素在旁看他眼睛轉也不轉一轉他二詩早已寫完真令人愛殺果是風流佳婿小姐萬〻不要錯過小姐道如今詩在那裏嫣素方纔從袖中取出遞与小姐道這不是難道嫣素敢哄騙小姐不成小姐接了一看只見筆精墨良先已耀〻動人再細〻讀来只見

送鴻　限非字

金秋景物隔年非，石巖沙蘆春不肥。絲柳漸長毿帶别，竹風未暖夢先歸。匏瓜莫繫終高舉，土鼓雞忘又北飛。革面胡兒還習射，木蘭舊戍慎知機。

迎燕 限棲字

金鋪文杏待雙棲，石逕陰陰引路迷。絲棘漸添籬幙影，竹風新釀落花泥。匏尊莫慰烏衣恨，土俗休將紅雨啼。革故倘思重作壘，木香亭畔有溪閨。

小姐看了一遍又看一遍，不禁贊歎道：好美才！好美不勿論上下限韻絕不費力而情思婉轉字句清新其人之風流俊秀如在紙上吾不能寤寐忘情矣但此事被張家那畜生弄得顛倒在此却將奈何嫣素道這也不難小姐若自對老爺說恐老爺疑我等有私何不叫蘇相公自見老爺剖明與張家厭物當面一試真假立辨矣小姐道是便是如此說但我思凡事只可善善為之不可結怨你不記得老爺在京時只為惡辭了楊御史親事後來弄了多少風波我看

張家這畜生如此設謀決非端士若使他當場出醜況蘇生孤族恐未免又生事端反為不妙嫣素道小姐所慮固是但如此畏首畏尾此事何以得成小姐道以我想來莫若叫蘇生且回京城去不必在此張家畜生無人代筆我再要老爺考他一考自然敗露而去那時却叫蘇生只求舅老爺書來作伐再無不諧之理矣嫣素聽了歡喜道小姐想得甚是有理蘇相公稱贊小姐深情慧心真不虛也明日果是佳人

才子天生一對也。便是嫣素也覺風光。二人筭計定了。小姐只把詩箋吟玩。嫣素便去前所打聽明日留楊巡撫的事情。到了次日。白公果留楊巡撫不放。張軌如時刻相陪。那有工夫到後園來。蘇友白探知捱過午後。便依舊撻入後園。竟到亭子上潛身等候。不多時。只見嫣素。笑吟吟走出來。對着蘇友白說道。郎君好信人也。蘇友白忙忙陪笑作揖道。小生思慕小姐。得奉命趨走。實出僥倖。何足言信。多蒙小娘子。以真誠相待。時刻不爽。真令人感激無地。嫣素道、君子。既求淑女。安知淑女不慕君子、人同此心。誰不以誠。蘓友白道、小娘子快論、使小生仰慕之心愈堅矣。嫣素道、閒話且謾說、昨日郎君佳作、小姐再三捧誦不忍釋手。以為謫仙、已後一人而已、蘇友白道、鄙詞既蒙小姐垂青、但如今事體差訛不知小姐何以發付、嫣素道、小姐昨日與賤妾再三商議、欲要與老爺說明、又恐事涉於私、不好開口欲煩郎君當面辨明、又恐郎君與張郎為仇必多一番口舌故此兩難如今筭來筭去止有一條好路叫郎君不必在此惹人耳目請速〻回去只央我家舅老爺來説親再無不成之理張家厭物郎君去後小姐自叫老爺打發他去豈不兩全蘇友白道小姐妙筭可謂無遺但只愁小生此去求人未必朝夕便來倘此中更有高才捷足者先得之那時却叫我蘇友白向何處申寃嫣素道郎君休得輕覷我家小姐我家小姐貞心定識不減

古媛今日一言既出金玉不移郎君只管放心前去管留此東床待君坦腹蘇友白道小娘子既如此說小生今日便回去求你家舅老爺去但不知你舅老爺是那个嫣素道我家舅老爺是翰林院侍講吳爺你去一問那一個不曉得說不了只聽得廳後有人一路叫進後園来道管園的快些打掃楊老爺就要進園裏来喫酒了嫣素聽見忙說道你我言盡於此郎君可快〻出去不必再来就再来也不得見我了

說罷徑花柳叢中一閃而去蘇友白亦不敢久停也忙忙抽身出來一路上睛想道他方纔說他家舅老爺是翰林侍講吴爺我想金陵城中翰林院姓吴的止有吴瑞庵一人若果是他只又是寬家路窄矣他前日以女兒招我我再三不從連前程都黜退了我如今反去央他為媒莫說他定然不肯就是他肯我也無面去求他一路上以心問心不覺到了張軌如園裏此時王文卿因城中有事連日未來曾園的幷

小喜接着、打發喫了夜飯、就睡了。次日起来、寫下一封書、留與張軌如王文卿作别、喜得原無行李、只叫小喜牽了馬、仍舊望觀音寺裡来、一者辭辭盡心、二来就要問他吴翰林、可是吴珪、恰好静心立在山門前看、一個小沙弥掃地、看見蘇友白来、連忙迎上前作揖道、蘇相公連日少會、今日為何起得這等早、蘇友白道、今日欲回城中去了、特来辭謝老師、静心道、原来如此、請到小房用了飯去、蘇友白道、飯已用過、

到不消了我且問你一声那白侍郎的舅子姓吳的
可就是翰林的吳珪静心道正是他前番告假回来
如今聞得又欽詔進京去了他若在家也時常到這
裡来蘇友白聽了心下着实不快遂别了静心上了
馬轉出村口来欲要回京城中去眼見得吳翰林不
可求了欲要再回張園去尋嫣素說明他已說絶不
得見了在馬上悶悶無已信着那馬走一步懶一步
正是

聖人失意喪家狗　豪傑逃生漏網魚
君子好仇求不得　道途進退費躊躕

蘇友白在馬上躊躕納悶既多時忽然想起來道我前日來此原為要到句容鎮上去見賽神仙因有白小姐一事遂在此耽閣了許久竟忘懷了他既知我為婚姻出門今日婚姻有約當此進退無門之時何不去尋他一問遂勒馬望西南句容鎮上而來行不上一二里心下又想道前日要見賽神仙只為婚姻

沒有着落今日婚姻已明々有了白小姐我若不得白小姐為嫡雖終身無婦亦不他求々親門路嫣素已明々叫我去央吳翰林如今只消自家謀為何必又去問賽神仙問了他々說些事成得終須也要自去求人雖道他肯替我去成他若說些事不成我雖道就依他罷了莫若還是老了面皮只依嫣素之言去央吳瑞菴為上或者他在他親情上好肯也不期心下一轉遂又勒馬復回舊路而行々不上十數里

因往返躊躕、早已日色平南、腹中覺飢、便兜住馬四下一望、只見東南大路傍、一村人家、欲要去買些飯喫、又不知內裏可有店舍、正在徘徊之際、忽見對面一人也、乘馬而來、後面跟隨着三四個僕從、行到面前、彼此一看、大家驚喜、却是認得的。那人便先開口叫道、蓮仙兄為何在此、蘇友白忙答道、我道是誰、原来是言從兄、小弟一言難盡、那人道、久不見兄、時時渴想、既在此相遇、此間不是說話處、幸得寒舍不遠、請到寒舍一敘。蘇友白道：尊府卻在何處？那人用手指着路旁村中道：即此就是。蘇友白道：寔不相瞞，小弟此時僕馬皆餓，正在此商量，恰好遇兄，既尊府不遠，只得要相擾了。那人大喜，遂與蘇友白並馬竟入村來。正是：

鄭莊千里隻身行，司馬邀來一座傾。
不是才名動天下，如何到處有逢迎。

原來那個人也姓蘇，雙名有德，表字言從，與蘇友白同姓不同宗也是學中朋友文字雖不大通家道却十分富厚年紀二十五歲單在酒色上用心只有一件長於人處乃是揮金結客因斷了絃正在城中四下裡相親回来恰好與蘇友白相遇邀了来家到得門前二人下馬迎入中堂相見過蘇有德一面就分付家人道快些先備便飯来蘇相公餓了吃了飯謾謾用酒家人應諾不一時酒飯齊至蘇有德因問蘇友白道數月不見竟無處訪問不知仁兄為何却在

此處蘇友白道小弟自從去了前程之後遂值家叔從楚中代巡回來停舟江上要小弟隨他進京去復命小弟因在此無興遂應允了不期行到中途偶有耽阻未及如約家叔不能久待去了小弟遂留在一個敝友處住了許久今日因有小事要回城中不期在此與仁兄相遇不知仁兄幾時進城有何貴幹今日纔回蘇有德道小弟前番考了個三等是瞞不得兄的今秋鄉試沒奈何只得尋條門路去觀觀場雖

不望中。也好掩人耳目。故進城去了。這七八日。尚不妥當。怎如得吾兄大才。考了個案首。如今快〻活〻。只候掄元奪魁。喫鹿鳴宴了。怎得知小弟的苦。蘇友白道。這是仁兄取笑小弟了。小弟青衿已無。元魁何有。蘇有得道。兄離城中久。原來還不知道。前日宗師行文到學中。吾兄的前程又復了。蘇友白道。那有此事。蘇有德道。這是小弟親眼見的。難道敢欺仁兄。蘇友白道。宗師既趨奉紳貴。為何又有此美意。蘇有德道那裡是宗師美意我聞得原是翰林老吴之意他起初見吾兄不從親事一時氣怒故此作惡久之良心發見豈不思辞婚有何大罪又見仁兄默默而退並未出一惡言與之相觸他意上過不去故又與宗師説方纔復了蘇友白驚喜道言從兄果然如此麽蘇友德道宗師書吏與學中齋夫俱是這等説非小弟一人之言也蘇友白聽了是真忽然喜動顏色此時飯已喫完正拿着一大杯酒在手不覺一飲而盡

蘇有德見了道、此乃吾兄小喜、到秋、發了、方是大喜。蘇友白道、小弟豈以一第為得失、蓋別有所喜耳。蘇有德道、舍此更有何喜。吾不信矣、蘇友白道、不瞞兄說、小弟不喜復前程、而喜復前程之意。出之吳瑞庵耳。蘇有德道、此是為何、蘇友白道、小弟因有事要求老吳、正愁他前怒未解、難於見面、今見他尚有相憐之意、明日去謁他、便不難開口了。故此喜耳。蘇有德笑道、老兄莫非想回念來、原要求他令愛、但他令愛、別有人家了。蘇友白道非也、蘇有德道不是為此便是知他主場有分要拜門生了、蘇友白笑道一發不是了、蘇有德道端的為何、蘇友白笑而不言蘇有德道小弟到報兄喜信、兄有何喜、反不对小弟說難道小弟與兄至交有甚麼害兄事處、或者对小弟說了、小弟還效得一臂也未可知、蘇友白此時因心中快暢連飲數杯已有三分酒興、不覺便吐露真情道此事正要請教仁兄、豈敢相瞞、小弟有一頭親事、要求

吴公作伐耳、蘇有德想了想、驚問道兄莫非要央他
求白太玄令愛麽、蘇友白見說着了、不覺哈哈大笑
道兄神人也、原來蘇有德與白侍郎鄉村相近、白小
姐才貌之美、與選婿之嚴、久已深知、只恨無門可入、
今見蘇友白從村裡来、又見要求吴翰林作媒、故一
語就猜着了、因留心道白小姐之美、自不必說、但白
老性拗、這頭親事、也不知辭了多少人、就是吴瑞庵
作伐、也不濟事、況聞得他已選了一個姓張的做西

賓此事必待內中有此消息方纔能成蘇友白見說得投機遂將如何遇張軌如做新柳詩如何被張軌如換了後來如何遇嫣素之事細細都对蘇有德說了蘇有德便留心道既如此去央老吳一說一上但只可惜老吳如今又欽召進京去了蘇友白道莫說進京便是上天小弟也要去尋着他蘇有德道你既要進京尋他何不就往這裡過江去近些又到城中去何用趕早去早來還好鄉試蘇友白道就便去固

好只是進京路遠前日小弟匆匆出門行李俱無盤纏未帶今還要到城中去設處方好起身蘇有德道兄有此美事小弟樂不可言盤纏行李小事小弟俱可設處何必又往城中躭閣日月蘇友白大喜道若得吾兄相貸小弟即此北行又到城中何用只是吾兄高誼何以圖報蘇有德道朋友通財古今稍有俠氣者皆然兄何小視於弟今且與吾兄痛飲快談一夕明日當送兄行也蘇友白道良友談心小弟亦不

能遽別、只得要借榻於陳蕃了、二人一問一荅。歡肰而飲。蘇友白又將新柳詩并紅梨曲、寫了與蘇有德看、蘇有德看了、大加稱賞、直飲得痛醉方散。就留蘇友白在書房中宿、只因這一宿、有分教李代桃僵鵲爭鳩奪正是

雄狐綏綏、　雎鳩關關、

同一杯酒。　各自爲歡。

二人不知如何分別、且聽下回分解、

## 第十一回

有騰那背地求人

詩曰好花謾道護深深景物撩人太不禁嬌蕊纔經風雨妬幽香又被蝶蜂侵縱無遊子相將折爭奈詩人挑逵吟細與東君吊今古幾枝絶不露春心

話說蘇有德探知蘇友白與白小姐婚姻有約便心懷不良要於中取事到次日二人起來喫了早飯蘇

有德就叫將出外的行李不要動、又取出白銀二十兩與蘇友白道、些須盤纏、兄可收拾了、只要速去速來、不可耽閣、白公性傲、恐有他圖、雖小姐亦不能自主、蘇友白涙〻致謝道、承兄相助、又蒙大教、感激不盡、小弟到京只求得吳公一封書、就星夜回来了、倘侥倖成全、皆仁兄之賜也、說罷、就叫小喜收拾行李起身、蘇有德又叫一個得力家人、分付道、蘇相公此閘鄉村這路不熟、你可送到江口、看蘇相公渡了江方可回来、家人領命、蘇友白作謝了、竟自欣〻上馬進京不題原来吴翰林奉詔還京擇了吉日起行不期劉出城官府祖餞辛苦不覺感冐些風寒忽肰大病起来只得依舊回家醫治病了月餘方有起色蘇有德在城中回来知此消息恐蘇友白進城問知竟自去求他便不好做手脚故三言兩語撺着二十兩銀子就攛掇蘇友白進京去走空頭路好讓他獨自行事正是奸人一箋一奸生，哄弄愚生若戲嬰。
誰識老天奸更甚，借他奸計代愚營。

却說蘇有德打發了蘇友白北行，滿心歡喜道：我正愚量白小姐千思百慮，再無計策，不想今日有這等的好機括送將来，可謂天從人願。遂打點了一副厚禮，竟進城来去拜吳翰林，到了門前，叫家人尋見管門的，先就是五錢一個紙包遞過去，肰後將名帖礼帖与他，說道：我家蘇相公要求見老爺，煩你通報一敎管門的道、我家老爺病纔好、尚未曾見客、只怕不便相見、家人道、老爺見與不見、聽憑、只煩大爺通報一敎就是了、管門的因捏着個封兒、又看見是送禮的、遂不推辭、因説道、請相公裡面所上少坐、等我進去通報、家人得了口語、就請蘇有德換了頭巾藍衫、竟進所來、隨將禮物擺在堦下、管門人拿了兩個帖子、竟進後廳來、此時吳翰林新病初起、正在後園樓上靜養身體、待好了、還要進京、忽見傳進兩個帖子来、先将名帖一看、只見上寫着沭恩門生蘇有德頓首百拜、再将礼帖一看、却是細緞臺盞牙笏補服等物、約有百金、心下思量道、此生素不相認、今日忽送此厚礼、必有緣故、因叫進管門人、分付道、你去對那蘇相公說、老爺新病初起、行礼不便、故未見客、蘇相公枉顧、必有所教、答沒甚要緊、容改日相會罷、倘有急務、不妨口傳進來、厚礼槩不敢領、并原帖繳還、管門人領命出來、細〻對蘇有德說知、蘇有德道既如此就煩管家禀上老爺門生此來盖為舍弟蘇友白的親事其中委曲甚多必得面陳方盡今日老爺既不便見客自當改日再来些須薄礼定要收的再煩管家代禀一聲管門人又進来禀知吳翰林聽說蘇友白親事便道你再去問蘇友白可就是前日李學院考案首的管門人出来問了又回復道正是他吳翰林道既為此可請蘇相公到後園来相見管門的忙忙出来道老爺叫請相公後園相見遂引蘇有德

出了大門轉到後園進所裡來坐下不一時吳翰林扶了一個童子出来蘇有德看見忙移一張交椅在上面說道老恩師請台坐容門生拜見吳翰林道賤体抱恙不耐煩勞君以俗礼相拘反非見愛只長揖為妙蘇有德道老恩師台命不敢有違只是不恭有罪因而一揖吳翰林又叫蘇有德換了大衣方纔相讓坐下茶罷吳翰林就問道適纔所說諱友白的這位原来就是令弟蘇有德道雖非同胞寔族弟也少

年狂妄不諳世務，向蒙老恩師再三垂青，而反開罪門下。後宗師見斥，實乃自作之孽，而老恩師不加譴督，反憐而卵翼之，真使人負恩感恩，慚愧無地。每欲泥首堦前，因無顏面，故令門生今日代爲荊請。吴翰林道：向因一時瓜葛之私，頓附賢豪，不意令弟少年高才，大志壁立不回，愈覺可敬可愛。返而思之，寔老夫之慫，令弟何罪？但不知今日何得復言及親事二字。蘇有德道：舍弟一時愚昧，自絶於天，久之自悔自悟始知師臺之恩天高地厚每欲再托根於門墻之下近聞令愛小姐已諧鳳卜其道無由今不得已而思其次訪知令親白司空老先生有一位令甥女年貌到也相彷妄意尚得附喬猶不失為師門瓜李朕門楣有天淵之隔此自是貧儒癡想但素沐老恩師格外憐才故不惜愐顏有請不識老恩師尚可畧其前辜而加之培植否吳翰林欣然道原来為此寔不瞞兄說向日所議非小女原是舍甥女蘇有德驚問

道為何却原是令甥女吴翰林道舍甥女乃白舍親最所鍾愛前因奉使虜庭慮有不測遂以甥女托弟代為擇婿小弟偶見令弟才貌與舍甥女可作佳偶所以苦苦相攀盖欲不負舍親之托也若是小女豈菲之陋安敢妄扳君子今令弟既翻然俯就又承賢契見教况舍甥女猶然待字老夫自當仍執斧柯撮合良偶方知前言為不謬耳蘇有德道原來恩師前目之議不獨憐才更有此義舉門生輩夢夢不知殊

為可笑。今日得蒙老恩師，始終覆庇曲賜成全，真可謂生死骨肉，舍弟異日雖犬馬啣結。亦不能報高厚於萬一矣。因復將禮送上，深深打一恭道，些須薄物，聊展鄙忱，若是師臺峻拒，便是棄門生於門墻之外了，萬望叱存。足徵收錄。吳翰林道，厚禮本不當受，既賢契過於用情，只得愧領一二，因點了四色，蘇有德再三懇求，吳翰林決意不受，又用了一道茶，蘇有德就起身說道，門生在此混擾，有妨老師靜養，今且告退、容改日再来拜求台翰、吳翰林道、本當留此一話賢契又以賤体見諒、既如此、改日奉屈一敘罷、遂相送而出、吳翰林信以為然、以為不負從前一番好意、心下深喜不題、却說蘇有德回到下處、心下暗〻称快道、此事十分順溜、只消再騙得一封書到手、便大事定矣、過了數日、忽見吳翰林差人拿了兩個請帖来請道、家老爺請兩位蘇相公、午刻小園一敘、蘇有德忙應道、老爺盛意、不敢不來領、但是舍弟在鄉間習靜，路遠，恐不能來，差人去了，到得午後，竟自來赴席，吳翰林棱着相見過，因問道，令弟得會一會更妙，蘇有德道，舍弟自從開罪後，就避跡鄉間肄業，今雖蒙老師寬恕，尚抱愧未敢入城以會親友，倘得邀惠聯姻，則趋侍之日正長，吳翰林道，志士舉動，往往過人，可敬可敬，隨擺上酒來，二人對飲，酒中說些閒話，直喫到傍晚，蘇有德告止，吳翰林因取出一封書來，遞與蘇有德道，學生本該陪兄親往，奈朝廷欽命甚嚴明後日即要就道故以此代之舍親見了萬無不允之理俟吉期時再當遣人奉賀蘇有德道委曲玉成老師之恩不可言喻此去一獲佳音即當率舍弟踵門叩首遂領了書再三致謝而出吳翰林隔了數日身体强健果然進京去了不題却說蘇有德得了這封書遂連夜出城回到家中悄悄將吳翰林書信折開一看只見上寫着

眷小弟吳珪頓首致書於

太翁姊丈台座前，弟自别後，遂馬首北向，不意出城時酬應太煩，致於感冒一病，幾危，感蒙屢使垂頤，足徵骨肉至意，今幸粗安，即欲赴京，兹有言者，向為甥女婣事，曾覔一蘇生者，誠風流佳婿也，弟注意久之，再三媒說，奈彼堅執不從，弟深怪之，前與　姊丈面言者，即此生也，今忽自悔，反來懇求，弟喜快不勝，用是重執斧柯，獻之東床，幸　姊丈留神鑒選，如果弟言不謬，引之入幕，則鳳臺佳偶

星户良人。大可慰晚年兒女之樂矣。第行色匆匆不能多及乞為原諒不宣

蘇有德看了又看見上面止寫蘇生并未寫出蘇友白名字來遂滿心歡喜道我初意只打帳頂了蘇友白名去今他書上既未說破我何不竟自出名去求就是有人認得却也無妨了況吳翰林又進京去了誰人對會倘得僥倖事成後來知道便不怕他退了算計已定遂將原書照舊封好又備了一分重禮擇

了一個好日子、自家打扮得齊齊整整、叫許多家人跟隨、興興頭頭、竟望錦石村來、蘇有德要做出嬌容模樣、未到白侍郎門前、便下了馬、借一個人家坐下、叫一箇家人、先將吳翰林的書、并一箇名帖送過來、交與白侍郎管門的董老官、董老官見是吳舅老爺的書、不敢怠慢、即時傳進、此時白侍郎正在夢草軒與張軌如閒談、你道張軌如行藏、被蘇友白對嫣素說破、小姐自不能容、為何還在此處、原來白公留楊巡撫在後園住時、大家要即景題詩、不期事有湊巧、蘇友白先與張軏如徃来時在園中遊玩、蘇友白與、高注〻即景留題、今日無心中、都為張軏如盜竊之、用白公那裡得知許多委曲、每見一詩、必加賛羨、送與小姐玩賞、小姐見蘇友白去後、張軏如詩思更佳、心下狐疑、遂不敢輕易向白公開口、故張軏如猶得高據西席、洋〻得意、這日白公正與張軏如閒談、忽門上送進吳㬎男老爺書来、白公折開一看、察知来意、心下又驚又喜不好對張軌如說得遂將來書袖了再接過名帖一看只見上寫着門下眷晚學生蘇有德頓首拜白公遂起對張軌如道吳舍親薦一個門生在此只得去見他一見張軌如道這個自然遂辭出往後園來了白公出到前所就叫人請蘇相公相見蘇有德見請緣穿了衣巾步行進來白公在所上向下將蘇有德人品一看只見

衣冠鮮楚舉止高昂骨豐皮厚一身之秀韵之

姿、似財主而非、才人面白鼻紅、滿臉橫酒肉之氣、頗富翁而雖賦容金裝玉褁、請看衣衫前攤後隨止堪皮相。

蘇有德進得廳來、就呈上禮帖、要請白公拜見、白公再三不肯、因自是便服、定要蘇有德換過大衣、方纔見禮、禮禮畢遜坐、坐坐定、先是白公說道、吳舍親久稱賢契高才、學生多時想慕、今接芝宇、頗慰老懷、蘇有德忙打一恭道、晚學生後進末學、陋質襪才、過蒙吳老師垂青核識、謬薦進於老恩臺泰山北斗之下、仰企俯思、不勝惶悚、白公道、老夫衰邁之人、覩兄青年珠玉、可謂有緣、因問高居何處、椿萱定然並茂、蘇有德道、不幸先嚴見背、止寡母在堂、寒舍去此僅十七八里、地名馬春、白公道、原来咫尺、老夫不能物色、深負氷清之鑑矣、説罷、左右送上茶来、茶罷、蘇有德就起身告辭、白公道、多承遠顧、本當小飯、但初得識荊、未敢草草相褻、容擇吉再當奉屈、蘇有德道、蒙賜登龍、已出望外何敢復有所叨遂一恭辭出白公直送出大門外再三鄭重而別家人将礼物呈上白公點了六色餘者退出蘇有德見白公相待甚殷以為事有可圖滿心歡喜不題却說白公退入後堂小姐接着忙問道今日是何客来拜白公道今日不是他客就是你毋舅有書薦来求親的蘇生就将吳翰林的書遞與小姐小姐接了一看看見蘇生滿心以為是蘇友白又見吳翰林前日為他送的即是蘇友白愈覺

不勝之喜轉故意問道此生叫甚名字其人果如毋舅之言否白公道此生叫做蘇有德前日你毋舅曾面對我說他考案首有才情人物風流今日書中又如此稱揚今日我見其人骨相到也富厚言談到也爽利若說十分風流則未必矣小姐聽見叫做蘇有德只因心下有個蘇友白就誤認是他萬萬不疑白公雖說未必風流小姐轉不深信道毋舅為孩兒選擇此生非一朝一夕我亦有所取也為何又與爹爹

所取不同。白公道，我今乍見，或者不能盡其底裏，故日少不得請他一敘，再細細察看。但只是已有一個張郎在此，却如何區處？小姐道，不必有意偏向，爹爹只以才貌為去取可也。白公道，蘇生雖非冠玉之美，較之張郎，似為差勝；若論其才，張郎數詩，吾所深服，蘇生只據毋舅言之，我尚未一試，寔是主張不定。小姐心下暗想道，蘇生與張郎，好醜相去何止天淵，爹爹素稱識人，今日為何這等糊塗？想是一時眼花，只叫將他二人一會，自分玉石矣。因説道，涇渭自分，黑白難掩，參參若遲疑不决，何不聚二生於一堂，命題考試。不獨誰妍誰媸可以立辨，異日去去取取，彼亦無怨也。白公道，此言甚是有理，我明日請蘇生，就請張郎相陪，臨時尋一難題目考他，再定個優劣便了。正是：

風雨相兼至，燕鶯雜沓來。

如此春有主，幾誤落蒼苔。

樓下白公與小姐商量不題、却說張軌如與白公家人最熟、這日蘇有德來求親之事、到次日早有人報與張軌如、張軌如聞知大驚問道此人是誰報他的道此人是金陵學裡秀才、叫做蘇有德、張軌如聽了、不知音同字不同、却也認作蘇友白、心下道這小畜生我說他為何就不別我而去、原來是去央吳翰林書來作媒、要奪我已成之事、這等可惡、況我在此雖為姻事名色却只是個西賓他到公〻正〻來求親、考又考他不過、人物又比他不上、況我的新柳詩社梨曲○又是他做的、倘白公一時對會出来、反許了他、我許多心力、豈不枉費了、必設一計驅逐了他、方遂我心、想了一回、忽肰想起道、小蘇曾對我說、吳翰林有個女兒挌他、〻不肯、吳翰林甚是怪他、為何轉又央他来說親、此中尚有此古怪、正躊躇間、忽見管門的董榮、拿了個請帖来說道、老爺請相公明日同金陵来的蘇相公叙〻、張軌如道、小老来得好、我正要問你、昨日那蘇相公来見老爺、為着何事、董荣道、是我們吳舅老爺、薦他来求小姐親事的、張軏如道、你們舅老爺、說他有甚好處、就薦他来、董荣道、這話說起来甚長、我家老爺在北京時、我家小姐曾在舅老爺家住了些時、那時舅老爺見這蘇相公考了個案首、又見他在那裡題得詩好、就要將我家小姐招他、只因這蘇相公不肯、就閑起了、近日不知為甚、這蘇相公又肯了、故此舅老爺纔寫書薦他来、張軏如冷笑道這等說起來你家老爺與小姐一向要選才子都是虛名只消央個大分上便好了董榮道張相公如何這等說老爺因這蘇相公有真才纔選他為何却是虛名張軌如道小老爲何這等眼鈍這人你曾見過就是前日同我來送新柳詩你老爺與小姐看了不中意笑的董榮道那裡是他我還記得那日同張相公來的是個俊俏後生這位蘇相公雖也年紀不多却是款〻篤〻的一個人那裡是他張軌如驚

訝道、既不是他、為何也叫做蘇友白、董荣道、名帖上是蘇有德、張軌如道、是那兩個字、董荣道、有是有無之有、德是德行之德、張軌如聽了、又驚又喜道、這又奇了、如何又有一個人、董荣道、相公明日會他、便知端的、相公請收了帖子、我還要去請蘇相公哩、說罷便放下帖子去了、張軌如暗想道、既不是蘇友白、我的腳跟便立定了、記得吳翰林要招女婿、與考案首小蘇明明說是他的事、為何此人、又討將書來、莫非亦有盜竊之獘。明日相見時，我謾〻觀他動静，敲打他兩句，他若有假，自立脚不穩了，心下方纔歡喜，不題。却說董榮拿了一箇請帖，直到馬春蘇家来下，蘇有德棲了請帖，就留董榮酒飯，因問道，明日還有何客？董榮道，別無他客，止有本府舘中張相公奉陪，蘇有德，知是張軌如，便不問了，董榮喫完酒飯，作謝過，說道，蘇相公明日千萬早些来，路遠，免得小人又来，蘇有德道不敢再勞，我自早来就是了，董榮去了，蘇有德自躊躕，欢喜道：「我的事，張軏如就是神仙，也不知道。他的事，誰知都在我腹中。他若有不遂處，我便將他底裏揭出，料他置身無地。」只因這一算，有分教：欲鑽無地，搆畫西江。正是：

人有害虎心，虎有傷人意。
鷸蚌兩相爭，原是漁人利。

不知二人明日相見，更是如何，且聽下回分解。

# 第十一回

沒奈何當場出醜

詩曰
秦鏡休誇照膽寒奸雄依舊把天瞞若憑耳目訛三至稍失精神疑一團有意猜劃終隔壁無心托出始和盤聖賢久立知人法視以觀由察所安

話說白公到次日叫人備酒伺候到得近午就來邀張軌如到夢艸軒来閒話張軌如因問道前日令親

吴老先生、薦這位蘇兄来、不知吴老先生與他、還是舊相知。却是新相識。白公道、不是甚麼舊相知、只因在靈谷寺看梅、看見此兄壁間題咏清新、故爾留意、又見學院李念臺、取他案首、因此欲與小女為媒、不想此生一時任性不從、舍親惱了、因對李念臺說、把他前程黜退、小弟從京師回来時、舍親是這等對我說、我也不在心、一向丟開了、不知近日何故、昨日舍親書来、說他又肯了、故重又薦来、我昨日見他、一時未覩其長心下甚是狐疑但是舍親書来不好慢他故今日邀他一敘少刻席間借兄大才或詩或詞邀他倡和倘無真才便可借此以復舍親張軌如道原来如此老先生法眼一見自知何必更考但不知令親書中曾寫出這蘇兄名字麽白公道書中只以蘇生稱之並未寫出名字昨見他名帖方知叫做蘇有德張軌如笑一笑就不言語了白公道先生為何含笑莫非有所聞麽張軌如又笑一笑道有所聞無所

聞老先生亦必不問晚生亦不敢言老先生高明只留神觀之便了白公道既忝相知何不明明見教欲言不言是見外了張軌如便正色道晚生豈敢晚生雖有所聞亦未必的欲不言恐有誤大事欲言又恐近於獻讒所以逡巡未敢耳白公道是非自有公論何讒之有萬望見教張軌如道老先生既再三垂問晚生只得說了晚生聞得令親所選之蘇又是一蘇非此人也白公道我回想前日舍親對我說他的名

字依稀正是有德二字為何又是一蘇張軏如道音雖相近而字寔差訛令親所取者乃蘇友白非蘇有德也白公驚訝道原来是二人但舍親又進京去了何以辨之張軏如道此不難辨老先生只消叫人去查前日學院考的案首是蘇友白還是蘇有德就明白了白公道此言有理隨分付一個家人去查正說不了忽報蘇相公来了白公叫請進来先是張軏如相見過然後白公見礼〻畢分賓主而坐左邊是蘇

有德右邊是張軌如白公自在下面近右相陪各敘了寒温白公因說道老夫素性愛才前者浪遊帝都留心訪求並未一遇何幸今日斗室之中得接二賢蘇有德道若論張兄才美誠有如老師台諭至於門生盜竊他長餙人耳目不獨氣析大巫即與張兄並立門墻未免慚形穢於珠玉之前矣張軌如道晚生下士蒙老先生憐才心切欲自隗始故得冒充名流作千金馬骨怎如蘇兄真正冠軍逸群足附老先

生伯樂之顧。白公道、二兄才美一如雲間陸士龍、一如日下荀鳴鶴、可稱勁敵、假令並驅中原、未知鹿死誰手。老夫左顧右盼、不勝敬畏。大家攀談了一會、左右報酒席完備、白公就送席、依舊是蘇有德在左、張軌如在右、白公下陪。酒過數巡、白公因說道、前日李念臺在京時、衆人都推他才望、故點了南直學院、今能於案中模索蘇兄、則其望不虚矣。蘇有德道、唯門生以魚目混珠、有辱宗師藻鑑、至於賞拔群英、真可

謂賈胡之識也、張軌如道、蘇兄一時名士、宗師千烁
玄賞如此遇合方令文章價重但近来世風日降有
一真者遂有一影附者如魑魅魍魎公肰放肆於青
天白日之下甚可恥也蘇有德見張軌如出語有心、
知是諳已、因答道、此猶有目者所可辨最可恥者一
種小人竊他人之篇章而作已有以四謁公卿令巨
目者一時不識其奸真可畏也白公道、此等從来所
有但止惑一時、豈能耐久、大家談論是非、互相譏刺、

白公俱聽在心裏、飲彀多時、左右稟要換席、白公遂邀二人到夢艸軒散步、大家淨了手、張軏如就往後園去更衣了、唯白公陪着蘇有德、就在軒子中更了衣、閒玩那堦前的花卉、并四壁圖書、原来張軏如的新柳詩、并紅梨曲、也寫帖在壁上、蘇有德看到此處、白公便指着說道、此即張兄之作、老夫所深愛、仁兄試觀之、以為何如、蘇有德忙近前看了一遍、見與蘇友白寫的是一樣、就微笑了笑、冷冷的說道、果然好詩、白公見蘇有德含咄有意、因問道、老夫是這等請教、非有成心吾兄高識、倘有不佳處、不妨指示蘇有德連忙打一恭道門生豈敢、此詩清新俊逸無以加矣更有何說但只是蘇有德說到此就不言語了、白公道、既蒙下教有何隱情、不妨直示、蘇有德道亦無甚隱情但只是此二作門生曾見來、白公道兄於何處見來、蘇有德道曾於一敝友處見來、敝友言今春二月曾以前二詩進謁老師、未蒙老師收錄、敝友自恨才微悵快而歸門生亦為之惋惜不意乃辱老師珍賞如此不知為何張兄之作一字不差這也奇怪白公聽了驚訝道二月中從不見更有誰来蘇有德道只怕就是與張兄同一時來的老師只消在門簿上一查便知道了白公道貴友為誰蘇有德尚未及答而張軌如更衣遶至彼此就不言語了白公就邀入席大家又飲了一會白公因説道今日之飲雖肴核不倫主人未賢然二兄江南名士一時並集寔稱

良會安可虗度老夫欲拈一題引二兄珠玉二兄幸勿敗興張蘇二人正彼此忌妒兩相譏誚忽見白公要做詩二人都呆了張軌如道老先生台教晚生常領不知蘇兄有興否蘇有德道既在老恩師門墻雖肰荒陋自應就正但今日叨飲過多枯腸酣醉恐不能奉教張軌如道正是這等晚生一發酒多了白公道斗酒百篇青蓮佳話二兄高才何讓焉就叫左右取過文房四寶各授一副白公隨寫出一題是賦得

今夕何夕、因說道、題雖是老夫出了、韻却聽憑二兄自拈、候二兄詩成、老夫再步韻奉和、若老夫自用韻、恐疑為宿構了、二兄以為何如、蘇張二人道、老師天才豈可與晚輩較量、口雖如此說、然一時神情頓減、在座蹴踖不寧、做又做不出、又難回不做、只是左右支吾、蘇有德大半推醉、張軌如假作沉思、白公見二人光景不妙、便起身說道、老夫暫便、恐亂二兄詩思、遂走入軒後去了、正是

假雖終日賣　到底有疑猜
請看當場者　應須做出来

此時日已西斜張蘇二人面面偷覷無計可施二人又不好商議蘇有德混了一會便起身下堦倚着欄杆假作嘔吐之狀張軌如就推腹痛徑後園出恭去了半晌方来白公在軒後窺見二人如此形狀心上又氣又惱又好笑却又不好十分羞辱他們只得轉勉強出来周旋叫左右看熱酒請二位相公入席張

蘇二人見白公出來，只得依舊就座。白公問道：「二兄佳作曾完否？」張軌如便使乖，不說做不出，就信口先應道：「晚生前半已完，因一時腹痛，止有結句未就。」蘇有德見張軌如使乖，也就應教答道：「晚生雖勉强完篇，然醉後潦草，尚欠推敲，不敢呈覽。」白公道：「二兄既已脫稿，便不盡今夕了。老夫亦恐倉卒中不能酬和，倒是明日領教罷。且看熱酒來痛飲，以盡餘歡。」蘇張二人見說明日完詩，便膽大了。蘇有德道：「晚生做詩尚可强勉若要再飲實是不能張軌如道雄飲苦吟晚生平日不敢多讓此白老先生所知今日為賤腹作楚情興頓減不能代作半主奉陪蘇兄奈何奈何白公道草酌本不當苦勸然天色尚早亦須少盡主人之意二人若論喫酒尚去得兩壺只因推醉了半日不好十分放量又飲得幾杯見天色漸昏蘇有德便立辭起身白公假意留留也就起身相送先送了蘇有德出門又別了張軌如回書房然後退入後所

來正是

認真似酒濃　有才便可憐
識破如水淡　無才便可慢

却說白公退入後廳。小姐接住。白公就說道。我見我今日看張蘇二人行徑。俱大有可疑。幾乎被他瞞過。小姐暗驚道。張郎固可疑。蘇生更有何疑。因問道。爹爹何以見得。白公道。我記得你毋舅對我說。蘇生曾考案首。今日張郎說考案首的是蘇友白。不是他。小姐道此生爹爹昨日說他正是蘇友白爹爹公道他叫做蘇有德音雖相近其寔不是此一可疑也及我指張郎新柳詩及紅梨曲與蘇有德看他又說此是他一好友所作非張郎之句此不又一可疑到後來我出一題要他二人做詩他二人推醉裝病備極醜態半日不成一字以此看來二人俱有盜襲頂冒之弊小姐聽見不是蘇友白就呆了半晌道原來如此幸被爹爹察覺不然墮入奸計怎了白公道我已差人

學裏去查、明日便知端的、父女二人又閒談了一會、方各自去睡、到次日白公起來梳洗畢、即出穿堂坐下、叫董榮進來問道、前二月內曾有一相公送新柳詩與你、怎麼不傳進來我看、董榮道、小的管門、但有書札詩文、即時送進、如何敢有遺失、白公道、是與張相公一時同來的、董榮此事原有弊病、今日忽然問及、未免喫驚、便覺辭色慌張、因回說道、是張相公來時、有一位相公同來、彼時兩首詩俱送進與老爺看的白公道那一位相公姓甚麽董荣道過去的事小的一時想不起来白公道可取二月門簿来看董荣見叫取門簿慌忙就走白公見他情景慌張便叫轉董荣来道你不要去又另叫一個家人到他門房中去取那一個家人随即到門房中将許多門簿俱一抱拿了来遞與白公看白公只檢出二月的来看董荣就連忙将餘下的摟了去白公揭開查看只見同張軌如一時同来的正叫做蘇友白因細細一回想道

是有一個姓蘇的、我還隱々記得他的詩甚是可笑、為何却又是個名士、大有可疑、因又問董榮道、凡是上門簿的、都注某處人、這蘇友白下面為何不注董榮道、想是個過路客老爺不曾接見回拜、故此就失注了、白公道、就是過客也該注明、董榮道、或者注在名帖上、白公道、可取名帖來看、董榮道、這名帖沒甚要緊、恐怕日久遺失了、容小的謾々尋看、白公見董榮抱着餘下的門簿、內中也有許多名帖、亂夾在中間就叫耶上来看董荣道這内中都是新名帖舊時的不在白公見他慌張不肯拿上来一發要看董荣拗不過只得送上来原来董荣是個酒頭不細心防範舊時二首詩就夾在舊門簿中一時事過就忘記了今日忽然查起又收不及故此着忙白公看見有些異樣故留心只管將門簿翻来翻去也是合當事敗恰恰翻出二詩原封不動一封寫着張五車呈覽一封寫着蘇友白呈覽白公折開一看蘇友白的恰

是張軌如來献的，張軌如的恰是舊日可笑的白公，不覺大怒，看了董荣道：「這是何説？」董荣見尋出二詩，便唬呆了，忙跪在地下只是磕頭。白公怒罵道：「原来都是你老奴作弊更換，幾乎誤我大事。」董荣道：「小的焉敢更換，都是張相公更換了，叫小的行的。小的不合聽信他，小的該死了。」白公大怒，叫左右將董荣重重責了二十板，革出，另換一個管門。正是：

從前做過事，　沒興一齊來。

白公纔責了董榮，只見昨日差去打探案首的家人回來了，就回復白公道：小人到學中去查，案首是蘇友白，不是蘇有德。蘇有德考在三等第六十四名，沒有科舉。白公道：查得的確麽？家人道：學中考案，怎麽不的。白公聽了，連忙進來與小姐將兩項事一一說了，就將前詩遞與小姐，因說道：天地間有這等奸人，有這等奇事，若不是我留心細察，我兒你的終身大事，豈不誤了。小姐道：世情如此，真可畏人，愈見守身待字之難十年不字大易所以稱貞良有以也白公道蘇張兩畜生盜襲頂冒小人無恥今日敗露固不足論如今看起來考案首的也是蘇友白你母舅薦賞的也是蘇友白做這兩首新柳詩的也是蘇友白這蘇友白明明是個少年風流才子無疑矣轉遭踈失今不知飄零何處大可恨耳小姐道這蘇友白既有這等才情料不淪落況曾來和過新柳詩自能物色踪跡雖未蒙刮目然才人有心或去亦不遠若知

他二人奸謀敗露、定當重來、轉是張蘇二奸人狡猾異常、須當善遣白公道、這容易、蘇有德原無許可、張執如自是西賓、只消淡淡謝絕便了、小姐道如此方妙、若見於顏色、恐轉添物議、白公道這我知道不消你慮、只是我還記得你毋舅曾對我說、因親事不成將蘇生前程點退、不知近曾復也不曾、况目今鄉試在邇、若是不曾復得、却不悮了此生、我如今須差一人去打听明白、一者好為他周旋、二者就知此生下落小姐道爹〻所見最是白公随差一個能事家人到金陵去打听那家人去了三四日即来回復道小人打聽蘇相公前程原是吳舅老爺与學院說復了只是這蘇相公自從沒前程之後即有他一個做官的狀子接他進京去了至今竟不曽回来又有人說這幾個月並不知去向就是他叔子要接他進京也不曽尋得着小人到他家中去問也是這般說只此便是实信白公想了想因对小姐說道他的前程既

肰復了到鄉試之期自然回來不必慮也正是

差之毫釐　失之千里

一着不到　滿盤從起

白公過了數日備了一副禮答還蘇有德明知吳翰林不在家𥘉寫了一封回書道不允親之意蘇有德見事機敗露自覺羞慚不敢再來纏擾張軌如有人報知董榮之事也知安身不得因與王文卿商議只說鄉試近要進京習靜轉先來辭白公順水推船也

就不留張蘇二人，雖然推出，然未免費了許多周折。白公心下暗氣暗惱，不覺染成一病，卧床不起。小姐驚慌無措，只得請醫服藥，問卜求神，百般調理。小姐衣不解帶，晝夜啼泣，如此月餘，方纔痊可。正是：

只緣兒女累，染出病中身。
若無兒女孝，誰救病中親。
盡得孝與累，方成父子恩。

按下白公在家抱恙不題。且說蘇友白自別了蘇有德渡江而北、一心只想要見吳翰林、便不覺勞苦、終日趲行、一日来到山東地方、叫做鄒縣、見天色將晚、就尋一個客店住了、到次日早起、小喜收拾行李、在床頭間翻出一個白布搭包、內中沉沉有物、小喜連忙拿與蘇友白、打開一看、却是四大封銀子、約有百金以外、蘇友白看了、連忙照舊包好、心中想一想、對小喜說道、此銀必是前夜客人匆忙失落的、論起理来我該在此候他来尋、交還與他、方是丈夫行事、只

是我去心如箭一刻不容少留卻如何區處莫若交
與店主人家待他付還罷小喜道相公差了如今世
情態有幾個好人我們去了倘店主人不還那裡對
會卻不辜負了相公一段好意既要行此陰騭事還
是畧等半日爲妙蘇友白道你也說得是只是誤了
我的行期這也沒法了梳洗畢喫完飯店主人就要
備馬蘇友白道且謾我還要等一人午後方去店主
人道既要等人率性明日去罷蘇友白雖然住下心

是急的在店中走進走出，只到日午將過午飯，方見一個人青衣大帽，似公差模樣，騎着一匹馬，飛也似跑来，到了店門前，下了馬，慌慌獐獐，就叫店主人何在。店主人見了，連忙迎住道：差爺昨日過去的，為何今日復轉来？那公差道：不好了，大家不得乾净。我是按院承差，前奉按院老爺批文，到鄒縣吊取了一百二十兩官銀，去修義塚。昨日因匆匆趕路，遺失在你家店裏。倘有差池，大家活不成。店主人聽見，嚇得呆了說道這是那裡說起我們客店中客人來千去萬你自不小心與我何干承差道且不與你講口且去尋尋看二人慌忙走入房中將床上翻來覆去顛倒摸尋那裡得有承差見說了着了急就一把扭住店主人道在你店裡不見的是你的干係你陪我來店主人道你來時又不曾說有銀子去時又不曾交銀子與我我見你銀子是紅的是白的你空身來空身去如何屈天屈地究我那承差道我是縣裡支來的

四次對銀子每封三十兩共一百二十兩將一個白布搭包盛着帶在腰裡前夜解下放在床頭草薦底下現有牌票在此終不然賴你不成就在袖子裡取出一張硃筆票來遞與店主人看道這雖道是假的你不肯陪我少不得要與你到縣裏去講扭着店主人往外就走店主人着了急大叫道冤屈冤屈蘇友白見二人光景是真忙走上前止住道快放了手你二人不消着急這銀子是我檢得在此就叫小喜取

出交與那承差、那承差與店主人見有了銀子、喜出望外、連忙下礼謝道、難得這位相公好心、若遇別一個拿去、我二人性命難保、蘇友白道、原是官銀、何消謝得、你可查收明白、我就要起身、承差道、受相公大恩、何以圖報、求相公少留半刻、容小人備一味請相公坐坐聊盡窮敬之心、蘇友白道、我有急事進京、只為檢了銀子、沒奈何在此等你、既還了你、我即刻要行、斷沒工夫領情、店主人道、請相公喫酒、相公自不稀罕、但只是今日日、已錯西、前途巴不到了。況此一路甚不好走、必須明日早行、方纔放心。蘇友白道、我書生家不過隨身行李、無甚財物、怕他怎麽。店主人道、雖無財帛、也妨着驚。蘇友白執意要行、店主人拗不過、只得將行李備在馬上。蘇友白叫小喜筭還飯帳、隨即出門。那承差與店主人千恩萬謝、送蘇友白上馬而去。正是、

遺金拾得還原主、　有美空尋向路人。

莫道少年不觧事　從来才與色相親

承差得了原銀自去幹辨不題却說蘇友白上了馬
往北進發行不上十数里忽一陣風起天就变了四
野黑雲似有雨意蘇友白見了心下着忙要尋人家
兩邊一望盡是柳林曠野絕無村落人煙正勒馬躕
躕忽乱草叢中跳出一條大漢手持木棍也不做聲
照着蘇友白劈頭打來蘇友白唬得魂飛天外叫一
聲不好了坐不穩一個倒栽葱跌下馬来那大漢得

了空便不来尋人竟跨上馬兜馬屁股三兩棍那馬負痛便飛也似往柳林中跑將去了小喜在後急急趕上来扶起蘇友白時那大漢連馬連行李也不知跑到那裡去了蘇友白扒將起来幸不曾跌壞却是行李馬匹俱無二人面面相覷只叫得苦正是

已倫窮途苦　仍罹盜賊災
方知時未遇　不幸一齊来

蘇友白此時進退兩難不知如何區處且听下回分解

## 第十三回

### 蘇秀才窮途賣賦

詩曰謾道文章不療饑揮毫也有賣錢時黃金滕閣償文價白璧長門作酒資儒士生涯無龍斷書生貨殖有毛錐更憐閨艷千姝意施向才人一首詩

却說蘇友白曠野被刼馬匹行李俱無只剩得主僕兩個空身一時間天時又昏暗起來因與小喜商量

道前去路遠，一時難到，就是赶到，我两個空身人，又無盤纏，誰家肯留？莫若回到舊主人家，再作區處。小喜道：「事出無奈，只得如此。」遂扶了蘇友白一步步捱回舊路而來。蘇友白去時節興匆匆，回來時沒精沒神，又沒了馬，越走不動，只到傍晚將次上燈，方纔到得店裏。店主人看見喫了一驚，道：「相公為何又轉來？多分喫虧了。」蘇友白遂將被劫事說了一遍。店主人跌脚道：「我頭裏就叫相公不要去，相公不聽，却將行

李馬匹都失了豈不可惜蘇友白道行李無多殊不
足惜只是客途遺此空身如何去得店主人道相公
且請進裏面用夜飯待我收拾鋪蓋與相公權宿
一夜明日再處蘇友白依言過了一夜到次早起來
正與店主人在店中商議只見對門一個白鬚老者
走過來問道這位相公像是昨日還承差銀子的去
了為何復來店主人歎一口氣道天下有這等不平
的事這位相公昨日拾了一百二十兩銀子到好心

將還了人、誰知天沒眼、走到路上、到將自己的行李馬匹被強盜劫去、弄得如今隻身進退兩難、那老者道、原來如此、真是好心不得好報、且請問相公高姓、貴處那裡、今將何往、蘇友白道、學生姓蘇金陵人氏、要到京中見個相知、不意遭此一變、盤纏盡失、老大何以教我、那老者道、原來是蘇相公、此去京中止有八九日路、若論路上盤費也消不多、只恐要做行李、并京中使用便多了、蘇友白道、如今那顧得許多、只要路上費用并行李一二件得十數金便好了其餘到京再當别處店主人道小人受蘇相公大恩這十數兩銀子我該措辦只是窮人一時不能湊手若是張老爹有處那移與蘇相公去容小人謾謾加利償還斷不敢少張老道我看蘇相公一表人物德行文高又是江南人物料想文才必定高妙若是長於詩賦就有一處蘇友白道學生文才雖未必高妙然詩賦一道日夕吟弄若有用處當得効勞張老道如此

甚好。我有一個舍親。姓李。原是個財主。近日加納了中書。專好交結仕宦。前日新按院到。甚是優待舍親。舍親送重礼與他。這按院又清廉不受。舍親無以為情。要做一架錦屏送他。因求高手画了四景。如今還要煩一個名人做四首詩。標題於四景之後。合成八幅。若是蘇相公高才。做得這盤纏便易處了。蘇友白道。做詩自不打緊。只是貴縣人文之邦。豈無高才。何俟學生。張老道。不瞞蘇相公說。我這山東地方。讀書的雖不少但只曉得在舉業上做工夫至於古文詞賦其寔沒人只有一個錢舉人會做對句却又裝腔難求春間舍親煩他做一篇壽文送縣尊請了他三席酒送了他二三十金禮物他猶不足還時常來借東借西前日為這四首詩舍親又去求他〻許說有興時便來領教要我舍親日〻備酒候他尚不見來若是蘇相公做得時舍親便省得受他許多氣了蘇友白道既是這等學生便與令親效勞也使得只是

學生行色匆匆、今日去做了今日還要行、煩老丈就同去為妙、張老笑道、前日一篇壽文錢舉人做了半個多月、難道這四首詩、一時容易就完、若是蘇相公高才做得完時、舍親自然就送、礼決不敢虧、蘇友白道、全賴老丈先為致意、張老道、既如此就同蘇相公去、蘇友白道、有多少路、店主人道、不多遠、李爺家就在縣東首盧副使際隔壁、蘇友白道、既不多遠、我去了就來、有好馬煩主人替我僱下一匹、店主人道

這不打緊。說罷。張老遂同蘇友白帶了小喜徑進城望李中書家來。正是

要知山路樵携去。欲見波濤漁領回。
白雲本是無情物。又被清風引出来。

張老同蘇友白不多時。便到了李中書家門前。張老道。蘇相公請少待。我先進去通知舍親。就出來相請。蘇友白道。學生拱候。張老竟進去了。蘇友白立在門前一看。只見一帶是兩家鄉宦。隔壁門前有八根半

新不舊的旗杆門扁上風憲二字顏色有些剝落分明是個科甲人家却冷冷落落這邊雖無旗杆門扁上中翰第三個大字却十分齊整一望去到像個大鄉宦蘇友白正看未完只見內裏一個家人出來說道家爺在廳上請相公進去蘇友白進到儀門只見那李中書迎下堦來蘇友白將李中書一看只見

冠勢峩峩儼然科甲風聲藹藹酷類鄉紳年華在四五十以上官職居八九品之間數行黃卷

從眼孔中直洗到肚腸縱日日在前而實無一頂烏紗自心坎上徑達於顔面雖時時不戴而亦有無限遮瞞行將去只道自知許多腔套做出來不防人笑

李中書迎蘇友白到了廳上見過礼分賓主坐下李中書就説道遠聞舍親甚稱蘇兄高雅尚未奉謁如何到辱先施蘇友白道學生本不該輕造只因窮途被劫偶與令親談及老先生德望又聞知有筆墨之

役多感令親高誼不以學生為不才欲薦學生暫充記室聊以代勞故靦顔進謁不勝唐突李中書道正是前日按臺到此甚蒙刮目意欲製一錦屏為賀已倩名手画了四景在此更欲題詩四首黙寓賛揚之意合成八幅一架我欲自献其醜苦無片刻之暇今蒙仁兄大才羡情肯賜提刀感激不盡只是乍得識荆如何就好重煩蘇友白道只恐菲才不堪代斲若不鄙棄望賜題意李中書道既辱見愛且到後園小

酌三杯方好求教遂叫左右備酒就起身邀蘇友白宜到後面東半邊一所花園亭子裏来那亭子朱欄曲檻掩映着疎竹名花四圍都是粉墻〻外許多榆柳樹裏隱〻藏着一帶高楼到也十分華藻蘇友白此時也無心觀景到得亭中不多時左右即捧出酒來李中書遂了席二人正欲舉杯只見一個家人来報道錢相公来了李中書道来得妙快請進来一面說一面就自起身出来迎接須臾迎了進来蘇友白

亦起身相接、只見那錢舉人生得長鬚大腹、體厚顴豐、錢舉人見了蘇友白、便問李中書道、此位何人、李中書道、金陵蘇兄、錢舉人道、這等是遠客了、就讓蘇友白居左、相見畢、各照次坐下、錢舉人因問道、蘇兄大邦人物、不知有何尊冗、辱臨敝鄉、蘇友白未及答、李中書就應道、蘇兄不是特到敝鄉、只因進京、途中被劫、蹭蹬旅次、今日舍親偶然遇着、詢知這等少年、美才、又因見小弟前日所求賀按臺四詩、未蒙吾兄捉筆就要煩勞蘇兄蒙蘇兄不棄故翩然賜顧正處賓主寥寥不能盡歡恰值吾兄見枉可謂有興鐵拳人道如此甚妙小弟連日不是不來緣舍下俗冗纏擾絶無情興今聞按臺出巡將回恐誤仁兄之事只得强来應教其實詩思甚窘今幸天賜蘇兄到此可免小弟搜索枯腸矣蘇友白道學生窮途無策故妄思賣賦以代吹簫只道潦艸應酬初未計其工拙今見大巫在前小巫自應氣析而避舍矣李中書道二

兄俱不必太謙、既蒙高誼、俱要賜教、且快飲數杯、發揚詩興、遂酌酒相勸、二人喫了半晌、蘇友白道、學生量淺、既是李老生不鄙、到求賜了題目、待學生完了正事、再領何如、李中書猶不肯、錢舉人道、這也使得、且拿題目出来看了、一邊喫酒、一邊做詩、也不相礙、李中書方叫左右拿過一個拜匣来、開了、取出四幅美人画幷題目、遞與二人、二人展開一看、第一幅却是補袞圖、上画二美人相对縫衣、第二幅是持衡圖、上画一美人持稱ゝ物、數美人傍看、第三幅是和羹圖上画數美人當廚或炊、或爨、或洗、或烹、第四幅是枚卜圖上画三四美人花底猜枚詩題即是四圖、要各題一詩、默喻推尊入相之兆、蘇友白看了、畧不言語錢舉人說道、李老丈費心了、這等稱賛、甚是雅致、只是題目太難、ゝ於下手必須細ゝ搆思、小弟一時寔是不能、單看蘇兄高才、蘇友白道、錢先生尚為此言、在學生一發可知、但學生行色倥偬、只得勉強呈

醜、以謝自薦之罪、便好告辭、李中書道、足見高情、遂吩左右送上筆硯、并一幅箋紙、蘇友白也不推讓、提起筆来、一揮而就、正是

步不須移　馬何必倚
兎起鶻落　烟雲滿紙

蘇友白寫完、就送與李錢二人道、雖未足觀、幸不辱命、李錢二人展開一看、只見

第一首補袞圖

剪裁猶記降姬年幺荷乾坤黼黻穿賴得女媧針線巧依肰日月壓凖肩

第二首持衡圖

韁咲得時千古重鬚眉失勢一時輕感卿隻手扶持定不許人間有不平

第三首和羹圖

天地從来争水火性情大抵異酸甜如何五味調和好汝作梅兮汝作鹽

第四首粧卜圖

非關偶爾浪猜尋，姓字應先簡帝心。玉筯金甌將一揆，三台遙接五雲深。

錢舉人讀了一遍，驚喜贊歎道：「風流敏捷，吾兄真仙才也。」蘇友白道：「一時狂言，有污台目。」李中書看了，雖不甚解，卻見錢舉人滿口稱贊，料想必好，不覺滿心歡喜，說道：「大邦人物，自是不同，何幸得此，增榮多矣。但只是人心不足，得隴望蜀，尚欲求大筆一揮，不識允否。蘇友白道。這等何難。遂立起身叫左右移了一張乾净書案到堦下。磨起墨來。李中書忙取了四幅重白綾子。鋪在案上。蘇友白此時也有三分酒興。遂乗興一揮。真是龍蛇飛舞。頃刻而成。錢李二人見了讚不絶口。蘇友白心中暗想道。這等俗物何足言詩。若有日與白小姐花前燈下次第唱酬。方是人生一快。今日明珠暗投也。只是為白小姐窮途之中沒奈何了。正想着忽擡頭見隔壁高樓上依稀似有人窺看遮〻掩〻殊覔佳麗心中又想縱然美如白小姐也未必有白小姐之才一想至此不覺去心如箭因對李中書說道蒙委已完學生即此告辭李中書忙留道高賢幸遇何忍遽然就去況天色已暮如何去得就是萬分要緊也須屈此草榻一宵明日早行蘇友白道明日早行也可只是馬匹行李俱無今日還要到店中去打點李中書道蘇兄放心這些事都在小弟身上錢舉人道蘇兄不要太俗了天涯良朋聚

會大是緣法明日小弟也要少盡地主之誼、李光先萬〻不可放去、蘇友白道、明日決當早行、錢先生盛意只好心領了、李中書道、這到明日再議且完今日之事、又邀二人進亭子去喫酒三人說〻笑〻、直喫到上燈、錢舉人方別去李中書就留蘇友白在亭後書房中住了、正是

俗子客來留不住、　才人到處有逢迎、

蘇友白一夜無眠、到次早忙〻起來、梳洗畢、就催促

要行只不見主人出来又捱了一會方見張老走来說蘇相公為何起得恁早蘇友白道學生客邸度日如年恨不能飛到京中萬望老丈與令親說一聲速速周濟感德不淺張老道盤纒小事自然奉上只是舍親還有一事奉懇蘇友白道更有何事張老道舍親見錢舉人說蘇相公才高學廣定然是大發之人甚是愛慕願得時時親近今有一位公子一十三歲欲要送一封關書拜在蘇相公門下求蘇相公教育

一年束脩聽憑蘇相公填多少斷不敢吝蘇友白道學生從不曉得處館況是過客立刻要行如何議及此事正說着只見一個家人送進一個請帖來却是錢舉人請喫酒的蘇友白忙辭道這個斷不敢領煩管家與我拜上多謝了原帖就煩管家帶去那家人道酒已備了定要屈蘇相公少留半日說着將帖子放下去了張老道館事蘇相公既不情願舍親也難相強錢舉人這酒是斷斷辭不得的況這錢舉人酒

也是難喫的若不是二十分敬重蘇相公他那裡肯請人這是落得嘛的蘇友白道固是高情只是我去心甚急張老道蘇相公請寬心我就去備辦馬匹行李錢家酒也早蘇相公畧領他兩杯就行罷蘇友白道萬望老大周旋張老說罷去了蘇友白獨坐亭中甚是無聊心中焦躁道些須盤纏只管伺候可恨之極因叫小喜道你看看前邊路好走我們去了罷誰耐煩在此等候小喜道園門是閑的出去不得就是

出去也沒盤纏相公好歹耐今日一日明日定肰走路了蘇友白沒法奈何只得住下又等一會忽聽得隔壁樓上隱隱有人說道後門外榴花甚茂蘇友白聽了心下想道這園子只怕也有後門就轉身沿着一帶高墻來尋後門又遶過一層花砦却見山石背後果有一個後門閉得緊緊蘇友白叫小喜開了往外一看原來這後門外是塊僻地四邊榆柳成陰到也甚是幽靜雖有兩顆榴花却不十分茂盛蘇友白

遂步出門外來看、只見隣隔壁也是一座花園、也有一個後門、與此相近、正看時、只見隔壁花園門開走出一箇少年、只好十五六歲、頭帶一頂鵝冠身穿一領紫衣、生得唇紅齒白目秀眉清、就如嬌女一般真是、

柳烟花露剪春衣。
花魄已銷焉敢妬。
猶教看去多應炮。

疑謫人間是也非。
月視如動定相依。
秀許餐時自不餓。

豈獨兒郎輸色笑。　閨中紅粉失芳菲。

蘇友白驀然看見，又驚又喜，道：天下如何有這等美貌少年，古稱潘貌，想當如此。正驚喜間，只見那少年笑欣欣向着蘇友白拱一拱道：誰家美年少，在此賣弄才華，題詩驚座，也不管隔墻有人。蘇友白忙陪笑臉，舉手相荅道：小弟只道室鮮文君，瑶琴空弄，不意東隣有宋，白雪窺人，今珠玉忽逢，却教小弟纖形何適。那少年道：小弟聞才之慕才，不啻色之眷色，覯仁

兄才貌、自是玉人、小弟願附蒹葭、永言相倚、不識仁
兄有同心否。蘇友白道、千古風流尚然神往、芝蘭咫
尺誰不願親、只恐弟非同調、有辱下交。那少年道、既
蒙不棄、於此石上少坐、以談心曲。二人就在後門口
一塊白石上並肩而坐。那少年道、敢問仁兄高姓貴
處、貴庚幾何、因何至此。蘇友白道、小弟金陵蘇友白、
賤字蓮仙、今年二十、因要進京訪一大老、不意途中
被劫、隻身旅次、進退不能、偶遭此間李老、要小弟代

作四詩許贈盤纏昨日詩便做了今日尚未蒙以盤纏見贈故在此守候不期得遇仁兄真是三生之幸不識仁兄高姓那少年道小弟姓盧家母曰夢梨答而生小弟故先父取名夢梨今纔一十六歲昨因舍妹在樓頭窺見吾兄才貌又見揮毫敏捷以為太白復生對小弟說了故小弟妄思一面不意果從人願得會仁兄〻〻若缺資斧小弟自當料理如何望之李老〻〻俗物只知趨貴那識憐才正說未完只見

小喜来說道、裏邊擺出飯来、請相公去喫、李爺也就出来也。蘇友白正要說話、不肯起身、盧夢梨聽見、慌立起身来說道、既主人請吾兄喫飯、小弟且別去、少刻無人時再會於此。只是見李老千萬不可說出小弟。小弟與此老不甚往来。蘇友白道、既如此、小弟去一刻便來、幸勿爽約、盧夢梨道、知心既遇、尚有所隔之談。安肯相負。說罷就進園去了、蘇友白回到亭中、李中書恰好出来、相見過、李中書就說道、小弟失陪得罪、今日本當送仁兄早行、只因老錢再三托、小弟留兄一敘、故斗胆又屈於此、些須薄程俱已備下、明早定可登程矣、蘇友白道、荷蒙高情、啣感不盡、須臾擺上飯來、二人喫罷、李中書說道、昨日縣尊有一貴客在此、小弟還要去一拜、只是又要失陪、奈何、蘇友白因心下要會盧夢梨、巴不得他去了、忙說道、但請尊便、學生在此儘可盤桓、李中書道、如此得罪了、小弟拜客回來、就好同兄去赴老錢之酌、說罷拱拱手

去了蘇友白得了空便走到後門口來要會盧夢梨只因這一會有分教閨中路上擔不了許多透骨相思月下卷前又添出一段風流佳話正是

情如活水分難斷　心似靈犀隔也通

春色戀人隨處好　東君何以別西東

不知蘇友白來會盧夢梨還得相見否且聽下回分

第十四回

盧小姐後園贈金

詩曰、人才只恨不芳研。那有多才人不憐。窺客文君能越禮。識人紅拂善行權。百磨不悔方成節。一見相親始是緣。謾道婚姻天所定。人情至處可回天。

却說蘇友白忙到後園門首來會盧夢梨、只見盧家園門緊閉、不聞動靜、立了一會、心下沉吟道、少年兒女子莫非語言不實又想道我看此兄雖然年少却舉止有心斷無失信之理正是等人易久一霎時便有千思百慮正費躊躇忽聽得一聲咳嗽盧夢梨翩然而來說道蘇兄信人也來何遲真不愧乎同心蘇友白見了有如從天而至欣喜不勝忙迎上前以手相攜笑答道與玉人期何敢後也盧夢梨道靡不有初鮮克有終始終如一方成君子之交蘇友白道無終之人原未嘗有始只是一輩眼中無珠之人不識

耳。若夫松栢在前。豈待歲寒方知其後彫也。盧夢梨道。吾兄快論。釋小弟無限之疑。因說道。小弟有一言相問。只恐交淺言深。不敢啟口。蘇友白道。片言定交。終身相托。小弟與仁兄雖偶爾邂逅。然意氣已深。有何至情。不妨吐露。盧夢梨道。蘇兄既許小弟直言。且請問京中之行。為名乎。為利乎。尚可緩乎。蘇友白道。小弟此行。寔不為名。亦不為利。然而情之所鍾。必不容緩。盧夢梨又問道。吾兄青年。老伯與老伯母。自應康健尊嫂一定娶了蘇友白道不幸父母雙亡尚隻身未娶盧夢梨道仁兄青年高才美如冠玉自多擲果之人必有東牀之選何尚求凰未遂而隻身四海也蘇友白道不瞞盧兄說小弟若肯苟圖富貴則室中有媍久矣只是小弟從來有一癡想人生五倫小弟不幸父母雙亡又鮮兄弟君臣朋友間遇合尚不可知若是夫妻之間不得一有才有德的絕色佳人終身相對則雖玉堂金馬終不快心故飄零一身今

猶如故盧夢梨道蘇兄深情足令天下有才女子皆為感泣因歎一口氣道蘇兄擇婦之難如此不知絕色佳人或制於父母或誤於媒妁不能一當風流才婿而飲恨深閨者不少故文君既見相如不辭越禮良有以也蘇友白道禮制其常耳豈為真正才子佳人而設盧夢梨道吾兄此行既不為名為利必有得意之人故不惜奔走也蘇友白道盧兄有心人愛我如此敢不盡言小弟此行寔為一頭親事要求一翰

林公作伐、但目今鄉試在邇、恐他點了外省主考出京、不得相遇、故急急要去、盧夢梨道、以蘇兄之求、自是絕代佳人、但不識為誰氏之女、蘇友白道、就是敝鄉白侍郎之女、名喚紅玉、美麗無比、詩才之妙、弟輩亦當遜席、至於憐才一念、尤古今所無、故小弟寤寐不能忘情、若今生不得此女為媍、情願一世孤單、盧夢梨聽了沉吟半晌、又問道、白侍郎叫甚名字、住在何處、蘇友白道、白侍郎諱玄、字太玄、住在錦石村裏、盧夢梨聽了明知是他毋舅却不說破只道有美如此無怪兄之鍾情但天下大矣設使更有美者則蘇兄又將何如蘇友白道好色豈有兩心使有美又如此則小弟之傾慕自又如此然得一忘一則小弟始不負心盧夢梨聽了又沉吟半晌道吾兄情見乎辭此行决不可挽矣既如此何必躭延行李之費小弟已携在此就袖中取出白銀三十兩遞與蘇友白道此須少佐行李如憂不足尚有舍妹金鐲一對明珠

十粒在此以爲補湊之用遂在兩臂上除下金鐲并明珠一串又遞過來蘇友白道行李止假十數金足矣何必許多仁兄過於用惠小弟受之已自有餘至於金鐲明珠珍貴之物況出之令妹弟何敢當盧夢梨道仁兄快士何亦作此腐談客貧求人最難珠鐲二物可親佩於身以防意外之變倘或不用即留爲異日相見之端亦佳話也蘇友白道吾兄柔媚如女子而又具此俠腸山川秀氣所鍾特異小弟偶爾得

交何幸如之小弟初時去心有如野馬今被仁兄一片深情如飛鳥依人名花繫念使小弟心醉魂銷戀戀不忍言別小弟從來念頭只知有夫婦不知有朋友今復添一段良友相思之苦教小弟一身一心如何兩受盧夢梨道小弟奉先人之教守身如處女並未從師何況求友今一晤仁兄不知情從何生兄深於情者幸剖以教我蘇友白道小弟深情不過一往盧兄深情其柔如水太白詩云桃花潭水深千尺不

及汪倫送我情。似為盧兄今日道也。小弟何情。當此之際。惟有黯然。盧夢梨道。兄所慮者。似乎言別不易。弟所慮者。又在後會為難。不知此別之後。更有與兄相見之期否。蘇友白驚訝道。盧兄何出此言。爾我今日之遇。雖肰朋友。實勝骨肉。吾兄自是久要之人。小弟亦非負心之輩。小弟進京即歸。上過貴鄉。自當登堂拜母。再圖把臂談心。安有不見之理。盧夢梨沉吟半晌不語。蘇友白道。仁兄不語。莫非疑小弟未必重

来盧夢梨道小弟沉吟若此疑仁兄不來只揔仁兄
重來而小弟子虛身有不可物色矣蘇友白道吾兄
尊慈在蘇未必游子他鄉愛我實深料無拒絕之理
爲何不可物色盧夢梨道聚散固不由人天下事奇
奇怪的盧兄豈能預定蘇友白道在天者雖定在人
者易知若說小弟日後不來見兄小弟愈可自信若
說日後兄不見弟則兄今日見弟何爲此理之易明
者盧夢梨道今日小弟可見則見後日小弟不可見

則不見亦未可知蘇友白道吾兄一見弟而諄諄肝膽猶虞交淺言深此時情同骨肉而轉爲此糢糊之語不幾交深而言淺乎弟所不解盧夢梨道初時以爲可言故諄諄言之此時以爲不可言故不言也何必費解蘇兄自道小弟一人之身即在此一日之內吾兄何所見而有可言不可言之別盧夢梨道言之可行故欲言言之知不可行又何必言蘇友白道小弟聞所貴乎朋友者貴相知心今兄與弟言且不可

況乎知心既非知己而仁兄違心以賜小弟愐顏而受是以黃金為結交矣小弟雖窮途斷不肯以悠悠行路自處遂欲將珠鐲送還盧夢梨惕然道仁兄何罪弟之深也小弟初見兄時寔有一肝膈之言相告及後詢兄行止知言之無益而且羞人故不欲言非以仁兄為不知心而不與言也吾兄既深罪小弟小弟只得蒙恥言之矣蘇友白道知己談心何恥之有萬望見教盧夢梨羞澁半晌被蘇友白催促不已只

得説道小弟有一舍妹與小弟同胞也是一十六歲姿容之陋醜類小弟學詩學文自嚴親見背小弟兄妹間實自相師友雖不及仁兄所稱淑女之美然憐才愛才恐失身匪人一念在兒女子寔有同心一向緣家母多病未遑擇婿小弟又年少不多閱人兼之門楣冷落故待字閨中絶無知者昨樓頭偶見仁兄翩翩吉士未免動標梅之思小弟探知其情故感遇仁兄謀為自媒之計今挑問仁兄知仁兄鍾情有在

[illegible]難如願故不欲言也今日之見真事成也異日兄
来事已不成再偕目相對縱兄不以此見笑弟獨不
愧於心乎故有或不見之說今仁兄以市交責弟
只得寔告此實兒女私情即今言之已覺面熱顔赤
倘泄之他人豈不令弟羞殺蘇友白聞言謂然驚喜
道吾兄戲言耶抑耻笑小弟耶盧夢梨悽然道出之
肺腑安敢相戲蘇友白道莫非夢耶盧夢梨道青天
白日之下何夢之有蘇友白道若是真豈不令小弟

狂喜欲絕盧夢梨道事之不濟悵也如何仁兄乃謂之喜何哉蘇友白道小弟四海一身忽有才美如仁兄之淑女剛半面而即以終身相許弟雖艸木亦知向春為榮況弟人也云胡不喜盧夢梨道吾兄好逑已自有人豈能捨甜瓜復尋苦李小弟兄妹之私不過虛願耳蘇友白道宋玉有言天下之美無如臣里臣里之美無如臣東隣之子仁兄ゝ妹之美何異於是小弟今遇令妹之美而不知求而浪云求皇豈非

葉公之好画龍，而見真龍反却走也。盧夢梨道：「仁兄既不欲棄捐弟妹，將無於意中之艷，作負心人耶？」蘇友白道：「負心則吾豈敢。」盧夢梨道：「吾固知兄不負心也。使仁兄憐予弟妹而有負於前，倘異日復有負於弟妹者，不又將以弟妹為芻狗耶？無論前人怨君薄倖，亦非予弟妹所重於兄而仰望以為終身者也。」蘇友白道：「仁兄曲諭，不獨深得弟心，而侃侃正言，更使弟敬畏。弟之柔腸癡念，已為兄寸斷百結，不復知有死生性命矣盧夢梨道兄情人也不患情少正患情多顧今日之事計將安出蘇友白微笑道既不獨棄除非兩存但恐非深閨兒女之所樂聞也盧夢梨道舍妹年雖幼小性頗幽慧豈可以兒女視之戀君真誠昨已與弟言之矣娶則妻奔則妾自媒近奔即以小星而侍君子亦無不可但恐兄所求之淑女未必能容耳蘇友白大喜道若非淑女小弟可以無求若果淑女那有淑女而生妒心者三人既許同心豈可

強分妻妾。倘異日書生僥倖，得嬪二女，各不一情，有如皎日。盧夢梨亦大喜道：「兄能如此，不辜弟妹之苦心矣。雖倉卒一言，天地鬼神寔與聞之，就使海枯石爛，此言不朽矣。」蘇友白道：「弟愚，白小姐之事尚屬虛懸，令妹之事既蒙金諾，小弟何不少留數日，就求媒一議。」盧夢梨道：「仁兄初意原為白小姐而來，而半途先婿舍妹，無論先已負心，就使紅玉小姐聞之，自應不悅，豈不開異日爭而不遜之端。況舍妹尚幼，既已許君斷無改移。兄宜速速進京，早完白小姐之事，但只是還有一語相問。蘇友白道：更有何語？盧夢梨道：仁兄雖屬意白小姐，不識白小姐亦知有仁兄否？蘇友白道：仁兄愛我至此，實不相瞞。遂將和新柳詩并後來考送鴻迎燕事情，細說了一遍。盧夢梨道：既如此，兄只消去完白小姐之盟，不必更尋小弟。彼事若完，舍妹之事自完矣。斷無相負。蘇友白道：固知兄不負我，只是幾得相逢，又欲分訣，寸心耿耿。奈何盧夢

梨道弟豈恝然者但以後會甚長為慰今若過於留
恋恐為僕婢所窺異日又增一番物議矣蘇友白道
既是如此盤纏又足小弟即此徑行也不別李老矣
盧夢梨道徑行甚妙小弟尚有一言為贈蘇友白道
仁兄金玉敢求見教盧夢梨道千秋才美固不需於
富貴然天下所重者功名也仁兄既具此拾芥之才
此去又適當鹿鳴之候若一舉成名則凡事又易為
力矣大都絕世佳人既識憐才自能貞守何必汲汲

作兒女情癡之態以誤丈夫事業蘇友白改容深謝道仁兄至情之言當銘五內倘得寸進歸途再圖把臂二人說罷蘇友白原是空身只叫小喜帶上園門道我們就往此去罷盧夢梨道從此小徑遶過城灣就是北門小弟本當遠送奈怕有人看見不便只此就別了蘇兄前途保重一面說一面落下幾點淚來忙以衫袖掩住蘇友白見了也忍不住數行泣下道離別之懷爾我雖堪閨中弱質又將奈何幸為我蘇

友白一道殷勤。盧夢梨含淚點首。二人又眷戀一會。沒奈何分手而去。正是、

意合情偏切、　情深別更難、

丈夫當此際、　未免淚珠彈、

盧夢梨歸去不題、却說蘇友白轉出北門、恐怕李中書錢舉人來纏攪、不敢到舊店主家去、只得又另尋一家安歇、拿些散碎銀子、倩了行李、僱了馬匹、到次日絕早就行、一路上癡癡迷迷、只是想念、起初只得

白小姐一人，如今又添了盧夢梨與盧小姐二人，弄得滿心中無一刻之安。一時想道：白小姐雖見其才，未覩其貌；盧小姐雖也未見其貌，然其兄之美如此，則其妹之丰姿可想見矣。此婚得成，無論受用其妹，即日與其兄相對，也是人生一快。一時又想道：盧夢梨雖然年少，却慮事精詳，用情真至，自是一慧心才人。既稱其妹有才，斷非過譽，即使學問不充，明日與白小姐同處閨中，不愁不漸造高妙。我蘇友白何福，遘此二美、心中快暢、不覺信馬而行、来到一鎮、忽聽得兩面鋪兵鑼、兵々乒々敲將来、隨後就是一對々清道藍旗、許多執事擺列將来、蘇友白問人、知是按院出巡回来、只得下了馬、立於道傍、讓他過去、不多時、只見一柄藍傘、一乘大轎、數十衙役簇擁着一位官人、過去後面許多官舍跟隨、內中一箇承差、見了蘇友白、看了一看、慌忙跳下馬來道、這是大相公、小的春前那裡不尋到、如何今日卻在此處、蘇友白喫了一驚道、你是何人、那承差道、小的是按院蘇老爺承差、老爺春間曾差小的來接大相公、〻〻〻難道就忘記了、蘇友白道、原來是兄、老爺如今在那裏、承差道、方纔過去的、不是、蘇友白道、原來就是家叔、家叔復命不久、為何又點出來、承差道、老爺不喜在京中住、前任湖廣、止得半年、故又補討此差出來、老爺自尋大相公不見、時常懸念、大相公快上馬去見老爺、蘇友白依言上馬、又復轉來、承差也上了馬、說道、大相公謾來小的先去報知老爺遂將馬加上一鞭跑向前去不多時又走轉迎着蘇友白說道老爺聽見大相公在此甚是歡喜說道路上不好相見叫小的服事大相公同到衙中去相會蘇友白道回到縣中尚有三四十里路今日恐不能到承差道老爺衙門在府中不往縣間過此去到府中止得七八里路了二人一路問些閒話不多時早到了衙門守門人役接着道大相公快請進去老爺在内堂立等蘇友

白下了馬叫小喜打發了整衣冠竟進後堂来只見蘇御史果立在堂上等候蘇友白進得堂来就請蘇御史拜見拜畢命坐就坐於蘇御史側邊蘇御史看蘇友白人才秀美滿心歡喜因說道我記得見賢侄時尚是垂髫數年不見不意竟成一美丈夫使劣叔老懷不勝欣慰蘇友白道愚侄不幸幼失嚴親早歲慈母見背又緣道途修阻不能趋侍尊叔膝前以承先教遂致孤身流落有墮家聲今瞻前思後慚愧

何堪、蘇御史道、劣叔老矣、既無嗣續、況且倦遊、前程有限、我看賢侄英〻、器宇自是千里之駒、異日、當亢吾宗。劣叔可免門户憂矣、蘇友白道、愚侄失之於前、尚望尊叔教之、於後、倘不至淪落、聊以、衒眉山一派、亦可稍盡後人之責。蘇御史道、我既無子、汝又父母雙亡、我春間曾有書與汝、道及此事、意欲叔侄改為父子、聊慰眼前寂莫、至於異日誥贈、當還之先兄先嫂、如不然、則是欲續吾嗣、而絶汝宗也、不知賢侄會細思否。蘇友白道：尊叔此意，見之遠，慮之審，使孫子有托，實二先人之所深願也。先人所願，愚侄未有不願者。蘇御史聽了大喜，遂擇一吉日，安排酒筵，令蘇友白拜他為父。自此以後，遂以父子稱呼。府縣司道及合郡鄉官聞知按院繼了新公子，都來慶賀送禮。不想李中書也在其中，就將寫畫四景的錦屏送來。這日蘇御史公堂有事，就着蘇友白到賓館中來接待眾鄉官。李中書看見新公子就是蘇友白，着了一驚惶忙出位作揖謝罪道前日多有得罪治弟拜客回来不知兄翁為何就徑行了自是怪治弟失陪治弟備了些薄礼鋪陳四下訪問並無踪跡以一時俗兄開罪賢豪至今悔悞無已更不知為驄馬貴介真可謂有眼不識泰山今幸再覩台顏簡慢之罪乞容荆請蘇友白道前擾尊府不勝銘感小弟次日緣有薄事急於要行又恐復叨錢君故未及謝別賢主非敢過求李中書道兄翁海量或不深罪然治弟反之

於心，終屬不安，又再三修過，方隨衆鄉官別去，正是：

接貧驕傲　趨貴足恭

小人常態　天下皆同

蘇御史公堂事畢，查點禮物，金銀細緞食用之物，一槩不受，止有詩畫文墨，閱係贊揚德政者，皆稱名為號，只得受了，一一細看，大都套語為多，看到李中書錦屏四詩，清新雋逸，筆墨不群，心下甚愛，就叫衙役擡到後堂，擺列賞玩，適置蘇友白走來，蘇御史就指與蘇友白看道此四詩筆鮮句逸絶無雕鑿我甚愛之李中書資郎自不解此不知出之何人我問你亦愛詞賦此詩不可以其應酬而不覺也蘇友白道此四詩實孩兒代筆倉卒應酬豈足當父親珍賞蘇御史又驚又喜道這又奇了我就疑山東無此雋筆亦不意吾兒才美如此我且問你你如何得代他作蘇友白道前日孩兒來時途中被劫行李盡失不能前行在旅次中偶然相遇他許贈孩兒盤費故孩兒代

他作詩只説是送按臺亦不知就是大人蘇御史道連日忙忙我到也不曾問得你我春闈着承差接你你許了來為何後又不至今日到此却又為何蘇友白道孩兒在家時出門甚少原不識路彼時只道江口大路易行竟信馬而走不意錯走到白容鎮上白石村去次日急要趕回不料感了些寒病不能動身只得借了一個觀音菴住下養了半月病方好故失了大人之約今日之來就因孩兒在寺裏住時訪知

彼地白卿宦有一女、多才能詩、美麗異常、孩兒妄想欲求為婦、人人都道白公擇婿甚嚴、不輕許可、孩兒又訪知金陵吳翰林是他至親、言則必從、今聞吳翰林欽詔進京、故孩兒此來、一則尋訪大人、二則就要央求吳翰林為媒、蘇御史道、原來有許多緣故、這白卿宦想定是白太玄了、白太玄是我同年、他的事我細細盡知、他女兒詩才果妙、此老擇婿果嚴、只因為求婚不從、幾乎連性命不保、蘇友白問道、為何蘇御史就將賞菊花代作詩及楊御史求親不遂舉保迎請上皇之事細細說了一遍道以汝才華求他作配自是佳偶吳瑞庵作伐固好我寫書去也有幾分肯此老任性而又多疑尚有幾分不穩蘇友白道為何不穩蘇御史道你今縱有才情只是一窮秀才他科甲人家恐嫌寒微故曰不穩以我想來目今試期近了我看你才學亦已充足我與你納了北監竟去先求功名倘得少年登第意興勃勃那時就央吳瑞庵

為媒、我再一封書去、就十分有望、不患不成矣、功名既就、婚姻又成、一則遂你之願、二則滿我之望、豈不美哉、蘇友白見蘇御史之言、與盧夢梨之言相合、便如夢初醒、遂爾承應道、大人嚴訓、敢不聽從、只因這一去、有分教龍虎榜中標名、顯姓婚姻簿上跨鳳求凰、正是、

天意從來斷富貴、人情到底愛功名、
謾誇一字千金重，不帶烏紗只覺輕

不知蘇夔白去取功名如何且聽下回分解

## 第十五回

### 秋試春闈雙得意

詩曰人生何境是神僊服藥求師總不然寒士得官如得道貧儒登第似登天玉堂金馬真蓬島御酒宮花實妙丹謾道山中多甲子貴來一日勝千年

却說蘇御史與蘇友白算計停當就一面差人去起文書又一面打點銀子差人進京去納監御史人家

幹事、甚是省力、不幾日便都打點端正又過了幾日、蘇御史就對蘇友白說道、我這衙門中多事、你在此未免忙〻碌〻過了、如今既要求名、莫若早送你進京、尋一靜地潛養〻、庶幾有益蘇友白心下也要進京訪吳翰林消息連〻應諾便就擇日起程、府縣并各鄉官聞知、都來送行作餞、李中書加意奉承、又忙亂了幾日、方拜別蘇御史長行、此時是按院公子、帶了小喜、并幾個承差、裘馬富盛、一路上好不雄豪、與前窮秀才落〻行藏大不相同不一日到了京中尋個幽靜下處住了一面去行進監之事就一面差人打聽吴翰林消息不意吴翰林數日前已點了湖廣正主考出京去了蘇友白惆悵不已然沒法奈何只想着盧梦梨之言安心讀書以為進取之計時光易過倏忽之間早已秋試之期蘇友白隨衆應試三塲已畢到了揭曉之日蘇友白高〻中了第二名經魁報到山東蘇御史不勝歡喜就寫書差人送與蘇

友白叫他不必出京可於西山中尋一僻寺安心讀書率性等來春中了進士一同討差回省祭祖此時不必往來道路徒費精神蘇友白一中了就思南還一來迫於父命二來吳翰林尚未回京三來恐一舉人動白公不得只得在京中捱過殘冬到了新年轉眼已是春闈蘇友白照舊入場真是文齊福齊又高高中了第十三名進士及至殿試又是二甲第一已選了館職只因去秋順天鄉試宰相陳循有子叫做

陳英王文有子叫做王倫俱不曾中得二相公懷恨因上一疏劾奏主考劉儼王諫二人閱卷不公請加重罪彀了少保高穀回奏景泰皇帝說道大臣子與寒士並進已自不可況又不安於命欲搆考官可乎景泰皇帝心下明白遂不加罪主考却又撤二相公體面不過因特旨欽賜陳英王倫二人為舉人一同會試到了會試主考劉儼又分房考恰恰蘸交白又是劉儼房中中的況且中的又高及殿試又是二甲

第一、蹉了館職二相公因恨劉儼、遂與吏部說了、竟將蘇友白改蹉了浙江杭州府推官、蘇友白聞報、以為有了衙門、便可出京、又以為浙江必由金陵過、便可順路去與白公求親、到滿心歡喜、不以為怪、只候蘇御史來京復命、相會過、便要起身、不期蘇御史未來、恰恰吳翰林到先來復命、蘇友白訪知甚喜、忙寫一箇鄉眷晚生的名帖去拜見、原來吳翰林在鄉會試錄上見蘇友白中了、甚是歡喜、及見是河南籍貫、又以為同名同姓就丢開了這日来拜見名帖上用一鄉字心下又驚又疑就不思不在連忙出去接待到得前所遠〻望見蘇友白進来恰原是當年梅花下題詩的風流年少自以為眼力不差滿心歡喜就笑欣〻將蘇友白迎上廳来蘇友白見了深〻打恭以前輩禮拜見吳翰林礼畢就坐吳翰林就問道去歲令兄下顧小酌奉攀時只知賢兄在鄉間歲修要應南試故未蒙降重不知何故後又改入北雍而注

河南籍貫蘇友白驚訝道晚生不幸父母早背隻身
並無弟兄去春自得罪台臺之後即浪遊外郡偶過
齊魯獲遇家叔〻〻自念無嗣又念晚生孤身遂收
育為子故得僥倖北雍河南者從父籍也吳翰林道
令姊莫非臺中蘇方回兄麽蘇友白道正是吳翰林
道原來如此賢兄既無兄弟則去歲來為賢兄要小
弟與白太玄作伐者卻是何人蘇友白喫驚道晚生
雖寔有此念卻未曾託人相求不識老先生還記得

此人名字否、吴翰林道、只記得説是令兄、名字却忘了。因問曾書帖家人、〻〻稟道、名字叫做蘇有德。蘇友白聽了、又喫一驚道、原来是蘇有德。因歎息道、甚矣人情之難測也。吴翰林道、却是為何。蘇友白道、晚生去春曾留錦石村、窃慕令甥女之才、欲求為蘋蘩主、百計不能、後訪知惟老先生之言是聽、故欲回京相懇、不意行至半途、忽遇蘇有德、再三款留、詢問晚生行藏、晚生一時不慎、遂真情告之、彼詐知晚生之意遂力言老先生已欽召進京徒勞往返因勸晚生便道進京又贈晚生行李之費彼時晚生深感其義氣故竟渡江北行不知其蓄假冒狡謀而有誑于老先生也此時不識老先生何以應之吴翰林道小弟一聞賢兄之教隨撲書與舍親矣因笑道這件事如今看来自是賢兄當面錯過如今却又千里求人蘇友白諤然道却是為何吴翰林道前歲白太玄奉命使虜慮有不測遂以甥女見托小弟在靈谷寺看梅

見賢兄詩才並丰儀之美，遂欲以甥女附喬以完合親之托。總一甥女也，不知賢兄昔何所見，而固執不從；今又何所聞而諱〻如此？豈非當面錯過，而又千里求人。蘇友白聽了，竟癡呆了半晌，因連〻謝罪道：晚生自作之孽，應自受之。只是晚生日寝處於老先生恩私中，而竟不知，真下愚也。吴翰林道：亦非賢兄之過，總是好事多磨耳。蘇友白道：多磨猶可，只恐蘇有德這奸人借老先生尊翰大力負之而去，則奈何？

吴翰林道這斷不能白舍親家精細愼重豈容奸人假冒就使舍親輕信舍甥女何等慧心明眼料無墮他術中之理此兄亦徒作此山鬼伎倆耳賢兄萬〻放心至於賢兄之事都在小弟身上蘇友白忙深〻打一恭道全賴老先生始終玉成晚生不敢忘德喫了三道茶又敘了些寒溫方纔辭出正是

霎隱鷺鷥飛始見　柳藏鸚鵡語方知

蘇友白因見吴翰林將前情細〻剖明心中無限追

悔道：早知燈是火，飯熟已多時。當時不細心訪問，對面錯過，如今東西求人，尚不知緣分如何。又想道：白小姐之美，人人稱揚，似非虛贊。當日後園所見，却未必佳。莫非一時眼花，看不仔細？又想道：我聞他自有一女，已許了人，或者看的是他，亦未可知。心下終有些狐疑。不一日，蘇御史來京復命，父子相見，不勝之喜。蘇御史道：你功名已成，只有婚姻了。我明日見吳瑞菴，求他周旋，我再寫一書與他，料無不成之理。蘇友白因心下有事急々打點要行、蘇御史見憑限緊急、也不敢苦留、又過了數日、就打叠蘇友白起身、蘇友白此時、就有許多同年、及浙江地方官餞送、好不興頭、正是、

來、無、冠、蓋、迎、○歸、有、車、徒、馭、
此此一人身○前後分恭倨、

蘇友白出得都門、本該竟往河南去祭祖、只因要見盧夢梨、就分付人夫要打從山東轉到河南、人夫不

敢違拗只得往山東進發行得十數日就到了鄒縣蘇友白叫人夫俱在城外住下只帶了小喜仍照舊時打扮進城來尋訪不多時到了盧家門首只見大門上一把大鎖鎖了兩條封皮橫豎封着絕無一人蘇友白心下驚疑不定只得又轉到後園門首來看只見後園門上也是一把鎖兩條封皮封得緊緊蘇友白愈覺驚疑道這是為何莫非前日是夢再細看時前日與盧夢梨同坐的一塊白石依舊門前四圍

樹木風景宛如昔日只是玉人不知何處恰似劉阮重到天台、般蘇友白只管沉吟惆悵不期隔壁李中書的家人、俱是認得蘇友白的、在前門看見了、即晴々報知李中書、々々々此時已知蘇友白是簇々新一個進士、巴不得要奉承、忙叫人四下邀住、隨即開了後門來迎接、只見蘇友白在盧家園門首、癡々立着、忙上前作禮道、兄翁聯捷未及面賀為罪今日降臨為何不一光顧、卻在此徘徊蘇友白忙答禮道

正欲進謁、偶過於此、覽此風光如故、不覺留連、何期
驚動高賢、乃承降重、李中書一面說、一面就邀蘇友
白進園中來、二人重新講礼、畢、李中書就叫人備
酒、定要留酌、又叫人去請錢舉人來陪、蘇友白因要
訪盧家消息、也就不辭、不一時有酒、了錢舉人也來
了、相見過、敘些寒溫、就上席喫酒、喫了半晌、蘇友白
因問道、前日學生在此下榻時、曾在後園門首遇見
隔壁盧家公子、甚是少年、今日為何園門封鎖、一人

不見李老先與之緊隣必知其詳李中書道隔壁是
副史盧公諱一泓的宅子自盧公死他公子尚小止
好五六歲此外惟他夫人與一幼女寡處並無餘丁
那得少年兄翁莫非錯記了蘇友白驚訝道學生明
明遇着接談半日安得錯記莫非是親族人家子侄
暫住於此李中書道盧公起家原是寒族不聞有甚
親眷況此公在日為人孤峻不甚與人往来他的夫
人又是江南宦家此人兄懸遠且治家嚴肅豈容人家

子侄來往或者是外來之人有求於兄翁故冐稱盧公之子蘇友白道豈兄不獨無求於弟且大有德於弟分明從園中出入豈是外人這大奇了李中書道兄翁曾問他名字否蘇友白道他名夢梨李中書想了想道夢梨二字彷彿像他令愛的乳名因笑笑道莫非他令愛與兄翁相會的蘇友白也笑道盧公子幼別無少年這也罷了且請問為何前後門俱封鎖雖道他夫人與令愛也是無的李中書笑道夫人與

令愛這是有的、蘇友白道、既有而今安在、李中書道、半月前往南海燒香去了、故空宅封鎖於此、蘇友白道、只為南海燒香、為何挈家都去、只怕其中還有別故、錢舉人接說道、燒香是名色、實是別有一箇緣故、小弟略聞一二、却不得其詳、蘇友白道、敢求見教、錢舉人向李中書問道、老丈亦有所聞麼、李中書道、別有緣故、到不曉得、錢舉人道、聞得盧公有一仇家近日做了大官、聞知盧公死了、要來報仇、故盧夫人借燒香之名、寔爲避禍而去、蘇友白道、此去不知何往。錢舉人道、盧夫人原是江南宦族、此行定回江南、收拾家去了、蘇友白聽了、神情俱失、只得勉强酬應、又飲了半日、只等衆人都來了、方纔謝別李錢二人起身。正是

記得春風巧笑。　忽爲明月蘆花。
細想未來過去。　大都載鬼一車。

蘇友白別了李錢二人、就叫人夫往河南進發、一路

上只管道、盧郎贈我的金鐲明珠、日在衣袖中、而其人不知何處、他夫人與小姐既避禍去、未必一時便歸、且江南宦族甚多、何處去問他、當日曾說重來、未必能見、便有深意了、既重來難見、何不并當時不見、奈何相逢戀戀、別去茫茫、單留下這段相思與我、又想道、他說白小姐事成、他事亦成、我看盧兄有心人、或別有深意、亦未可知、莫若且依他言、去求白小姐之事、正是、

得之為喜　　來得為愁
喜知何日　　愁日心頭

按下蘇友白一路上相思不題且説白侍郎自從病好了也不出門也不見客只在家中與白小姐作詩消遣到南塲秋試録看試録上却不見有蘇友白名字及順天試録刋第二名轉是蘇友白及看下面却是監生河南人心下驚疑因想道莫非蘇友白因前程黜退納了北監又想道監便納的籍貫却如何改

得自是同名同姓也就丟開到了次年春間又想道我擇婿數年止有這個蘇友白中意卻又浮蹤浪跡無處去尋訪○女孩兒今年已是十八于歸之期萬不可緩我聞武林西湖乃天下之名勝文人才子往往流寓其間我乘此春光何不前去一遊一則娛我老懷二則好歹擇一佳婿完紅玉婚姻之事只是他一人在家不便心下躊躇不定又過了數日忽報山東的盧太太同小姐與小公子拏家都到在外面白公

大驚道、這是為何、慌忙叫將盧太〻與盧小姐的轎檯進後所来、其餘僕從、且簇在前堂、原来這盧太〻、正是白公的妹子、不一時轎進後廳、白公與紅玉小姐樓住、先是白公與盧夫人兄妹拜見過、就是盧小姐與小公子拜見母舅、白公道、甥兒甥女、幾年不見、也是這等長成了、拜畢、就是白小姐拜見盧姑娘、白小姐拜罷、纔是姊妹、并小兄弟三人交拜、大家拜完、坐定、白公就問道、只因路遠、久不相聞、不知今日為着何事、却挈家到此、盧夫人道、你妹夫在江西做兵備時、有一個金谿知縣做官貪酷、你妹夫上疏將他參壞了、不知淺来怎麼又謀幹改補了別縣、如今又不知怎麼行取了御史、探知你妹夫去世、他舊恨在心、新又點了山東按院、要来報仇、我一個孤寡之人、你外甥又小、山東又無親族、如何敵得他過、故與甥女商議、要他未曾入境、推說南海燒香、来借哥〻這裏暫住些時、避他一避、白公道、原来為此、這也論得是如今時勢這等惡人只是避他避罷了且吾妹今日来得正好我目下要往武林一遊正慮你侄女獨自在家無人看管恰好吾妹到来可以教訓他又有甥女與他作伴我就可放心去了盧夫人道有我在家相陪姪女哥々去自不妨只是我此来一則避禍二則還有一事要累哥々白公道又有何事盧夫人道自你妹夫去世門庭冷落你甥女今年是十七歲了婚姻尚未有人雖有幾家来求我一寡婦見人不

便雜於主張故同他來要求娘舅與他擇一佳婿完他終身之事白公歎一口氣道擇婿到也是件難事我為紅玉婚事受了多少惡氣至今尚未得人你是一個婦人家更不便於選擇既是托我我當留心但我看甥女容貌妍秀體態端淑女紅諸事自然精工盧夫人道描鸞刺繡針指之事雖然件件皆能卻非其好素性只好文墨每日家不是寫字就是做詩自小到如今這書本兒從未離手他父親在日常常說

他聰明、任他吟弄、我也不知他做得好、做得不好、[illegible]舅我時閒了考他一考、白公驚喜道、原来也好文墨、正好與紅玉作對、白公口便是這等說○、心下也只道他略略識字、未必十分、說罷、就吩家人收拾内所傍三間大樓、與盧夫人同小姐公子住、行李搬了進来、其餘僕從、都發在外面群房内住、安置停當、就分付備酒接風、不一時酒有了、是兩棹、一棹在左邊、盧夫人坐了、盧小姐與盧公子就坐在横頭、一棹在右邊白公坐了、白小姐就坐在横頭、兄妹一面飲酒、一面說些家事、飲了一會、盧夫人問白小姐道、姪女今年、想也是十七、白小姐答道、十八了、盧夫人道、這等大夢梨一歲、還是姐姐、白公道、我一生酷好詩酒、兒無子嗣、到虧你侄女日夕在前吟弄、娛我晚景、今不意甥女也善文墨、又是一快、因對夢梨小姐說道、你有做的或詩或詞、誦一篇與我賞玩、夢梨小姐答道、雖有些舊作、俱是過時陳句。不堪復吟。毋舅若肯教誨甥女乞賜一題容夢梨呈醜求母舅與姐姐改政白公聽了大喜道如此更好也不好要你獨做我叫紅玉陪你盧小姐道得姐姐同做使甥女有所模倣更為有益白公心下還疑慮小姐未必精通因暗想道我若出一題二人同做便妍媸相形不好意思莫若出兩個題目各做一首縱有低昂便不大覺了因說道我昨日偶會金陵一友傳来二題到也有致一個是老女歎一個是擊腕歌他說金陵詩社中名公無

人不做、你姊妹二人、何不就將此題、各祐一首、盧小姐答道、是、還求母舅將題目閱開、白公道、這箇不難、隨叫嫣素取過筆硯、并兩幅花箋、一幅上寫了老女歎、一幅上寫了擊腕歌、下面都注了、要四換韻歌行、寫完、到將題目卷在裏面、外面却看不見、又拿起来撹一攪、並放在棹上道、你二人可信手各取一幅去、二小姐忙立起身来、各取了一幅、打開一看、白小姐却是老女歎、盧小姐却是擊腕歌、原来白公與白小姐時常做詩、這些侍婢都是做事慣的、見二小姐分了題、就每人面前送過筆硯來、此時二小姐各要逞才、得了題、這一個構思向空、那一個就練句陽春、只見兩席上墨花亂墜、筆態横飛、頃刻間各上詩成四韵、正是、

筆落驚風雨、詩成泣鬼神、
千秌才子事、一旦屬佳人、

二小姐詩做完了、却也不先不後、同送到白公面前、

白公看見盧小姐做詩，殊無苦澁之態，能與白小姐一時同完，心下已有三分驚訝，就先展開一看，只見上寫着：

攀腕歌

楊柳花飛不捲簾，美人幽恨上眉尖。
翠蛾春暖嫩未畫，金針晝長嬌不拈。
欲隨紅紫作癡玩，蹋青鬭艸時俱換。
笑語才郎賭弈棋，不賭金釵賭攀腕。

鞦韆擊腕最消魂○欲擊遲遲意各存○
輕攪素綃雲度影○斜飛春笋玉留痕○
相爭相擊秋千下○擊重擊輕都不怕○
盡日貪歡不肯休○中庭一樹梨花謝○

白公細細看完、見一字字尖新秀雋、不覺真心驚喜○因對盧夫人說道、我只道是閨娃識字、聊以洗脂粉之羞○不知甥女有如此高才○謝家道韞不足數矣○就一面將詩遞與白小姐道、我兒你看句逸字芬真香○

奩佳詠你今日遇一敵手矣白小姐看了也賛不絕口盧小姐遂謝道甥女閨中孤陋蕪詞惡陋妖冶尚望舅舅與姐姐教正說罷白公方將白小姐詩展開來看只見上寫着

老女歎

春來紫陌花如許　看花陌上多遊女
花開花落自年年　有女看花忽無語
看花無語有所思　思亂傷心人不知

記得画眉妬新月　曾經壓髩笑簪枝
前年恨殺秋風早　今春便覺腰圍小
可憐如血石榴裙　不及桃花顏色好
歲月無情只自嗟　幾迴臨鏡憶當初
隣家少婦不解事　猶自妝成矜向予

白公看了道渾含不露深得盛唐風髓當與甥女並驅中原不知鹿死誰手因叫嫣素送與盧小姐看盧小姐細細看了因稱贊道姐姐佳作體氣高妙絕無

煙火、小妹方之、滿紙斧鑿矣、因瞻想道白小姐才華

如此、怪不得蘇郎癡想、只同這兩首詩、你教我愛久

添上許多親熱、正是

親情雖本厚、到底只親情

才與才相合、方纔愛慕生、

二小姐不知後來如何、且聽下回分解、

# 第十六回

## 花姨月姊兩談心

詩曰：謾言二女不同居，只是千秋慧不如。記得英皇共生死，未聞鑾素異親踈。亍躬不閱情原薄，我見猶憐意豈虛。何事醋酸鶼肉妬，大都愚不識閨雎。

却說白公自見盧小姐作詩之後，心下甚是歡喜，道：「我到處搜求，要尋一個才子，却不能彀。不期家門之中到又生出這等一個才女来正好與紅玉作伴只是一個女婿尚然難選如今要選兩個越發難了莫若乘此春光往武林一遊人文聚處或者姻緣有在亦未可知遂與盧夫人及紅玉夢梨二小姐將心事一一說了便分付家人打點舟車行李就要起程紅玉小姐再三叮囑道家中雖有姑娘看督爹爹暮年在外無人侍奉亦須早歸白公許諾不一日竟帶領幾個家人往武林去了不題却說白小姐見盧小姐

顏色如花才情似雪十分愛慕盧小姐見白小姐詩思不群儀容絕世百般敬重每日不是你尋我問奇就是我尋你分韵花前清晝燈下良宵如影隨形不能相捨說来的無不投機論来的自然中意一日白小姐新妝初罷穿一件淡淡春衫叫嫣素拿了一面大鏡子又自拿一面走到簾下迎着那射進來的光亮左右照看不料盧小姐悄悄走來看見微笑道閨中韻事姐姐柰何都要占盡今日之景又一美題也

白小姐也笑道賢妹既不容愚姐獨占又愛此美題何不見贈一詩便平分一半去矣盧小姐道分得固好但恐點染不佳反失美人之韻又將奈何白小姐道品題在妹姐居然佳士雖毛顏彼生亦無慮矣盧小姐遂笑上忙索紙筆題詩一首呈上白小姐一看只見上寫五言律一首

美人簾下照鏡

妝成不自喜　鸞鏡下簾隨

影落迴身盼梨花春對月巳足銷人魄
光分逐鬟窺楊柳曉臨池何須更拂眉

白小姐看了歡喜道瀟灑風流六朝佳句若使賢妹是一男子則愚姐願侍巾櫛終身矣盧小姐聽了把眉一蹙半晌不言道小妹既非男子雅道姐姐就棄捐小妹不成此言殊薄情也白小姐笑道吾妹誤矣此乃深愛賢妹才華願得終身相聚而恐不能故為

此不得已之極思也。正情之所鍾。何薄之有。盧小姐道。終身聚與不聚。在姐與妹願與不願耳。你我若願。誰得禁之。而慮不能。白小姐道。慮不能者。正慮妹之不願也。妹若願之。何必男子。我若不願。不願妹為男子矣。盧小姐乃囬嗔作喜道。小妹不自愧其淺。反疑姐姐深意。真可笑也。只是還有一說。我兩人願雖不違。然聚必有法。但不知姐姐聚之法。又將安出。白小姐道。吾聞昔日娥皇女英。同事一舜。姐深慕之。不識妹有意乎。盧小姐大喜道。小妹若無此意。也不來了。白小姐道。以你我才貌。雖不敢上媲英皇。然古所稱閨中秀林下風。頗亦不愧。但不識今天之下。可能得一有福才郎。消受爾我。盧小姐沉吟半晌道。姐姐既許小妹同心。有事便當直言。何必相瞞。白小姐道。肝膽既瀝。更有何事相瞞。盧小姐道。既不瞞。我姐姐意中之人。豈非才郎。何必更求之天下。白小姐笑道。妹何詐也。莫說我意中無人。縱我意中有人。妹亦何從而知也盧小姐大笑道俗語說得好若要不知除非莫爲況才子佳人一舉一動關人耳目動成千秋佳話妹雖踈遠寔知之久矣白小姐不信道妹既知之何不直言莫非誤聞張軌如新柳詩之事乎盧小姐笑道此事人盡知之非妹所獨知也妹所知者非假冒新柳詩之張乃真和新柳詩並作送鴻迎燕之蘇也白小姐聽見說出心事便癡呆了做聲不得只目視嫣素盧小姐道姐妹一心何嫌何疑而作此

態白小姐驚訝半晌知説話有因料瞞不過方説道妹真有心人也此事只我與嫣素知道雖夢寐之中未嘗敢泄不識吾妹何以得知莫非我宅中婢妾有窺測者而私與妹言盧小姐笑道姐〻此事鬼神不測那有知者此語寔出蘇郎之口入小妹之耳別無知者姐〻不必疑也白小姐道此言乃妹〻戲我蘇郎去此將一載矣我爹〻叫人那裏不去尋訪并無消息知他近日流落何方就是到在山東妹〻一個

閨中艷質如何得與他會盧小姐道姐〻猜疑亦是但小妹寔是見過蘇郎談及姐〻之事决非虛哄姐〻白小姐道妹〻說得不經不情叫我如何肯信盧小姐道姐〻今日自然不信到明日與蘇郎相會時細〻訪問方知妹言之不誣也白小姐道蘇郎斷梗浮萍一去杳然似不以我為念妹〻知無相會之期故為此說盧小姐道姐〻是何言也蘇郎為姐〻婚事東西奔走不知有生奈何姐〻為此薄倖之言豈

不幸負此生一片至誠。昨秋已登北榜、何言斷梗浮萍。白小姐驚喜道、北榜第二名、原來還是他、為何寫河南籍。盧小姐道、聞知他叔子蘇按院是河南人、如今繼他為子、故此就入籍河南。白小姐道、他既中舉、就該歸來尋盟、為何至今絕無音耗。盧小姐道、想是要中了進士、纔歸。姐姐須耐心俟之、諒也只在早晚、白小姐道、我看賢妹言之鑿鑿、似非無據、但只是妹妹一個不出閨門女子、如何能與他相見、若是轉問於人、又未必曉得這般詳細、妹〻既肯愛我、何不始末言之、釋我心下之疑、盧小姐道、言已至此、只得與姐〻寔說了、只是姐〻不要笑我、白小姐道、閨中兒女之私、有甚於此、妹不嗤我足矣、愚姐安敢笑妹、盧小姐道、既不相笑、只得實告、去年蘇郎為姐〻之事、要進京求吳翰林作媒、不期到了山東路上被刼、行李俱無、在旅次徘徊、恰好妹子隔壁住的李中書遇見、說知此情、見蘇郎是個飽學秀才、就要他做四景詩做錦屏送按院、許贈盤纏、故邀他到家、留在後園居住、妹子的住樓、與他後園緊擦、故妹子得以窺見、因見他氣宇不凡、詩才敏捷、知是風流才子、妹子因自思父親已亡過了、煢煢寡母兄弟又小、婚姻之事、誰人料理、若是株守常訓、豈不自誤、沒柰何只得行權改做男裝在後園門首與他一會、白小姐聽了驚喜道、妹子年紀小小、不意到有這等奇想、又有這等俏膽可謂美人中之俠士也、盧小姐道、也不是甚奇想就是姐々願妹爲男子不得已之極思也、白小姐道、這也罷了、但妹子與他作會、我的事如何說的起、書生可謂多口、盧小姐道、非他多口、只因妹子以婚姻相托、他再三推辭、不肯承應、妹强逼其故、他萬不得已、方吐露前情也、且事在千里之外、又諒妹必不能知、不意說出舅々與姐々、恰我所知、信有緣也、白小姐道、賢妹之約、後來如何、盧小姐道、我見他與姐姐背地一言、他生不負、必非浪子、今日不負姐々則異目必不肯妹故妹子廹之愈急他不得已方許雙栖妹子所以借避禍之機勸家毋来此相依實為有以一段隱情要来謀之姐姐不意姐姐弘関睢樛木之量許妹共事與蘇郎之意不謀而合可謂天從人願不負妹之一段苦心矣白小姐道賢妹真有心人也蘇生行止我茫然若堕煙霧不是妹妹說明至今猶然蕉鹿妹妹又能移花接木捨己從人古之女俠當不過是蘇生别去後来入籍河南之信妹又何以

得知、盧小姐道隔壁李中書尋好趨承勢要、前日見他備厚禮去賀按院新公子、說就是題詩之人、因前慢他、故欲加厚、非蘇君而誰、按君河南人、故妹子知其入籍、後北榜發了、李中書又差人去賀、故知他中、白小姐道、如此說來、是蘇郎無疑矣、彼既戀戀不忘、則前盟自在、令又添賢妹一助、異日閨閫之中不憂寂寞矣、盧小姐道前日妹子避乱來此、恐蘇郎歸途不見、無處尋我、曾差一僕進京寄書與他、尚無回信、目今會試已過、但不知蘇郎曾僥倖否、姐〻何不差人一訪、白小姐道我到忘記了、前日有人送會試錄與爹〻、我因無心、不曾看得、今不知放在何處、嫣素在傍道想是放在夢艸軒中、待我去尋了來、不多時果然就尋了來、二小姐展開來看、只見第十三名就是蘇友白、二小姐滿心歡喜道可謂天從人願矣自此之後、二小姐愈加敬愛、一刻不離、正是、

一番辛苦蜂成蜜、　百結柔情蚕吐絲、

不是美人親說破。寒温冷暖有誰知

按下白盧二小姐、在閨中歡喜不題、却說蘇友白、從山東一路轉到河南、祭了祖、竟往金陵而來、不一日到了、就要到錦石村来拜白公、一面備辦礼物、一面就差人將吳翰林、與蘇御史的兩封書先送了去、心下只指望書到、必有好音、不期到了次日、送書人回来稟復道、小的去時、白老爺不在家、往杭州西湖遊賞去了、兩封書交與管門人收下、他說只等白老爺回来方有回書、我對他說、老爺要去拜望、管門的說、他老爺出門、并無一人接待、不敢勞老爺車駕、若要拜、只消留一帖上門簿便是了、蘇友白聽得呆了半晌、心中暗想道、我蘇友白只恁無緣、到山東盧夢梨又尋不見、到此白公又不在家、如何區處、又想道、白公少不的要回来、莫若在此暫等幾日、因又問道、你就該問白老爺幾時方回、差人道、小人問過、他說道、白老爺去不久、賞玩的事情、一月也是、兩三月也是、那裏定得日期、蘇友白想道、白公雖不在家、我明日原去拜他、或取巧見々嫣素、訪問小姐近日行藏也好、又想道、我若去時、車馬僕從前々後々、如何容得一人獨訪、就是所堂之上、嫣素也不便出来、去也徒然、我若在此守候、憑限又緊、既是白公在西湖遊賞、莫若就到湖上去尋他見罷、筭計定了、適值衙役来接、蘇友白就發牌起身、一路無詞、只七八日就到了杭州、一面叅見上司、一面到任、忙了幾日、方纔稍暇、就差人到西湖上訪問金陵白侍郎老爺、寓在何處、差人尋了一日来回復道、小的到西湖各寺、并酒船莊院、都尋遍、并説没有甚麽白侍郎到此、蘇友白道、這又奇了、他家明説到此、如何又不在、又叫差人城中各處去尋訪不題、原来白侍郎雖在西湖上遊賞、却因楊御史在此做都院、恐怕他知道、只説前番在他家擾過、今日来打秋風、因此改了姓名、因白字加一王字、只説是皇甫員外、故無人知道、就租了西泠橋傍一所莊院住下、每日家布衣艸履、叫人携了文房四寶、或是小舟、或是散步、派覧那兩峰六橋之勝、每見人家少年子弟、便留心訪察、一日偶在冷泉亭上閒坐、賞玩那白石清泉之妙、忽見一班有六七個少年、都是闊巾華服、後面跟隨許多家人、携了氈單、擡着酒榼、一擔都到冷泉亭上、要来飲酒、看見白公、先坐在裏面、雖然布衣艸履、體貌清奇、又隨着兩個童子、不像箇落莫之人、便大家拱一拱手、同坐下、不多時、衆家人將酒榼擺齊、衆少年便邀白公道、老先生不棄嫌、便同坐一坐、白公見六七人都是少年、只恐有奇才在內、故不甚推辭、只說道、素不相識、如何好擾、衆少年道、山水之間、四海朋友、這何妨的、白公道、這等多謝了、也就隨衆坐下、飲不得一二杯、內中一少年開道、我看老先生、言語不像是我杭州人、請問貴鄉何處、高姓大名、因何至此、白公道、我是金陵人、覆姓皇甫、因慕貴府山水之妙、故到此一遊、那少年又問道、還是在庠、還是在監、白公道、也不在庠。也不在監。只有兩畝薄田。在鄉間耕種而已、那少年道、老兄既是鄉下人、晚得來遊山水、到是個有趣的人了、白公道、請問列位先生、還是在庠、還是在監內中、又一少年道、我們七人原是同社、因指着衆人道、這三位是仁和學、這兩位是錢塘學、我小弟原也是府學、近加納了南雍、又將手指着那先開話的少年道、惟此位與老兄一樣。也不在學。也不在監。白公道、這等想是高㚑了那少年笑道老兄好猜一猜一着些位姓王是去秋發的族〻新〻一個貴人白公道這等說都是斯文一脈失敬了王舉人就接說道甚麽斯文也是折骨頭的生意你當容易中這個舉人哩嘴唇皮都讀易了反是老兄不讀書的快活多買幾畝田做個財主大魚大肉好不受用又一少年道王兄你既得中就是神仙了莫要說這等風流話像我們做秀才的總是苦哩宗師到了又要科考歲考

學裏又要月考季考朋友們還要做會結社不讀書又雜讀書又雜又一少年道老哥只檢難的說府裏縣裏去說人情喫葷飯容易的就不說了大家都笑起來又喫了半晌內中一少年道酒多了我不喫了我們今日原是會期文字既不曾做也該出個詩題大家做做聊以完今朝一會之案又一少年道酒後誰耐煩做詩那少年道詩就不做出個題目明日見朋友也好搶飾王葬人道不要說這不長進的話要

做就做如詩不成罰酒三碗那少年道這等方有興只是這位皇甫老兄却如何王舉人道他既不讀書如何强他做詩只喫酒罷那少年道有理請出題目王舉人道就是遊西湖罷了那裡又去別尋衆少年道題目雖好只是難做些也說不得了就叫家人將帶來的紙墨筆硯分在各人面前大家做詩也有沉吟構思的也有啣盃覓句的也有枯毫趂草的也有搖首苦吟的大家做了半日並無一個成篇白

公看了不覺失笑王舉人道老兄不要笑你不讀書不曉得做詩的苦古人云吟成五箇字撚斷数莖鬚白公道我書便不讀詩到曉得做兩句衆少年道你既曉得做詩何不就也做一首白公道既要做須限一韵不然這遊西湖詩作者甚多只說是抄舊了王舉人見白公說大話心下想道他既要限韵索性難他一難忽擡頭看見亭傍一顆海棠花因指着說道就以此海棠花的棠字為韻罷白公道使得就叫跟

隨的童子、在拜匣中取出一方端溪舊硯。一枝班管兎毫、一錠久藏名墨、一幅烏絲箋紙、放在席上、衆人看筆墨精良、先有三分疑惑、暗想道、不料這個老兒、到有這様好東西、必定是個財主了、又想道、若足個財主、必做不出正猜疑間、只見白公提起筆来、行雲流水一般、不消片刻、早已四韻皆成、白公做完、衆少年連忙取過来看、只見上寫着、

鶯聲如鐵燕飛忙。　十里湖堤錦綉香。

日蕩芳塵馳馬路　春園笑語蹴毬塲
山通城郭橋通寺　花抱人家柳抱莊
若問東風誰領畧　玉簫金管在沙棠

金陵皇甫老人題

衆少年看了都喫驚道好詩好字又如此敏捷不像是個不讀書的莫非是撰過的老先生取笑我們白公笑道那有此事我學生詩雖做得幾句寔是不曾讀書古人有云詩有別才非關學也此時日已西墜

只見棲白公的家人，擡着一乘山轎，也尋將來了。白公就立起身來，辭衆少年道：「本該還在此相陪，只是天色晚了，老人家不敢久留。」衆少年見此光景，都慌忙起身相送。白公又謝了，竟上轎，家人童子簇擁而去。衆少年猜猜疑疑，知他不是常人，始悔前言輕薄。正是：

秋水何嘗知有海，朝菌決不信多年。
書生何事多狂妄，只為時窺管裏天。

一日偶有昭慶寺僧閒雲来送新茶與白公白公就收檢些素酒留他閒話因問道西湖乃東南名勝人文所聚不知當今少年名士推重何人閒雲道這湖上往来的名士最多然也有真名的也有虛名的惟近日松江来了二位相公一位姓趙號千里一位姓周號聖王這兩個人方是真正名士白公道何以見得閒雲道年又少人物又清俊做出来的文章無一人不稱羡每日間来拜他的鄉紳朋友絡繹不絕天

下的名公貴卿，都是相識，或是求他作文，或是邀他結社，終日湖船裏喫酒忙不了。前日去見撫臺楊老爺，楊老爺面見甚是優待，說遲兩日還要請他哩。昨日又有人來求他題鄉會墨卷，若不是個真正才子，如何騙得許多人動。白公道：此二人寓在那裏。閒雲道：就寓在敝寺東廊。白公道：東廊那一房。閒雲道：不消問得，到了寺前，只說一聲趙千里、周聖王，那一個不曉得。白公道：這等說，果然是一個名士了。又說了些閒話、閒雲別去、白公暗喜道、我原想這西湖上有人、今果不出吾料、我明日去會他一會。○若果是真才。○則紅玉夢梨兩人之事完矣。○到次日葛巾野服、打扮做山人行徑、寫了兩個名帖、只說是金陵皇甫才、帶了一箇小童、來拜訪二人、到了寺前、纔要問、就有人說你們料想是拜趙周二相公的了、往東廊去、白公進得東廊、早望見一僧房門口、許多青衣僕從、或拿帖子、或持礼物、走出走入、甚是熱鬧、白公料道是了、走到門前、就叫小童將名帖遞將過去、管門人接了、回道、家相公出門了、失迎、老相公尊帖留下罷、白公道、你二位相公往那裡去了、管門人道、城裡王春元家請去商量做甚碑文、就順路回拜客去、只怕午後纔得回來、今日是錢塘張爺請回来就要去喫酒了。白公道、既這等、名帖煩管家收了、再来拜罷、管門人應諾、就問小童你相公寓在那裡、我們相公明日好来回拜、小童道、在西泠橋秦衙莊上、說罷、白公方纔出寺、只見進寺來拜趙周二人的紛紛、白公心下咲道、何物少年傾人如此。回到寓所歇息了一回、將近得日落、白公又步到西泠橋上閒看、只見一隻大酒船、笙簫歌吹、望橋下撐來、傍邊有人說道、這是錢塘縣大爺請客、不多時到了橋下、白公留心一看、只見縣尊下陪、上面兩席坐着兩個少年、在那裏高談濶論、遠遠望去。人物到也風流、看不多時就過去了、白公看了、甚是思慕、到次日又去拜、又不在、只候了四五日方見一個家人拿着兩個名帖慌慌忙忙先跑將來問道這是皇甫相公寓處麽家人答道正是那家人道快接帖子松江趙周二相公來拜船就到了白公聽見忙出來迎接只見二人已進門了相讓迎入講禮畢分賓主坐下趙千里就說道前承老生光顧即欲趨謁奈兩日有事於撫臺昨又為縣君招飲日奔走於車馬之間是以候遲萬望勿罪白公道二仁兄青年美才傾動一時使人欣羨周岦王道孤陋

書生、浪得虛名、不勝慚愧、因問道、老丈貴鄉、白公道、金陵、趙千里道、金陵大邦、老丈識大邦人物、因問道、貴鄉吳瑞庵翰林、與白太玄工部、老丈定是相識、白公驚道、聞是聞得、卻不曾會過、敢問二兄何以聞及、趙千里道、此二公乃金陵之望、與弟輩相好、故此動問、白公道、曾會過否、趙千里道、弟輩到處遨遊、怎麽不曾會過、去秋吳公楚中典試、要請小弟與聖王兄、去代他作程文并試錄前序、弟輩因社中許多朋友不肯放、故不曾去得、白公道、原来吴瑞庵如此重兄、只是我聞得白太玄此老甚是寡交、二兄何以與他相好、周聖王道、白公為人雖肰寡交、却好詩酒、弟輩與他詩酒往還、故此綢繆、白公咲道、這等看来、可謂天下無人不識君矣、二人談了一會、喫過茶、就忙々起身、白公也就不留、相送出門而去、正是、

何所聞而来、何所見而去、

所見非所聞、虚名何足慕、

白公送了二人去、因歎息道、名士如此、真足羞死。不知後來如何、且聽下回分解。

## 第十七回

## 勢住逼倉卒去官

詩曰。小人情態最堪憎。惡毒渾如好奉承。見客便狺門戶犬。纓人不去夏秋蠅。佛頭上面偏加糞。大眼中閒却放氷。賠面下情饒愈厭。誰知到底不相應。

却說白公要在西湖上擇婿。擇來擇去。不是無才惡少。便是誇詐書生。並無一個可人。住了月餘。甚覺無味、便渡過錢塘江、去遊山陰禹穴、不題、且說蘇友白自到任之後、日日差人去尋訪白公、並無踪跡、在衙中甚是憂悶、一日因有公務去謁見楊撫臺、楊撫臺收完文書、就掩門留茶、因問道賢司李甚是青年、蘇友白道不敢、推官今年二十有一、楊巡撫道、本院在京時、與尊公朝夕盤桓、情意最篤、到不曾會得賢司李、蘇友白道、推官與家尊原係叔侄、去歲繼過爲子、故在京時、不曾上謁老大人、楊巡撫道、原來如此、我記得尊公一向無子、賢司李鄉音不似河南、原籍何處、蘇友白道推官原係金陵人、楊巡撫道我在齒錄上、見賢司李尚未授室、何也、蘇友白道推官一向流浪四方、故此遲晚、楊巡撫道如今也再遲不得了、向又說道、昨聞陳相公加了宮保、本院要做一篇文字去賀他、司李大才、明日還要借重、蘇友白道推官菲才、自當効命、喫了兩道茶、蘇友白就謝了辭出、原來這楊巡撫、就是楊廷詔、他有一女、正　卜　年、因見蘇友白少年進士、人物風流、便就注意於他。○故此留茶詢問、知他果未娶親。○不勝歡喜、到次日府尊來見、也就留到後堂、將要攀蘇友白為婿之事說了、就央府尊作伐、府尊不敢推辭、回衙就請蘇友白來見、說道、寅兄恭喜了、蘇友白道、不知何喜、府尊道、今日去見撫臺、撫臺留茶、說道、他有一位令愛、德貌兼全、因慕寅兄青年甲第、聞知未娶、故托小弟作伐、意欲締結朱陳之好、此乃至美之事、非喜而何、故此奉賀、蘇友白道蒙撫臺厚意堂翁美情本不當辭只是晚弟家尊已致書求聘於敝鄉白工部之女吳府尊道尊翁大人為寅兄求聘事之成否尚未可定撫臺美意諄諄眼前便是如何辭得蘇友白道白公之婚久已有約況家君書去萬有吳瑞菴太史為媒斷無不久之理豈敢別有所就撫臺美意萬望堂翁為晚弟委曲善辭府尊道辭亦何難只是又有一說撫臺為人也是難相與的況你我做官又在他屬下這親事回了

便有許多不便蘇友白道做官自有官評這婚姻之事卻萬難從命府尊道雖如此說寅兄還要三思不可過於固執蘇友白道他事尚可通融這婚姻乃人倫礼法所關既已有求豈容再就只求堂翁多方復之府尊見蘇友白再三不允沒奈何只得就將蘇友白之言一一回復了撫臺〻〻聞知他求的就是白公之女心下暗想道白太玄女兒才美有名人〻所慕又有吳瑞庵作伐況蘇方回又與他相厚十有九

成他如何不去指望、却来就我、々雖官高似他、々一個青年甲科、未必在心、除非白老囬復了他、々那時自然来就我了、但不知白公近作何狀、尋思了半晌、再與計策、忽想道、前日白老留我盤桓時、曾有一個西賓張軌如、日々相陪、我别来到也忘了、前日傳一帖、説是他来謁見、想是借白老一脈、要来抽豐、我因没甚要緊、不曾接待、今莫若請他来一飯、一者可完他来意、二則可問白公近状、倘有可乘之機、再作區

○處、主意定了、就叫中軍官菐一個單名帖、請丹陽張執如相公後堂一飯、中軍領命、忙發一帖、差人去請、原来張執如自從在白公家出了一場醜、假脫鄉試之名、辭出、在家無甚顏色、因思與楊巡撫有一面、就到杭州来縣〻、拜了楊巡撫許多時、不見回拜、只道楊巡撫没情、也就丢開了、不期這日差人拿個名帖来請、滿心歡喜、連忙換了衣巾、到軍門前伺候、只候到午後、傳梆開門叫請、方纔進去相見、過坐定、楊巡按說道承降後就要屈兄一敘因衙門多事遲遲勿罪張軌如道前賜登龍已不勝榮幸今復蒙寵召何以克當不一時擺上酒來飲了数杯楊巡按道兄下榻於白太玄處何以有暇至此張軌如道生員因去秋鄉試就辭了白老先生故得至此而親炙道德之輝楊巡按道原来兄辭了白太玄了不知他令愛姻事近日如何兄還知道麽張軌如道不瞞老恩臺說生員前在白公處名雖西席寔見許東床不意後為

匪人所譖。白公聽信。故生員辭出。近聞他令愛猶然待字。楊巡按道。白老爲人最是任性。當初在京時本院爲小兒再三求他〻也不允。張軌如道。若是這等擇婿。只怕他令愛今生嫁不成了。楊巡按大笑道。果然果然。近聞蘇推官央吳瑞菴爲媒去求他。兄可知道。張軌如道。這到不知。且請問這蘇推官是誰。楊巡按道。就是新科的蘇友白。張軌如道。這個蘇友白。是河南人。楊巡按道。他乃叔是河南人。故入籍河南。却是金陵人張軌如大鷲道原來就是蘇蓮仙兄生員只道又是一個楊巡梓道兄與他有交麽張軌如道蘇兄與生員最厚他曾在生員園裏住了月餘楊巡梓道如此却好本院有一事相托張軌如道請問何事楊巡梓道本院有一女意欲招他坦腹他因注意白公之女故再三不允兄既與他相厚就煩兄去與他說白公為人執拗婚姻事甚是難成不如就了本院之婚倘得事成自當有報張軌如打一恭道生員

領命又飲了幾杯就起身謝了辭出張軌如回到下處心中暗想道我當初為白家這頭親事不知費了多少心機用了多少閒錢我便脫空他到中了一個新進士打點做女婿叫我如何不氣莫若掉吊了大家不成也還氣得他過且可借此奉承楊臺只是小蘇是個色中餓鬼一向想慕白小姐若飢若渴若只靠口舌勸阻他如何肯聽我想白公家近事他也未必得知莫若調一個謊只說白小姐死了絕了他的

念頭則楊梓臺之婚不患不成矣算計定了到次日備些礼物寫了名帖就來拜賀蘇友白門役傳報進去蘇友白此時正沒處訪白公蹤跡見了張軌如名帖心下歡喜道見此人便知白家消息矣忙到賓館來相見二人喜笑相迎見礼畢歡然就坐張軌如道兄翁突然別去小弟無日不思今幸相逢然咫尺有雲泥之隔方不勝欣慶蘇友白道常想高情僥倖後即欲遣候奈道遠莫致前過金陵又緣憑限緊急

不能造謁、惆悵至今、今幸遥臨、曷勝快慰、且請問吾兄、白太老設西席待兄、旦夕不離、如何却捨而遠出、張軏如道、小弟初念、原只為貪求令愛、此兄翁所知也、後來他令愛死了、小弟還只曾恋〻、何用故此辭了、蘇友白聽了大驚道、那個死了、張軏如道、就是他令愛白小姐死了、兄翁雖道還不得知、蘇友白癡呆了半晌道、小弟那裏知道、因問幾時死的、得何病症、張軏如道、死是去年冬間、大都女子有才、不是好事白小姐自恃有才，終朝吟詠，見了那些秋月春花，甚不傷感。又遇着這等一個倔强父親，一個女婿遠來選去，只是不成。閨中抱怨，染成一病，就厭厭不起。醫人都道是弱症，以小弟看來，總是相思害死了。蘇友白聽說是真，不覺撲簌簌落下淚來，道：小弟遲歸者，爲功名也。爲功名者，實指望功名成而僥倖小姐一日之婚姻也。今日功名雖成，而小姐已遊，則是我爲功名所誤，小姐又爲我所誤也。古人云：我雖不殺伯仁伯仁實由我而死冥冥之中負此良友正今日小弟與白小姐之謂也寧不痛心乎張軌如道公庭之上士民觀瞻兄翁似宜以禮節情蘇友白道晉人有言情之所鍾正在我輩又言禮豈為我輩而設小弟何人仁兄奈何不諒張軌如道兄翁青年科第豈患天下無美婦而必戀戀於此蘇友白道小弟平生所慕白小姐一人而已今白小姐人琴既亡小弟形影自守決不負心而別求佳麗張軌如道一時聞信自

難為情也怪兄翁不得只是兄翁一身上關宗祧中係蘋蘩豈可為啞啞之言兄翁亦當漸漸思之蘇友白道仁兄愛我語語至情但我心匪石恐不能轉也張軌如道兄翁過慮到是小弟多言了小弟且別去改一日再來奉慰蘇友白道方寸甚亂不敢强留容日奉攀再領大教說畢二人相送別去到次日蘇友白去回拜張軌如張軌如又勸道兄翁與白小姐雖有憐才之心而實無婚姻之約若必欲以白小姐之

死而不娶則是以桑濮待白小姐矣近聞楊梧臺有一小姐才美出倫前托府尊來扳兄翁道是兄翁以先聘白小姐爲辭今聞白小姐已死則兄翁再無推托之理又知小弟在兄翁愛下故托小弟再言之兄翁不可錯了主意蘇友白道小弟癡愚出於至性今日婚姻實有不忍言者梧臺之命萬萬難從只望仁兄轉辭張軌如百般苦勸蘇友白百般苦辭張軌如沒法只得回復楊巡按將與蘇友白往復的言語一

一說了、楊巡按咲道、這且由他、兄請回、我是有處、正是、

採不得香蜂蝶恨。　留春無計燕鶯羞。

花枝失却東皇意。　雨雨風風那得休。

却說楊巡按見蘇友白不從親事、懷恨在心、就批獎幾件疑難之事、與蘇友白審問、蘇友白審問明白、申詳上去、多不中巡按之意、往往駁了下來、下面審了。又審上面駁了又駁。幾件事完了。又獎幾件下來。或

光叫他追無主的贓銀。或是叫他拿沒影的盜賊。弄得個蘇友白日日奔忙、事完了、又討不得一些好意、蘇友白心下想道、這明是為婚姻不成、要奈何我了、我是他的屬官、如何抗得他過、我想白小姐又死了。盧夢梨與盧小姐又無影響。我一個隻身。上無親父母。內無妻妾。又不圖錢財。只管戀這頂烏紗在簿書中作馬牛。甚覺無味。況上面又有這個對頭。我如今到任不久。他要難為我。也無題目。到明日做久了。他尋些事故叅論。那時與他分辨便費力了。不如竟掛冠而去。使他一個沒趣。旁人自知爲他太的也有公論。後日倘要改補。却也容易筭計定了。就將上司批的事情、一件一件都申報完了、本衙牌票、一縣銷了、又寫下一封書、差一人、後送與府尊、煩他報知三院、并各司道、他原無家眷、自家便服、只帶了原来的家人、并小喜與些隨身行李、大清晨、只推有按院訪察公事、不許衙役跟隨、竟自出錢塘門来、要叫船回金陵去、出得城門、到了湖上、心下又想道、我無故而行、堂尊兩縣得知、定要差人來赶、我若北去、定然赶上、若赶了回去、反為不妙、不如到過錢塘江、往山陰禹穴一遊、過了數日、他每尋赶不着、自然罷了、那時再從容回來、有何不可、主意定了、就湖上叫了一隻小船、返轉往江頭而來、到了岸、蘇友白就緩緩步行、行了里許、見一大寺、門前松栢森森、到也幽潔、蘇友白就檢一塊乾淨石上坐下歇息。坐了一會、只見一個

起課的先生、在面前走了過去、蘇友白偶然一看、只見那先生、

一頂方巾透腦油。面皮之上加圈點。
課筒手拿常攪謅。誰知外貌不堪取。

海青穿袖破肩頭。頸項旁邊帶癭瘤。
招牌腰掛不須鈎、腹裏玄機神鬼愁。

蘇友白看見那先生、生得人物醜陋、衣衫藍縷、也不在心、任他過去、忽見他腰間插着個小小招牌上面

寫着賽神仙課泄天機七個字、猛然想起道、我記得舊年初出門、遇着那個要馬鞭子尋妻子的人、曾對我說他起課的先生、正叫做賽神仙、方纔過來的、這個先生、莫非就是他、我前在句容鎮上、還要去尋他、如今怎麼當面錯過、忙叫一個家人赶上、請了轉来、那賽神仙見有人請、就復身回來、與蘇友白拱拱手、也就坐在一塊石上問道、相公要起課麼、蘇友白道、正是要起課、且請問先生、是定居於此、還是新來的、賽神仙道、我學生到處起課、那有定居、去年秋間纔到此處、蘇友白道、去春却在何處、賽神仙道、去春在句容鎮、上、住、了、半年、蘇友白聽了、知正是他。心下歡喜、因問道、先生你在句容鎮上時、有一人不見妻子、求你起課、你許他趕到四十里外、遇一騎馬人、討了馬鞭就有妻子、還記得麼、賽神仙道、課是日日起、那裡記得許多、因想了一想道、是是是、我還記得些影兒、那日想起得是個姤卦。姤者遇也。姤者、又婚姤也。

故所遇皆婚姤之事故許他尋得着後來不知怎麽尋着相公爲何晚得蘇友白道他遇見的正是我要了我的馬蹶了就扒到一顆大柳樹上去折柳條與我換恰恰看見他妻子被人拐在廟中故此尋着先生神課真賽過神仙也賽神仙道這都是伏羲文王周公孔子四聖人著此爻象之妙與我學生何干學生只知據理直斷蘇友白道據理正難我今要煩先生起一課賽神仙就將手中課筒遞與蘇友白道請

道誠蘇友白接了、對着天地暗暗禱祝了一番、仍將課筒遞還賽神仙、賽神仙拿在手中、搖來搖去、口中念那些單單、拆拆、內象三爻、外象三爻的許多儀文、不多時起成一課、道這也奇、正說姤卦、恰恰又起一箇姤卦、不知相公那裡用、蘇友白道、是為婚姻的、賽神仙道、我方纔說過的、姤者遇也、又婚姤也、這婚姻已有根了、絕妙的一段良緣、目前就見、一說一肯、不消費力、內外兩爻發動、更有一樁奇妙之處、一耍却是兩位夫人蘇友白哭道若是兩個或前或後有之那有一娶便是兩個賽神仙道兩文相對發動若是前後不為稀罕蘇友白道若要一娶兩個除非是人家姊妹同嫁賽神仙道外屬乾內屬巽雖是姊妹却又一南一北不是親姊妹蘇友白道不瞞先生說我求婚兩年止訪得有兩家之人到是一南一北今不幸一箇死了一個不知飄泛何處雖別有人家肯與我却又不中我意自分今生斷無洞房之日先

生又説得如此容易莫非取笑賽神仙道起課是我的生意如何取笑課上若無我自不敢許卦上既有雖道叫我太了不成蘇友白咲道我隻身於此無踪無影叫我那裡去求既先生説目前就見請問該在那一方賽神仙將手輪一輪道又作怪了這兩位夫人雖在金陵地方然今日去求却要過錢塘江往山陰禹穴一路尋去不出半月定要見了蘇友白道這一節不能了我小弟從來癡念頭必要訪見其人才

貌果是出類方可議婚那有人在一處定親又在一處能成之理賽神仙道這卦象好的緊兩位夫人俱是絕色大是得意之人相公萬萬不可錯過若錯過這頭親事再也不能了蘇友白道雖如此說但我此去過了江並無一人熟識叫我那家去求賽神仙道姤者遇也不消去求自然相遇蘇友白道不知是甚等人家賽神仙道這又有些奇怪說來時也只平平到成時卻又是大貴之家蘇友白道今日先生此課

斷來都自相矛盾莫有差錯賽神仙道我先說的我非神仙只好據理直斷理之所在到應驗時方知其妙此時連我也不解蘇友白道我記得先生替那尋妻子的起課時連我的衣服顏色都斷出今日我此去所遇婚姻之人是何形狀也斷得出麽賽神仙又將手輪一輪說道此去到丙寅日午時若遇着個老者生得清奇古怪穿一件白布衣服便是他了這段婚姻萬分之美就走遍天下也求不出相公你萬〻

不可錯過、若錯過那時悔就遲了、蘇友白道、可消再繳一課、賽神仙道、我的課、一課是一課、從来不繳、若要問別事、便要再起、蘇友白道、正是、還要起一課、又禱祝了、賽神仙重排文象、又起成一課、却是賁卦、賽神仙道、賁者、文明之象也、問何事、蘇友白道、問前程起復、賽神仙道、這前程未曾壞、何用起復、蘇友白道、壞已壞了、賽神仙道、不曾不曾、蘇友白道、你且斷是何等前程、賽神仙道、甲科不必說、文明之象、大都是翰苑前程。蘇友白咲道、先生這却斷錯了、一個節推已離了任、便是壞了、就是起復、也不能彀翰林、就能彀翰林。也是起復了、賽神仙又將手輪一輪道、明：翰林何消復得。我到不錯。只怕這個節推。到做錯了。蘇友白似信不信道。既這等、多勞了、就叫家人取了五錢銀子、與他作課錢、賽神仙得了銀子、竟飄然而去、正是、

天地有先機、　世人不能識、

只到事過時。方知凶與吉。

蘇友白起了課，半疑半信，只因初意原要過江，今合其意，故叫了一隻船，竟渡過錢塘江，望山陰一路而來，只因這一來，有分教：冰清不減玉潤，泰山直接東床。正是

無緣千里空奔走。有幸相逢咫尺間。
造化小兒太無賴。攛來掇去許多般。

不知蘇友白此去，果遇其人否，且聽下回分解。

終

第十八回

山水遊偶然得婿

詩曰物自分分類自通難將夏事語氷蟲絕無琴瑟音相左那有芝蘭氣不同鮑子所知真不朽鍾期之聽抑何聰果然伯樂逢良馬只在尋常一顧中

却說蘇友白遇見賽神仙起了課說得活現只得依了他望西興一路而来恐怕人知隱起真名因

與白小姐和新柳詩。就說姓柳。只說是柳秀才。不數日。到了山陰道上。真個是千巖競秀。萬壑爭流。無窮好景。應接不暇。蘇友白心下甚是愛戀。就在形勝之處。尋了一個古寺。叫做禹寺。住下日夕遊賞。不期白侍郎遊禹穴回来。也住在這禹寺中。一日飯後。二人都出来遊玩景致。忽然撞見蘇友白。擡頭一見。恰是個老者。頭上帶着一頂葛巾。身上穿着一件白布道袍。生得清奇古怪。不是尋常。蘇友白心下暗想。

賽神仙之言不勝驚訝就立定了脚不走白公看見
蘇友白青年俊秀一表人才甚是歡喜又見蘇友白
立定了看他白公也就立住了二人面目相對大家
就拱一拱手你看我我看你不忍別去白公因笑說
道仁兄獨自散步於此山水之興甚豪蘇友白亦笑
答道晚生豈敢稱豪亦步老先生之後塵耳白公見
路傍長松數株歷落可愛因說道同是山水中人何
不松下稍坐一談蘇友白道固所願也只恐不敢仰

攀。二人遂入松間，尋了兩塊石頭坐下。蘇友白道：敢
問老先生高姓貴鄉，因何到此？白公道：學生還姓皇
甫，金陵人氏，因慕山陰禹穴之妙，故漫遊至此。不知
仁兄貴姓，到此貴幹？我聽仁兄聲音，似是同鄉。蘇友
白道：晚生賤姓柳，亦慕此地山水而来，正也是金陵
人。在本鄉到不曾拜識荊州，不意於此得奉台顏，可
謂厚幸。白公道：學生老人，無用於世，故借此山水聊
以娛閒。柳兄青年秀美，自是金馬玉堂人物，何亦徜

徉於此蘇友白道晚生聞太史公遊遍天下名山太川胸襟浩瀚故文章擅今古之奇正老先生今日之謂也晚生末學雖竊慕之而愧非其人白公道大才自有大志非老朽之夫所能知也但遠遊人子有戒柳兄獨不聞乎蘇友白道不幸父母雙亡隻身未娶故得任意飄泊重蒙台誨不勝悽感於衷白公道原來如此蘇友白道請問老先生尊府在金陵城中何處明日歸去時好來趨謁白公道我學生居鄉離城

六七十里叫做錦石村蘇友白道原來就是錦石村村中白太玄工部相識否白公見問心下暗笑道他又來問莫非此人也是一個趙千里因答道白太玄正是舍親怎麼不認得柳兄問他想是與他相好蘇友白道不是相好晚生因素慕其高風故偶爾問及白公道白舍親為人最是高傲柳兄何以慕之蘇友白道俗則不能高無才安敢傲高傲正文人之品晚生慕之不亦宜乎但只是此公也有一件不妙處白

公道、那一件、蘇友白道無定識、往〻為小人播弄、白公道、正是、我也是這般說、柳兄既不與交、何以知其詳也、蘇友白道、白公有一令愛、才兼古今莫倫、老先生既係親戚、自肰知道、白公道、這個知道、蘇友白道、有女如此、自應擇婿、奈何擇来擇去、只在膏粱白木中求人。而才子當前不問也。故晚生說他個無定識。白公道、柳兄曾去見舍親麼、蘇友白道、晚生去是去的、見是未見、白公道、柳兄也莫要錯怪了舍親、也只是無緣未及與柳兄相會耳若是會見柳兄豈有不知子都之狡者蘇友白道晚生何足道但只是他選入幕者未必佳耳白公暗想道天下事最古怪我錯選一個張軌如他偏曉得我注意一箇蘇友白他就未必得知真是好事不出門惡事行千里因問道金陵學中有一個蘇友白柳兄也相認麼蘇友白聽了心下喫一驚道他如何問我因答道蘇友白與晚生同窗最相好的老先生何故問他白公道且請問柳

兄你道蘇友白才品何如蘇友白微笑道不過是畧
生一派人耳白公道得似柳兄其人可知白舍親曾
對學生說他注意東床之選着蘇生也其餘皆狂蜂
浪蝶自奔忙耳柳兄如何說他無定識蘇友白聽了
心下又驚又喜又不勝歎息道原來如此這是晚生
失言了二人說畢又談論些山水之趣只坐到夕陽
時候方起身緩緩同步回寺而別正是

青眼共看情不厭　素心相對話偏長

不知高柳聳峯外　烏去雲歸已夕陽

却說蘇友白回到寓處心下暗〻想道原來白公胸中亦知有我〻若早去覿面求親事已成了只因去尋吳瑞庵遂被功名耽延歲月歸來遲了以致白小姐含恨九原這等看來我蘇友白雖死亦不足盡辜矣但我初來原無意功名却是盧夢梨苦〻相勸又想道盧夢梨勸我也是好意只說是功名到手百事可為誰知白小姐就死連他也無踪影總是婚姻薄

上無名、故顛顛倒倒、如此、前日賽神仙說我此来定
有所遇、今日恰遇此人、又叫取曆日来看、恰又是丙
寅日、心下甚是奇怪、莫非婚姻在此人身上、一夜千
思百想、到次日忙寫了一個鄉眷晚生帖子、来拜白
公、白公就留住不放、二人焚香吊古、對酒論文、盤桓
了一日、方散、到次日白公来拜蘇友白、蘇友白也留
下飲酒、自此以後或是分題做詩、或是看花品水、二
人情投意合、日夕不離、白公心下想道、蘇友白雖說

才美、我尚未見其人、今與柳生盤桓數日、底裏盡窺、才又高、學又博、人物又風流俊秀、我遨遊兩京各者、閱人多矣、從未見如此十全者、况他又未娶妻、若再誤過、却不是他笑我的無定識了、只是還有一件、若單完了紅玉之事、夢梨甥女、却教我那裡去再尋這等一個配他、他們豈不說我分親踈厚薄了、若是轉先說與夢梨、再替紅玉另尋、這又是嬌情了、我看他姊妹兩個、才貌彷彿、情意相投、莫若將他二人、同嫁了柳生便大家之事都完了豈不美哉我看柳生異日自是翰苑之才功名決不在我之下捨此人不嫁再無人矣主意定了白公便對蘇友白說道學生有一事本當托一個朋友與仁兄言之但學生與仁兄相處在世俗之外意欲直告不識可否蘇友白道有何台論自當拱聽白公道非別事也柳兄前日說白太玄擇婿的只管擇來攆去有義當前卻又不問我再三思之此言甚是有理今我學生也有一個小女

又有一個舍甥女、雖不敢說個絕世佳人、卻也與白太玄的女兒依稀彷彿、不甚爭差、今遇柳兄青年才美國士無雙、恰又未娶、若不願結絲蘿、異日失身非偶、豈不是笑白太玄的又將笑我學生了、不知柳兄亦有意否、蘇友白聽見說出一女一甥女是兩個、與賽神仙之言、一一不爽、甚是驚訝、忙應道晚生一時過激之言、老先生不以為住、反引以自例、而欲以寒素充東床之選、何幸如之、但只是晚生尚有一隱衷、不知可敢上達白公道知巳相遇何妨盡言蘇友白道晚生雖未受室然寔曾求聘二女其一人琴俱亡巳抱九原之痛其一避禍而去音耗絶無在死者雖不能起帳中之魂然義無復娶之理在生者倘去珠復還恐難比下山之遇區區情義所關望老先生有以教之白公道死而不娶固情義之言然柳兄青年無後之戒又所當知也去珠復還別行權便當其未還安可株守蘇友白道台教甚善敢不敬遵只恐晚

生凉質菲才，不足辱老先生門楣之選，白公道，寒微之門，得配君子，不勝慶幸，蘇友白道，既蒙垂愛，即當納采，但旅次不遑，奈何，白公道，一言既許，終身不移，至於往来儀文，歸日行之未晚，二人議定，各各歡喜，大家又遊賞了三兩日，白公就先辭道，我學生離家久，明日就要回去了，柳兄不知何日返棹，蘇友白道，晚生在此也無甚事，老先生行後，也就要動身了，大約違顏半月，即當至貴村叩謁矣，白公道，至期當掃門拱候、說罷、到次日白公就先別而去不題、却說蘇友白自白公去後、心下想道這賽神仙之課、真是活神仙、他說來無一言不驗、只是許我的功名、課說我是翰林未壞、這就不可解了、又遊覽了數日、想道我如今囬來、料無人知覺、遂吽家人僱了一隻船、依舊渡過錢塘江而來、且說楊廵撫初意、再三雖爲蘇友白、心裏也只是要他從這頭親事、不期蘇友白竟自挂冠而去、府縣來報了、心下也有些怏怏、隨吽府縣去赶、府縣官差人各處去赶、那裏有個影兒、府縣回報、楊巡撫心下想道、蘇友白雖是我的屬官、但他到任不久、又無過失藏罪、我雖不曾明々赶他去、躭他之去、寔々為我、監按二院、俱是知道的、蘇方回在京聞之、豈不恨我、也覺有些不妙、正在沉吟之際、忽送報来、楊巡撫展開一看、只見吏部一本認罪事、奉聖旨、蘇友白既係二甲第一、該選舘職、如何誤選浙推、本該、降罰、既自着認罪、姑免究、蘇友白着改正原受舘職浙推另行補遣、欽此、原來蘇友白已遣了舘職、因閣下怪他座主、故叫吏部改遣了推官、後來翰林院官俱不肯壞例、說道、二甲既授翰林、從無改遣有司之理、大家要出公疏、叅論吏部違制狥私、吏部慌了、只得出本認罪、故有此旨、楊巡撫見蘇友白復了翰林、甚覺沒趣、又恐他懷恨在心、進京去說是說非、只得又叫人各處去追尋、不期一日、府尊在西湖上、請客、々尚未至、獨自在船中推窓閒看、恰好這日蘇友白正過江来到湖上、叫了一隻小船、自南而北、遠打從府尊大船邊過、早被府裏門子看見、忙指說道、這是蘇爺府尊檯頭一看、果見是蘇友白、忙分付叫快留住蘇老爺船、急急迎出船頭来、衆衙役早將蘇友白小船、拽到船頭邊来、蘇友白忽被府尊看見、没法奈何、只得走上船来、府尊忙接着說道蘇老先生、為何不別而行、小弟那裏不差人尋到、蘇友白道、晚弟性既踈嬾、又短於吏治、故急急避去、以免曠官之罪理之宜也、怎敢勞堂翁再念、府尊就邀蘇友白入船、作了揖、就放椅子在上面、請蘇友白坐、蘇友白不肯、只要東西列坐、府尊道、老先生自然上坐、不消讓得、蘇友白道、堂翁為何改了稱呼、豈以晚弟不在其位而外之也、府尊道、翰林自有翰林之體、與在職衙門不同、為敢仍舊、蘇友白大驚道、晚弟既去、便是散人、怎麼說個翰林、府尊道、原來老先生尚未見報、吏部因誤選了老先生為有司、貴衙門不肯壞例、要動公纔吏部著急、只得出疏認罪、前已有旨改正了、老先生恭喜、容當奉賀、蘇友白聽了、又驚又喜、暗想賽神仙之謀。其神如此。二人就坐喫過茶、又說了一會。蘇友白就要起身別去、府尊道、撫臺白老先生行後、甚是沒趣。大怪小弟不留。昨日還面諭兩縣尋訪。今小弟既遇。怎敢輕易放去、遂叫放船親送到昭慶寺禪堂、留蘇友白住下、又撥四名差役伺候、方纔回船去請客。此時早已有人報知各衙門、先是兩縣并府廳来謁見、到次日各司道都来拜望、不一時楊巡撫也来拜了、相見時、再三謝罪、就一面湖上備酒相請、十分綢繆、蘇友白仍執舊屬之禮、絶不驕傲、正是、

入仕要分大小。為官只論衙門。
真似轆轤打水。或上或下誰論。

却説張軌如此時尚在湖上未歸、打聽得蘇友白這等興頭、心下想道、一個巡撫、前日那等奈何他、今日這等奉承他、真是世情看冷暖。人面逐高低。若張

為何這等歎。只想與他為仇、呢他待我原無甚不好、只為一個白小姐起的釁、如今白小姐與我既無分了、何不掉轉面孔、做個好人、將白小姐奉承了他、必肰歡喜、我與他一個翰林相處、决不喫虧、筭計定了、就来拜蘇友白、二人相見、張軌如説道兄翁知晚弟今日来之意乎蘇友白道、不知也、張軌如道一来請小弟之罪、二来賀兄翁之喜、蘇友白道朋友相處、從無過言、何罪之請、内外總是一官、何喜可賀、張軌如道晚弟所賀者、非此、乃兄翁之大喜、蘇友白道、這等萬望兄教、張軌如道、晚弟前日所言白小姐宪信、其寔是虚、以前言之、乃晚弟之罪、故来請、以今日言之、豈非兄翁之喜乎、故来賀、蘇友白大驚道、那有此事、張軌如笑道、其寔未宪、前言戲之耳、蘇友白又驚又喜道、仁兄前日為何相戲、張軌如道、有個緣故、只為楊撫臺要攀兄翁為婚、知兄翁偶意白小姐、故浼晚弟作此言以絶兄翁之念耳、蘇友白聽了是真、满心歡喜，因大笑道，如此說來，真是仁兄之罪，與小弟無喜也。張軌如道，容晚弟代與兄翁作伐，將功折罪何如？蘇友白道，此事前日家尊與吳瑞庵俱有書去，再得仁兄一行，更妙，只是怎敢勞重。張軌如道，才子佳人，世之罕有，撮合成事，與有榮焉，何敢辭勞。蘇友白道，既蒙慨許，明日當登堂拜求。張軌如道，一言既出，駟馬難追，晚弟明日准行，兄翁王蕙房，又有尊翁大人與吳瑞庵二書，自然一說一成，兄翁只消隨後来受享洞房花燭之福也、蘇友白道、若得如仁兄之言、感德非淺、定當圖報、說畢、張軌如辭出、蘇友白心下暗想道、白小姐既在、則這段姻緣、尚有八九分指、望、只是新近又許了皇甫家這頭親事、却如何區處、皇甫公是一個仁厚長者、待我情分不薄、如何負得、若是一個、或者兩就也還使得、如今皇甫家先是兩個了、如何再開得口、前日賽神仙的課、叫我應承、也說的話無一句不驗、雖道不是姻緣、叫我應承、莫非白小姐到底不成、又想道、皇甫公為人甚是真誠、我前日已有一言、他説臨時行權、今莫若仍作柳生寫書一封、將此情細〻告知、與他商量、他或者有處、亦不可知、筭計定了、隨寫一書、次日來見張軌如、只説一友相托、轉寄錦石村皇甫員外處的、張軌如應諾、就起身先去作了、然後蘇友白辭別了浙江多富、隨後望金陵而來、正是

蝶〻是莊周〻〻是蝶　蕉非鹿〻〻非蕉

此身若問未来事，　揔是漫〻路一條

不題蘇友白隨後而来，且說白小姐與盧小姐自白公出門後，日夕論文做詩耍子，忽一日管門的送進兩封書来，一封是吴翰林的，一封是蘇御史的，原来白公在家時，凡有書札往來，白小姐俱開看慣的，故這日書来，白小姐竟自拆開，與盧小姐同看，只見蘇御史書上寫，

年弟蘇淵頓首拜

恭候

台禧

副啟壹通

自榮歸之後，不奉　台顏者經年矣，想東山高卧，

詩酒徜徉，定百福之咸臻，弟役役王事，緬憶高風，

不勝塵愧，舍姪　友白原籍貴鄉，一向隔絶，昨歲道

過，弟念乏嗣，因留爲子，今俛倖聯捷，濫授節推，肰

壯年尚未受室，聞　令愛幽閒窈窕，過於閨雎，故

小兒展轉反側求之寤寐。弟不自揣，遂從兒女之私干瀆大人之聽，尚不鄙寒微，賜之東坦。固啣感之無窮。倘厭憎蘿蔦，不許附喬。亦甘心而退聽，斷不敢復蹈前人之轍而見笑於同心也。臨楮不勝待命之至。

眷弟吳珪頓首拜

二小姐看了，喜動眉宇。再將吳翰林書展開，只見上寫着：

去歲匆匆進京，誤爲奸人倚草附木，矯竊弟書以亂 台聽，雖山鬼伎倆，不能逃 兄翁照察，然弟疎畧之罪，不獲辭矣。今春復命，而會蘇兄，驚詢其故，始知前誤。蘇兄近已戰勝南宮，司李西浙，夢想縈蘿，懇于柯斧，今借之官之便，晉謁泰山，兄翁一顧，自知衛玉蓊青之有真也。從前擇婿甚難，今日得人，何易弟不日告假南還，當即喜造，補申賀慶，先此布心，幸 垂聽，烏餘不盡。

二小姐看完，滿心快暢，盧小姐就起身與白小姐作賀道：姐姐恭喜。白小姐忙答禮道：妹妹同此，何獨賀我。盧小姐道：姐姐之事，既有蘇御史父命來求，又有吳翰林親情作伐，舅舅回來見了，自然首肯。小妹之事，雖然心許，尚爾無媒，即使蘇郎不負心而追尋，前盟亦不知小妹在于此處，即使得了妹書，根尋到此，舅舅愛姐姐實深，安肯一碗雙匙，復為小妹地乎。這等想來，小妹之事，尚未有定。白小姐道：賢妹所慮在世情中固自不差只是我爹〻不是世情中人愛愚姐自愛賢妹况又受姑娘之托斷不分別彼此教愚姐作妬婦也盧小姐道雖如此說尚有許多難處緣聘其女又欲聘其甥女在蘇郎既難啓口女送一人甥女另送一人在舅氏亦不爲壞心小妹處子惟母舅氏之言是聽安敢爭執白小姐道賢妹不必多慮若有爭差愚姐當直言之如賢妹之事不成我也不獨嫁以負妹也盧小姐道若得如此深感姐〻提

携又說道、吳翰林書上說、今借之官之便、晉謁泰山
則蘇郎一定同書來拜矣、倘若來、怎麽透個消息、使
他知我在此更妙、白小姐道、這有理、因叫人去問管
門的道、蘇爺曾來拜麽、管門人回道、蘇爺差人說要
來拜、是小的回了、老爺不在家、無人接待、就要拜只
消留帖上門簿、不敢勞蘇爺遠來、差人去了、今日不
知還來也不來、白小姐道、既這等回了、蘇郎自然不
來矣、盧小姐道、想便是這等想、就是來也難傳信、白

小姐笑道、傳信有何難、只消賢妹改了男裝於前相見。信便傳了。盧小姐忍不住也笑了。正是

閨中兒女最多情。一轉柔腸百慮生。
忽喜忽愁兼忽憶。等閒費殺俏心靈。

二小姐在心中歡喜、不知後來如何、且聽下回分解、

# 第十九回

## 錯中錯各不遂心

詩曰
造化何嘗欲見欺大都人事會差池睁開眼看他非汝棹轉頭忘我是誰弄假甚多皆色誤認真太過實情癡姻緣究竟從前定倒去顛來總自迷

却說白盧二小姐日日在家閒論忽一日報白公回來盧夫人同二小姐接住只見白公滿面笑容一面

相見，一面白公就對盧夫人說道：賢妹恭喜，我已擇一佳婿，甥女并紅玉親事俱可完了。盧夫人聽了歡喜道：如此多謝哥哥費心。盧夫人見過二小姐，就同拜見白公。白公笑嬉嬉說道：你姊妹二人才美相敵，正好作伴，我也捨不得將你們分開。二小姐聽了，心下只認道定是蘇友白在杭州會見白公，求允了親事，故為此言，暗暗歡喜，遂不復問。盧小公子也拜見過舅舅，一面查點行李，一面備酒與白公接風。白公更換了衣服、歇息了半晌、然後大家坐定、盧夫人先問道、哥々為何去了許久、一向只在湖上、却是又往別處、白公道、我到杭州、恐怕楊巡撫知道、只說我去干謁他、故我改了姓名、只說是皇甫員外在湖上潛住、人家年少子弟、到也不少、只是絕無一個真才、就將在冷泉亭做詩、并趙千里周聖王虛名誇詐之事、細說了一遍、二小姐都笑個不休、盧夫人又問道、後來却又如何、白公道、我在湖上住了許久、看來看去、人才不過如此、遂渡過錢塘江、去遊覽那山陰禹穴之妙、忽遇一個少年、姓柳、也是金陵人。他人物風流。真個是謝家玉樹。他與我同在禹寺裏作寓、朝夕間論文做賦、談今弔古、盤桓了半月有餘、我看他神清骨秀。學博才高。旦暮間便當飛騰翰苑。我目中閱人多矣。從未見此全才。意欲將紅玉嫁他。又恐甥女說我偏心。欲要配了甥女。又恐紅玉說我矯情。除了柳生若要再尋一個。萬萬不能。我想娥皇女英。同事一舜古聖人已有行之者我又見你姊妹二人互相愛慕不啻良友我也不忍今開故當面一口就都許了他這件事我做得甚是快意不知吾妹以為何如二小姐聽得呆了面面相覷不敢做聲盧夫人答道哥哥主張有理我正慮夢梨幼小不堪獨主蘋蘩今得依傍侄女我便十分放心了況柳生才美如此終身可托你妹夫九原之下亦瞑目矣白公大喜道此言正合我心我又無子止有紅玉一女縈心今得柳

生爲婿於願足矣雖明日盖棺亦暢然無累矣白公說〻笑〻甚是歡喜盧夫人不知就理也自快暢獨有二小姐勉強應承心下大費躊躇又不好說出蘇友白求親之事白小姐就目視嫣素嫣素解意就將、蘇御史并吳翰林二書送上白公看、白公看了驚訝道、原来北塲聯捷的、就是這個蘇友白就是蘇方田的姪兒、繼以爲子、故入籍河南、早知如此、這親事我早成了、何待此時来求、只是如今、我已親口許了柳

生他却轉在後了、這怎麽處。便以目視白小姐。白小
姐低頭不語。白公又想一想道、蘇生才美、人人稱羨、
今又睽違、想其爲人、亦自不群、但可惜未曾見。又
想一想道、人才十全者少、有才者未必有貌、有貌者
未必有才、到得才貌相兼、可謂至矣。或者恃才凌物、
舉止輕浮、則又非遠大之器。我看柳生才貌、自不必
言、只說他氣宇溫和、言辭謙審、真是修身如玉、異日
功名必在金馬玉堂之内。蘇生縱是可人、亦未必便

壓倒柳生況柳生我已許出蘇生尚在講求這也是無渿奈何了盧夫人道、柳生才貌、哥哥既是看得中意、斷然不差、女已許人、那有改移之理、蘇生縱好、也是徒然、只須回復他便了、白公道、也只得如此、這蘇生甚無緣分、當初吳瑞庵為我送他他、却推辭他和新柳詩來求我却又被調換及我查明到處尋他他又不見他今日中了、求得書來時、我又已許別人大都是姻緣無分故顛顛倒倒如此不能遂心大家又說些閒話、就走散了、盧小姐忙偷空来見白小姐道、姐〻當初只一蘇郎、如今又添一柳生、這件事却如何區處、白小姐歎一口氣道、古人說不如意事常八九、可與人言無二三、正你我今日之謂也、蘇郎之事、不知经了多少变更、到得今日、爹〻心已肯了、他又中了、蘇御史與吳翰林又来求了、此事已萬分無疑、況爹〻為我擇婿數年、並無一人可意、誰想今日忽肰之間、得此柳生、把從前許多辛苦、一旦付之流水、此心何能安乎、盧小姐道、姐〻與蘇郎、雖彼此交慕、不過背他相思、却從無半面相親、一言許可、小妹與他携手交談、並肩而坐、說盟說誓、至再至三、今一旦而別事他人、則前為失節、後為負心矣、斷乎不可、白小姐道、我與蘇郎、雖未會面、肽心已許之、況新柳有和、送鴻迎燕之題、不為無因、亦難以路人視之、只是此等情事、你我閨中女子、如何說得出口、盧小姐道、姐〻的事、一時自難直說、若是小妹之情、姐〻不妨畧道一二、就是舅〻之意、原是為好、非故相抵梧、若知道小妹之委曲。或者別有商量。白小姐道、說是少不得要說、今且謾坐、昨聞得吳舅〻已給假歸家、只在這幾日要來看我們、等他來時、再看機會、與他說知、他既與蘇郎為媒、自肯盡言、盧小姐道、這也說得有理、二小姐時刻將此事商議、正是、

自開兒女多情態。不是爹娘不諒人。
選、得、尭、天、紅、灼、〻。誰、知、到、戀、葉、蓁、〻。

過了三兩日、果然吳翰林打聽得白公回家、忙来探望、白公與吳翰林闊別年餘、相見不勝歡喜、就留在夢草軒住下、不多時、白小姐也出来拜見舅〻、吳翰林因對白公說道、吾兄今日得此佳婿、也不枉了從前費許多心機、也不負甥女這般才美、真可喜可賀、但不知蘇蓮仙曾行過聘否、白公道、多感吾兄厚情、這事可惜不成了。吳翰林大驚道、又来奇了、却是為何、白公道、別無他故、只是吾兄與蘇年兄書来遲了、小弟已許別人矣、吳翰林道、小弟書來久了、為何說遲、白公道、小弟因病後、在家悶甚、春初即出門去遊覽那兩浙之勝、偶在山陰遇一少年才子、遂將紅玉并盧家甥女都許了他、到前日回家、方見二書、豈不遲了、吳翰林道、這少年姓甚、想就是山陰人了、白公道、他姓柳、又妙在原是金陵人、吳翰林道、其人如何、為何就中了仁兄之意、白公道、言其貌、古稱潘安、恐不及也、論其才、若方子建自謂過之、有婿如此、小弟敢不中意吳翰林道吾兄曾問他在金陵城中住還是鄉間住白公道他說在城中住又說也曾蒙仁兄賞鑒吳翰林道這又有些古怪他若是山陰人小弟不知或者別有奇才也不見得他若說是金陵鄉間人小弟雖知亦未必能盡或者尚有遺才也不可料若說是城中人曾為小弟賞鑒則不但小弟從未交一姓柳之友就是合學查來也不見有一姓柳有才之人莫非吾兄又為奸人愚了白公道小弟與他若

是暫時相會一面之間或者看不仔細他與小弟同寓一寺朝夕不離足足盤桓了半月有餘看花分韻對酒論文或商量千古或月旦一時其風流瀟灑貫真令人心醉故小弟慨然許婚若有一毫狐疑小弟安肯孟浪從事吳翰林道仁兄賞鑒自然不差只惜仁兄不曾見得蘇蓮仙耳若是見過則柳生之優劣自辨矣白公笑道只怕還是吾兄不曾見得柳生若見柳生吾兄定不更作此言吳翰林笑道不是小弟皮

相、瑯生縱佳、尚肰一窮秀才耳、白公道、只言才美、已是超羣、若論功名、決不是平常科甲、定為翰苑名流、不在吾兄之下、吳翰林道、就是翰林亦不為貴、但只是吾兄眼睁〻將蘇友白一個現成翰林放了、却指望那未定的翰林、亦似過情、白公道、前日吾兄書来、說蘇友白已授浙推、為何又說翰林、吳翰林道、蘇友白原是二甲第一、例該選館、只為陳王兩相公、怪他座主、故改選有司、後来撫衙門不肯壞例、要出公疏、

吏部慌了故認罪已奉聖旨改正了想他見報自然
離任也只在数日内定回矣白公道柳生與小弟有
約相會之期也不出数日大家一會涇渭自分矣吳
翰林道如此最妙白小姐聽得吳翰林與白公爭論
便不好開口只暗暗與盧小姐商議道二家俱未下
聘且待来下聘時再作區處白公與吳翰林盤桓了
数日忽管門報舊時做西賓的張相公要見白公沉
吟道他又来做甚麽吳翰林道他来必有事故見見

何妨、白公隨出廳來叫請、不一時張軏如進来相見、見畢坐定、白公說道、久違教了、張軏如道、晚生自去秌下第、就遊學浙中、故久失候問、白公道、幾時帰的、張軏如道、因有一事上瀆、昨日纔帰、白公道、不知有何事見教、張軏如道、晚生有一至契之友、今已僥遇久聞老先生令愛賢淑、有關雎之美、故托晚生敬执斧柯、欲求老先生曲賜朱陳之好、白公道、貴友為誰、張軏如道、就是新科翰林蘇友白、白公道、原来正是蘇兄昨日吴舍親也、為此事而來、正在這裏瑚璉、張執如道、原來令親吴老先生也在此、蘇兄少年科甲、令愛閨閣名姝、正是天生一對、何必瑚璉、白公道、瑚璉不為別事、只為學生已許他人了、張執如道、蘇蓮仙兄在考案首時、就蒙老先生青目許可矣、為何今日登了玉堂金馬、反又棄之、真所不觧、白公道、兄且不必着急、容與舍親商議、再復、張執如道、此乃美事、還望老先生曲從、留喫了茶、又説些閒話、張執如因問道、貴村人家甚多、不知都聚作此、還是四散居住、白公道、都聚作此、不甚散開、兄問為何、張軌如道、有一敝友、托寄一書、晚生叫人村前村後尋遍、並不見有此人、白公道、兄尋那家、張軌如道、是皇甫員外家、白公忙應道、皇甫就是舍親、有甚書信、只消付與學生轉付就是了、張軌如道、原來是令親、晚生那裏不尋、因叫跟隨人、將書送上、白公接了、看一看、就籠入袖中、二人又說些閒話、張軌如就辭出白公回到夢州軒、見吳翰林道、張軌如此来也是為蘇兄之事、吳翰林道、他曾說蘇蓮仙幾時到此麼、白公道、這到不曾問得、他到與柳生带得一封書来、因在袖中取出、拆開與吳翰林同看、只見上寫着、

鄉眷晚生柳學詩頓首拜

恭候

台禧

副奏壹通

徵生末學、不意於山水之間、得覩 仙人紫氣、日承提命、今雖違 顏匝月、而 父師風範、未嘗去懷。復蒙不鄙、賜許朱陳、可謂有錫自天、使人感激無地。但前已面啓、曾聘二姓、其一人琴俱亡、其一避禍無耗、蒙 翁臺曲諭、死者已矣、生者如還、別當行權、晚生歸至杭、不意生者尚無蹤影、而死者儼然猶在。蓋前傳言者之誣也。此婚家君主之、鄉貴作伐、晚生進退維谷、不知所出、只得直陳所以、

上達　翁臺、翁臺秉道義人倫之鑑或經或權
必有以處此先此瀆聞晚生不數日即當葡候階
下以聽　台命茲緣鴻便艸艸不宣
學詩再頓首
白公看罷驚訝道這又奇了何事情反覆如此吳翰
林道他既已有聘來辭吾兄正該借此回了原成全
了蘇友白之事豈不兩便白公道事雖便只是柳生
佳婿吾不忍棄且等他來再與吾兄決之吳翰林道

這也使得，正是，

已道無翻覆。　忽然又變更。
不經千百轉，　何以見人情。

按下白公等候柳生不題。却說盧小姐在山東時，因要避禍江南，恐怕蘇友白来尋他不見，因寫了一封書，叫了一個老僕叫做王壽，與了他些盤纏，叫他進京送與蘇友白相公，如不在京，就一路尋到金陵来白舅老爺家悄悄回話，又分付書要收好，須面見了蘇相公方可付與萬〻不可錯與他人王壽領諾而去原來這王壽為人甚蠢到了京中找尋時蘇友白已出京了他就一路趕了出來他也不知蘇友白中了進士做了官一路上只問蘇友白相公故無人知道直〻趕到金陵在城中各處訪問事有湊巧恰〻蘇有德正在城中原來蘇有德自從在白公家出了醜甚覺沒趣後來又打聽得蘇友白聯捷了甚是懊悔道白〻送了他二十兩銀子一付行李本是一段

好情如今到弄得不好相見不期這日正在城中只因蘇友白與蘇有德聲音相近王壽誤聽了就尋到蘇有德寓處来問他門上人道這可是蘇友白相公家門上人也誤聽了荅道正是蘇有德相公家你是那裏来的王壽道我是山東盧相公差来送書的門上人就與蘇有德說了蘇有德想道我從来不曾認得甚麽山東盧相公必定有誤且去看〻因走了出来王壽看見忙說道小人奉主人之命到京中去尋

蘇相公不期蘇相公又出来了小人一路赶来那裡不問到不期却在這裡蘇有德心下已疑是尋蘇友白的却不說破糊塗應道這等難為你了你相公的書何在王壽道我家相公為因避禍到江南来恐怕相公出京尋不見故叫小人送書知會因在懷中取出一封書来雙手遞上蘇有德接了在手因說道你外面畧坐々等我細看書中之意又分付家人收拾酒飯管待来人王壽應了出来蘇有德走進書房將

書一看、只見上下俱有花押、又雙鈐着小印、封得牢牢固〻、中間寫着蘇相公親手開拆、七個大字、下注着台諱友白、四箇小字、〻畫甚是端楷精工、蘇有德心下想道、這封書來的氣色有些古怪、莫非內中有甚緣故、且偷開一看、遂將柢子脚兒輕〻折開、取出書來、展開一看、只見滿紙上蠅頭小楷、寫道、

眷友弟盧夢梨頓首拜奉書於

蓮仙蘇兄　行寓前　偶爾相逢、似有天幸、黯然別去、

殊苦人心、記得石上溪盟、巷前密約、歷歷在耳、而奈形東影西、再會不易、每一回思、宛如夢寐中事、然終身所托、萬萬不可作夢寐視之也去秋聞魁北捷、欣慰不勝、今春定看花上苑矣、太擬守候仁兄歸途奉賀、不意近遭家難、暫避於江南舅家、舊居塵鎖、恐仁兄尋訪、動桃源之疑、故遣老蒼持此相報、倘猶念小弟與舍妹之姻、幸至金陵錦石村白太玄工部處訪問、便知弟耗、千里片言、統祈心

照不宣

蘇有德看罷道原来蘇蓮仙又在山東盧家結了這頭親事我若再要太冒名頂替恰々又叫到白家去訪消息白家已露過一番馬脚如何再又去得又想想道我聞他已陞杭州節推今又欽入翰林目下也將回去了莫若持此信相報討他個好掩飾前邊之事他一箇翰林後來自有用他之處主意定了等王壽喫完酒飯就叫他進来說道你回去拜上相公說

書中之事、我都知道了、當一一如命、恐有差池、我連四書也不寫了、又拿出一兩銀子來與王壽道、遠劳你了、王壽道、盤纏家相公與的儘有、怎敢又受蘇相公的、蘇有德道、不多、只好買酒喫罷、王壽謝了辭出、竟到錦石村去回復盧小姐不題、却說蘇有德得了此書、便回到鄉間、叫人打聽蘇爺若到錦石村去、必先從此經過、須要邀住、家人領命去打聽過了數日、果然打聽得蘇友白到了金陵城中、只在明日就要到錦石村太蘇有德忙叫備酒伺候到了次日巳牌時候家人来報說蘇爺將近到了蘇有德遂自家走出市口来迎不多時蘇友白的轎子將到面前蘇有德叫家人先拿了個名帖走到轎前稟道家相公在此候見蘇友白看見名帖是蘇有德連忙叫住轎蘇有德見住了轎忙走到轎前一揖蘇友白忙出轎答禮道正欲奉謁何勞遠迎蘇有德道兄翁貴人恐遺寒賤特此奉邀二人說着話就同步到蘇有德家裏

來、蘇友白叫跟隨拿了一個宗弟的名帖送上、到當中從新見禮、禮畢坐下、蘇友白說道、向承厚惠、銘感於心、因備員閒散、尚未圖報、蘇有德道、微末之事、何足挂齒、一面說話、一面就擺上酒來、蘇友白道、幾奉謁、怎就好相擾、蘇有德道城中到此、僕馬皆飢、聊備粗糲之餐、少盡故人之意、蘇友白道、仁兄厚意諄諄、何愛我之無已也、二人對飲了半晌、蘇有德因問道、兄翁此來、想是為白太老親事了、蘇友白道、正為此来尚不知事體如何蘇有德笑道這段姻緣前已有約今日兄翁又是新貴自然成的只可惜山東盧家這件親事等的苦了蘇友白大驚道這件事小弟從未告人不識仁兄何以得知蘇有德又笑道這様美事兄翁行得難道知也不容小弟知得蘇友白道仁兄既知此事必知盧兄消息萬望見教蘇有德又笑道消息雖有豈是容易說的蘇友白亦咲道只望仁兄見教其餘悉聽仁兄處置小弟敢不惟命蘇有德

道、小弟怎好柰何兄翁〻〻、只喫三大杯酒罷、蘇友白笑道、小弟量雖淺、也說不得了、只望仁兄見教、蘇有德叫家人斟上三大杯、蘇友白沒奈何、只得說〻笑〻、喫了、定要蘇有德說盧夢梨消息、只因這一說、有分教道路才郎○、堅持雅志○、深閨艷質○、露出奇心○、正是、

壞事皆緣錯○　誰知差錯處

敗謀只為差○　成就美如花

不知蘇有德果肯說盧夢梨消息否，且聽下回分解。

第二十四

錦上錦大家如願

詩曰百魔魔盡見成功到得山通水亦通蓮子蓮花甘苦共桃根桃葉死生同志如火氣終炎上情似淥波必向東留得一番佳話在始知兒女意無窮

却說蘇友白喫了三大杯酒定要蘇有德說盧夢梨消息蘇有德又取笑了一會只得袖中取出原書遞

與蘇友白道這不是盧兄消息蘇友白接着細〻看了〻不覺喜動顏色道盧兄真有心人也因問道此信吾兄何以得之蘇有德道送書人係一老僕人甚蠢〻因賤名與尊諱音聲相近故尋到小弟寓處小弟知是兄翁要緊之物恐其別處失誤只得留下轉致兄翁不識兄翁何以謝弟蘇友白道感激不盡雖百朋不足為報也蘇有德笑道報是不必只挈帶小弟喫杯喜酒罷二人說笑了半晌又飲了幾杯蘇友白

就告辭起身、兩人別過、蘇友白依舊上轎、竟先到白石村觀音寺來拜望靜心、靜心見車馬簇擁、慌忙出來迎接、蘇友白一見、就說道、老師還認得小弟麽、靜心看了道、原來是蘇爺、小僧怎麽不認得、迎到禪堂中相見過、蘇友白就叫跟隨送上禮物、靜心謝了收過、因說道、蘇爺幾時恭喜、小僧寄迹村野、全不知道、且又奉賀、喫了茶、就叫備齋、蘇友白道、齋且慢、小弟今日仍要借上刹下榻了、靜心道、蘇爺如今是貴人了、只恐草榻不堪、二人板談些閒話、蘇友白因問道、近日白太玄先生好麼、靜心道、好的、春間去遊玩西湖、去了兩三個月、回來還不滿一月、蘇友白又問道、他令愛小姐曾有人家嫁了麼、靜心道、求是時常有人來求、嫁是尚未曾嫁、昨日聞得白老爺在浙江許了甚人家。吳老爺又來作媒。兩下爭〻講〻。尚未曾定。蘇友白又問道、這錦石村中有一個皇甫員外老爺知道麼、靜心想了半晌道、這錦石村雖有千餘人家小僧去化些月米、家家都是認得的、並不聞有個姓皇甫的、蘇友白道、他說是白太玄家親眷、靜心道、既是白老爺親眷、或者就住在白家莊上、只消到白老爺府中一問、便曉得了、蘇友白辭了齋、借宿了一夜、到次日起來梳洗畢、喫過飯、分付車馬僕從、都在寺中伺候、自家照舊服色、只帶小喜一人、謾謾步入錦石村來、到了村中、看那些山水樹木、宛然如故、不知嬌姻如何、不勝感歎、正是、桃花流水還如舊。前度劉郎今又来。
不識仙人仍在否。一、思、一、感、一、徘徊。

蘇友白一頭步、一頭想道、不期兩家親事弄在一村、若是先到白家、說了姓蘇、皇甫家便不好去了、莫若只說姓柳、悄悄且尋見皇甫公、說明心事、再往白家去不遲、立定主意、遂進村来、一路尋問皇甫員外家、原来白公恐怕柳生来尋、早已分付跟去的家人在村口樓應、這日蘇友白一進村来、這家人早已看見、慌忙出来迎着道。柳相公来了麽。蘇友白見了歡喜道。正是来了。員外在家麽。家人道。在家拱候相公。就引蘇友白到東莊坐下。慌忙報知白公。白公欢喜道。柳生信人也。就分付家人備酒留飯。因與吳翰林說道。小弟先去相見。就着人来請仁兄一會。吳翰林笑道。只怕所見不如所聞。白公也笑道。吾兄一見自知。決不劣於蘇生。白公說罷。竟到東莊来見了蘇友白。再仔細定睛一看。原是一個風流俊秀的翩翩年少。

滿心欢喜因咲迎着說道柳兄爲何今日纔到我學生日夕盼望蘇友白忙々打恭道晚生同在杭州被朋友留連了幾日故此晋謁遲々不勝有罪二人一面說一面見礼分坐白公道前接手札知向所說歿者未歿皆傳言之誣大是快事但不知此是誰家之女又見云鄉貴作伐鄉貴却是何人前聞尊公亦已仙遊爲何云此婚尊公主之蘇友白道事巳至此料不能隱瞞只得實告先嚴雖久棄世昨歲家叔又收

繼為子此女亦非他人就是向日所云白太翁之女也作伐鄉貴即吳瑞菴太史也白公聽了着驚道我聞得吳瑞菴作伐者乃蘇友白之事柳兄幾時也曾煩他蘇友白忙起身向白公深深打一恭道晚生有罪晚生不姓柳實實就是蘇友白也白公聽了又驚又喜道這大奇了兄請坐我且問蘇兄已薦賢書遊了杭州司李為何又改姓名潛遊會稽蘇友白道只因楊撫臺有一令愛要招贅晚生晚生苦辭觸了撫

臺之怒撫臺屢屢尋事加害晚生晚生彼時是他屬官違拗不得故只得棄官改姓暫避山陰禹穴以避之幸與老先生相遇白公道原來老楊還是這等作惡且住這白太玄乃愛死信又是誰傳的蘇友白道是張軌如說的也因楊撫臺知晚生屬意白女故令張軌如詐為此言以絕晚生之念耳白公道小人播弄如此可恨可恨又笑說道蘇兄新貴既與白太玄有舊盟又兼吳瑞庵作伐這段姻緣自羡如錦片矣

只是將置學生於何地。蘇友白道：晚生處孤貧逆旅，中外無貴介之緣，內乏鄉曲之譽，蒙老先生一顧，而即慨許雙姻，真可謂相馬於牝牡驪黃之外。知己之感，雖沒齒難忘。故今日先叩階前，以請台命，焉敢以塵世浮雲，誇詡於大君子之門，而取有識者之笑。白公笑道：蘇兄有此高誼，可謂不以富貴易其心矣。只是我學生怎好與他相爭，只得讓了白太玄罷。蘇友白道：若如此說，則老先生為盛德之事，晚生乃負心之人矣尚望老先生委曲處之白公道這且再處只是我學生也有一件事得罪要奉告蘇友白道豈敢願得領教白公道我學生也不姓皇甫蘇兄所說的白太玄就是學生蘇友白聽了不勝驚喜道原來就是老先生遊戲晚生真夢夢矣二人相視大笑白公忙叫請吳舅老爺來不一時吳翰林來到看見只有蘇友白在坐并不見柳生忙問道聞說是柳生來拜為何轉是蓮仙兄蘇友白忙忙施礼笑而不言白公

也笑道且見過再說吳翰林與蘇友白禮畢坐下吳翰林見二人笑的有因只管盤問白公咲道吾兄要見柳生因以手指蘇友白道只此便是吳翰林驚訝道這是何說白公因將前後事細說了一遍吳翰林大笑道原來有許多委曲我就說金陵學中不聞有個柳生我就說天下少年那裏更有勝于蘇兄者原來仍是蘇兄又對着白公說道吾兄于逆旅中毫無巴臂能一見就拔識蘇兄許以姻盟不疑亦可謂巨

眼矣吾所敬服白公咲道不是這番則吾之愛才出於仁兄下矣蘇友白道蒲柳之姿怎敢當二老先生藻鑑大家歡喜不盡不多時家人備上酒來三人序坐而飲此時蘇友白就執子婿之禮坐于横首大家說〻笑〻十分快暢飲了半日喫過飯家人撤過大家就起身閒話蘇友白說了一會就乘机說道小婿尚有一事上告白公道又有何事蘇友白道小婿前月所云避禍之人昨日偶得一信知他踪跡白公道

知他踪跡在于何處。蘇友白道。說来又奇。他說叫小婿到岳父府上訪問。便知白公笑道。這果又奇了。怎麽要訪問于我。兄且說他是江南誰氏之女。蘇友白道。不是江南。乃山東盧宅。白公道。我輩得山東盧一泓物故久矣。他兒子又小。一個寡媍之家。蘇兄怎麽知道。又誰人為兄作伐。蘇友白道。小婿去歲進京時。行至山東。忽然被刼。栖于逆旅。進退不能。偶遇一箇李中翰要晚生代他作詩。許贈盤纏。因邀晚生至家。

不期這李家就與盧宅緊隣、晚生偶在後園門首閒步、适置盧家公子也閒步出来、彼此相遇、偶爾談心、遂成寄契、贈了小婿的路費、又說他有一妹、許結絲蘿、白公道、兄且說這盧家公子有多大年紀人物如何、蘇友白道、若說盧家這公子、去年十六、今年十七、其人品之美、翩翩皎皎、真如玉樹臨風、小婿與之相對、實抱形穢之慚、白公道、兄出京時、路過山東、又曾相會麼、蘇友白道、小婿出京過山東時、滿望一會、不期盧宅前後門俱封鎖。而闃無一人。再三訪問李中翰。他只說他家止有寡母弱女。公子纔五六歲。今避禍江南去了。並無十六七歲的長公子。小婿又訪問一個錢孝廉。他亦如此說。故小婿一向如在夢中。茫然不知。所以昨在敝友處偶得盧兄一信。始知盧兄自有其人。而前訪問之不知也。但只是書中叫到府上訪問。又是何說。白公道。這盧生叫甚名字。蘇友白道。叫做盧夢梨。白公道。他既說在我家訪問。必然有因容我與兄細查再復吳翰林道蘇兄步來車馬俱在何處蘇友白道就在前白石村觀音寺中乃向日之舊寓也白公道寺中甚遠何不移到此處以便朝夕接談遂分付家人去取行李到了傍晚又重新上席三人雄談快飲直喫到二鼓方散蘇友白就在東莊住下白公與吳翰林仍舊回家吳翰林就在夢梅軒去睡白公退入後廳因有酒也就睡了到次日起来梳洗畢方叫嫣素請小姐来說話原来白小姐昨

日已有人報知柳生即是蘇生與盧小姐不勝歡喜今聞父命忙来相見白公見了就笑説道原来柳生即是蘇生如今看来你母舅為你作伐也不差你父親為你擇婿也不差考案首與科甲取人都不差矣可見有真才者處々見賞白小姐道總是一個人不意有許多轉折累爹々費心白公道這都罷了只是還有一件就將蘇友白所説盧家之事説了一遍道這分明是甥女之事為何得有一個公子白小姐道

夢梨妹子這事也曾對孩兒說過他父親又亡過兄弟又小母親寡居又不能擇婿恐異日失身非偶故行權改做男裝與蘇郎相見贈金許盟寄書都是實情如今還望爹爹與他成全白公聽了大喜道不意他小小年紀到有許多作用我原主意你姊妹二人同嫁柳生今日同歸蘇郎也是一般這等看來他的願也遂了我的心也盡了此乃極快之事有何不可你可說與他知姑娘面前不必題了白小姐應諾白

公就同吳翰林到東莊來、三人見過、白公就對蘇友白說道、昨月兄所托盧夢梨之事、我細細一訪、果有其人、蘇友白歡喜道、盧兄今在何處、可能一會、白公道、盧夢梨因避禍一處、今尚未可相見、若要他令妹親事、都在學生身上、蘇友白道、非是晚生得隴望蜀貪得無厭、只因小婿在窮途狼狽之際、蒙夢梨兄一言半面之間、即慨贈三十金、又加以金鐲明珠、又許以婚姻之約、情意殷殷、雖古之大俠不過是也。今小嬌僥倖一第即背前盟真狗彘不食其餘矣吳翰林道難得難得夢梨之贈可謂識人矣白公道此自義舉我輩亦樂觀其成但只是我前日所許甥女恐不能矣再無三女同居之事蘇友白道夢梨快士岳父何不以外甥女配之亦良偶也白公道這且再議大家閒談又說起張軌如換新柳詩并蘇有德詐書假冒二事大家笑了一回蘇友白道如今蒙岳翁無愛事已大定從前之態儘可相忘況二人俱係故舊尚

皇仍前優待以示包容白公大笑道正我心也就叫
家人賫兩個名帖一個去請張軌如相公一個去請
蘇有德相公就說蘇爺在此請來同坐不多時二人
先後都到相見甚是足恭大家在東莊閒耍不題却
說蘇御史復命之後見蘇友白改正了翰林不勝歡
喜因後代有人便無心做官遂出疏告病又出揭到
都察院堂上至再至三的說了方准回籍調理候痊
可日原官起用蘇御史得了旨就忙忙出京先到河

商家裏住了月餘、就起身到金陵來與蘇友白完親、報到錦石村來、蘇友白忙辭了白公吳翰林、就接到金陵城中、舊屋裏來、恰〻這日蘇御史也到了、父子相見、不勝歡喜、蘇御史問及姻親之事、蘇友白就將楊巡撫招贅、及改姓遇皇甫歸來、對明、并盧夢梨之前〻後〻、細說了一遍、蘇御史滿心歡喜道、世事奇〻怪〻、異日可成一段佳話矣、府縣各官聞知、都來拜望、請酒、鬧擾不休、蘇御史與蘇友白商量道、城中喧雜難佳、莫若就在錦石村卜一居。與白公為隣。一来結姻甚便。二来白公無子。彼此相依。使他無孤寂之悲。三来村中山水幽勝。又有白公往来。儘可娛我之老。蘇友白道、大人所見最善。到次日父子竟到錦石村来、白公與吳翰林、張軌如、蘇有德、彼此交拜過、蘇御史就將要卜居村中之意、與白公說了、白公大喜。遂選了村中一間大宅、叫蘇御史用千金買了、蘇御史移了入去、就治酒請吳翰林主婚、請張軌如與白小姐爲媒、請蘇有德與盧小姐爲媒、擇一個吉日、備了兩副聘禮一時同送到白公家来、白公自受了一副、將一副交與盧夫人受了、治酒管待衆人、彼此歡喜無盡、行聘之後、蘇御史又擇了一個大吉之期、要行親迎之禮、這年蘇友白是二十一歲一個簇新的翰林、人物風流、人才出衆、人人羨慕、白小姐是十八歲、盧小姐是十七歲、二小姐工容言貌、到處聞名、到了臨娶這日、蘇御史大開喜筵、兩班花籐大轎、花燈夾道鼓樂平吹蘇友白騎了一匹高頭駿馬烏紗帽皂朝靴大紅員領翰林院與察院的執事兩邊擺列蘇友白自來親迎一路上火炮喧天好不興頭鬧熱二小姐金裝玉裹打扮得如天僊帝女一般拜辭白公與盧夫人洒淚上轎白公以彼此相知不拘俗禮穿了二品吉服竟坐一乘四人現轎擺列侍郎執事自來送親吳翰林也是吉服大轎張執如蘇有德二人都是頭巾藍紗駿馬簪花桂紅兩頭賛禮這一

日之勝、真不减於登科、正是

鐘鼓喧闐琴瑟調　關雎賦罷賦桃夭
館甥在昔聞雙嫁　銅雀而今鎖二喬
樓上紅絲留月繫　門前金犢倩花邀
仙郎得意翻新樂　不擬周南擬舜韶

不多時、轎到門前、下了轎、擁入中堂、蘇友白居中、二新人一左一右、參拜蘇御史及衆親、禮畢鼓樂迎入洞房、外面是蘇御史陪着白公吳翰林張軌如蘇有德飲酒、房裏是三席酒、蘇友白與二小姐同飲、[illegible]之下、蘇友白偷眼將白小姐一看、真個有沉魚、落雁之容、閉月羞花之貌、可謂名不虛傳、滿心快暢、再將盧小姐一看、宛然與盧夢梨一箇面龐相似、心下又驚又喜、暗想姊妹們有這等相像的、此時侍妾林立、不便交言、將無限歡喜、都恐在肚中、只等衆人散去、万各々歸房、原来內裏廳樓二間、左右相對、左邊是白小姐、右邊是盧小姐、蘇友白先到白小姐房中、訴說從前相慕之心，并和新柳詩，及送鴻迎燕二作之事，向小姐也不作閨中兒女之態，便一一應答說了一回。蘇友白又到盧小姐房中，問道：「令兄諱夢梨者，今在何處？」盧小姐道：「賤妾從無家兄，夢梨就是賤妾之名。」蘇友白大驚道：「向日石上所遇者，難道就是夫人？」盧小姐微笑道：「是與不是，郎君請自辨，賤妾不知也。」蘇友白大笑道：「半年之夢，今日方醒，我向日就有些疑心，天下那有這等美少年。」蘇友白說罷，又走到白小姐房中、與白小姐說知矣了一會。因白小姐長一歲、這一夜就先在白小姐房中成親、真是少年才子佳人、你貪我愛、好不受用、到次日蘇友白又到白公家謝親、衆人又喫了一日酒回來、又備酒同白盧二小姐共飲、因取出向日唱和的新柳詩。并送鴻迎燕二詩、與盧小姐大家賞鑒、蘇友白又取出盧小姐所贈的金鐲明珠、與白小姐看、盧小姐道、當事一念之動、不意借此遂成終身之好。這一夜就在盧小姻房中成親擁上細說改男裝之事愈覺情親三人從此之後相敬相愛百分和美蘇友白又感嫣素昔日傳言之情與二小姐說明又就收用了蘇御史決意不出去做官日夕與白公盤桓後來竟將河南的事業仍收拾歸金陵來吳翰林雖不辭官然翰林事簡悠日少閒日多也時常來與二人遊賞楊巡撫聞知此事也差人送禮來賀蘇友白過了此時只得進京到任住不上一二月因記挂二夫人就討差回來

順路到山東、就與盧夫人料理家事、只等公子大了、方纔送回、此時錢舉人已選了知縣去做官了、止李中書在家、又請了兩席酒、蘇友白回家、只願與二小姐做詩做文耍子、不願出門、後一科就分房、又後一科浙江主試、收了許多門生、後來直做到詹事府正詹、因他無意做官、故不曾入閣、張軌如與蘇有德都虧他之力、借貢生名色、張軌如選了二尹、蘇有德選了經歷、白公有蘇御史作伴、又有蘇友白與白盧二小姐、三人時々往来頗不寂莫後来白小姐生了二子、盧小姐也生一子、後賴郎做了蘇友白卽將白小姐所生次子承繼了白公之後々来三子都成了科甲、蘇友白爲二小姐雖費了許多心機然事成之後、他夫妻三人、卻受享了人間三四十年風流之福豈非千古的一段佳話、有詩一首、單道白公好處、

忤權使虜見孤忠、　詩酒香山流素風

莫道琴書傳不去　文人峯上錦叢叢

ISBN 978-7-5010-7432-7

9 787501 074327 >

定價：280.00圓（全二册）